岩 波 文 庫

31-026-3

岡本綺堂随筆集

千葉俊二編

岩波書店

目　次

I（自選随筆集『五色筆』より）

V（単行本未収録の随筆）

I

（自選随筆集『五色筆』より）

磯部の若葉

今日もまた無数の小猫の毛を吹いたような細かい雨が、磯部の若葉を音もなしに湿《ぬ》らしている。家々の湯の烟《けむり》も低く迷っている。疲れた人のような五月の空は、時々に薄く眼をあいて夏らしい光を微《かす》かに洩《もら》すかと思うと、またすぐに睡《ね》むそうにどんよりと暗くなる。雞《にわとり》が勇ましく歌っても、雀がやかましく囀《さえず》っても、上州の空は容易に夢から醒めそうもない。

「どうも困ったお天気でございます。」

人の顔さえ見れば先《ま》ずこういうのが此頃《このごろ》の挨拶《あいさつ》になってしまった。廊下《ろうか》や風呂場で出逢う逗留の客も、三度の膳を運んで来る旅館の女中たちも、毎日この同じ挨拶を繰返している。私も無論その一人である。東京から一つの仕事を抱えて来て、ここで毎日原稿紙にペンを走らしている私は、他《ほか》の湯治客ほどに雨の日のつれづれに苦《くるし》まないのであるが、それでも人の口真似《くちまね》をして「どうも困ります」などといっていた。実際、湯治とか保養とかいう人たちは別問題として、上州のここらは今が一年中で最も忙がしい養蚕《ようさん》季節で、なるべく湿《ぬ》れた桑の葉をお蚕様《こさま》に食わせたくないと念じている。それを考えると「どうも困ります」も決して通り一遍の挨拶ではない。ここらの村や町の人たちに取っては重大の意味を有《も》っていることになる。土地の人たちに出逢った場合には、私も真面《まじ》目《め》に「どうも困ります」ということにした。

どう考えても、今日も晴れそうもない。傘をさして散歩に出ると、到る処《ところ》の桑畑は青い波のように雨に烟っている。妙義《みょうぎ》の山も西に見えない、赤城《あかぎ》榛名《はるな》も東北に陰《くも》っている。蓑笠《みのかさ》の人が桑を荷《にな》って忙がしそうに通る、馬が桑を重そうに積んでゆく。その桑は莚《むしろ》につつんであるが、柔かそうな青い葉は茹《ゆで》られたようにぐったりと湿《ぬ》れている。私はいよいよ痛切に「どうも困ります」を感じずにはいられなくなった。そうして、鉛のような雨雲を無限に送り出して来るいわゆる「上毛《じょうもう》の三名山」なるものを呪《のろ》わしく思うようになった。

磯部には桜が多い。磯部桜といえば上州の一つの名所になっていて、春は長野や高崎前橋から、見物に来る人が多いと、土地の人は誇っている。なるほど停車場《ていしゃじょう》に着くと直《す》ぐに桜の多いのが誰《たれ》の眼にも入る。路傍《みちばた》にも人家の庭にも、公園にも丘にも、桜の古木が枝をかわして繁っている。磯部の若葉は総て桜若葉であるといってもいい。雪で作ったような白い翅《つばさ》の鳩の群が沢山に飛んで来ると湯の町を一ぱいに掩《おお》っている若葉の光が生きたように青く輝いて来る。護謨《ごむ》ほうずきを吹くような蛙《かわず》の声が四方に起ると、若葉の色が愁うるように青黒く陰《くも》って来る。

晴の使《つかい》として鳩の群が桜の若葉をくぐって飛んで来る日には、例の「どうも困ります」が暫《しば》らく取払われるのである。その使も今日は見えない。宿の二階から見あげると、妙義道《みょうぎみち》につづく南の高い崖路《がけみち》は薄黒い若葉に埋《うず》められている。

旅館の庭には桜のほかに青梧《あおぎり》と槐《えんじゅ》とを多く栽《う》えてある。痩《や》せた梧《きり》の青い葉はまだ大きい手を拡《ひろ》げないが、古い槐の新しい葉は枝もたわわに伸びて、軽い風にも驚いたように顫《ふる》えている。その他には梅と楓《かえで》と躑躅《つつじ》と、これらが寄集《よりあつま》って夏の色を緑に染めているが、これは幾分の人工を加えたもので、門を一歩出ると自然はこの町の初夏を桜若葉で彩《いろど》ろうとしていることが直《すぐ》に首肯《うなず》かれる。

雨が小歇《おやみ》になると、町の子供や旅館の男が箒《ほうき》と松明《たいまつ》とを持って桜の毛虫を燔《や》いている。この桜若葉を背景にして、自転車が通る。桑を積んだ馬が行く。方々の旅館で畳替《たたみがえ》を始める。逗留客が散歩に出る。芸妓《げいしゃ》が湯にゆく。白い鳩が餌《え》をあさる。黒い燕が往来中《おうらいなか》で宙返りを打つ。夜になると、蛙が鳴く。梟《ふくろう》が鳴く。門附《かどづけ》の芸人が来る。碓氷川《うすいがわ》の河鹿《かじか》はまだ鳴かない。

一昨年《おととし》の夏ここへ来た時に下磯部《しもいそべ》の松岸寺《しょうがんじ》へ参詣《さんけい》したが、今年も散歩ながら重ねて行った。それは「どうも困ります」の陰《くも》った日で、桑畑を吹《ふ》いて来る湿った風は、宿の浴衣《ゆかた》の上にフランネルを襲《かさ》ねた私の肌に冷々《ひやひや》と沁《し》みる夕方であった。

寺は安中路《あんなかみち》を東に切れた所で、ここら一面の桑畑が寺内《じない》までよほど侵入しているらしく見えた。しかし由緒ある古刹《こさつ》であることは、立派な本堂と広大な墓地とで容易に証明されていた。この寺は佐々木盛綱《ささきもりつな》と大野九郎兵衛《おおのくろべえ》との墓を所有しているので名高い。佐々木は建久のむかしこの磯部に城を構えて、今も停車場の南に城山の古蹟を残している位であるから、苔の蒼《あお》い墓石《ぼせき》は五輪塔のような形式で殆《ほとん》ど完全に保存されている。これに列《なら》んでその妻の墓もある。その傍《わき》には明治時代に新らしく作られたという大きい石碑もある。

しかし私に取っては大野九郎兵衛の墓の方が注意を惹《ひ》いた。墓は大きい台石《だいいし》の上に高さ五尺ほどの楕円形の石を据《す》えてあって、石の表には慈望遊謙墓《じもうゆうけんはか》、右に寛延○年と彫ってあるが、磨滅しているので何年か能《よ》く読めない。墓の在所《ありか》は本堂の横手で、大きい杉の古木を背後《うしろ》にして、南に向って立っている。その傍《そば》にはまた高い桜の木が聳《そび》えていて、枝はあたかも墓の上を掩うように大きく差出ている。周囲には沢山の古い墓がある。杉の立木は昼を暗くするほどに繁っている。『仮名《かな》手《で》本《ほん》忠臣蔵』の作者竹田《たけだ》出雲《いずも》に斧九《おのく》太夫《だゆう》という名を与えられて以来、殆ど人非人《にんぴにん》のモデルであるように洽《あまね》く世間に伝えられている大野九郎兵衛という一個の元禄武士は、ここを永久の住家《すみか》と定めているのである。

一昨年初めて参詣した時には、墓の所在《ありか》が知れないので寺僧に頼んで案内してもらった。彼は品の好い若僧《にゃくそう》で、色々詳しく話してくれた。その話に拠《よ》ると、その当時この磯部には浅野家所領の飛び地が約三百石ほどあった。その縁故に因《よ》って大野は浅野家滅亡の後《のち》ここに来て身を落付けたらしい。そうして、大野ともいわず、九郎兵衛とも名乗らず、単に遊謙と称する一個の僧となって、小さい草堂《そうどう》を作って朝夕《ちょうせき》に経を読み、傍《かたわ》らには村の子供たちを集めて読み書きを指南していた。彼が直筆《じきひつ》の手本というものは今も村に残っている。磯部に於ける彼は決して不人望《ふじんぼう》ではなかった。弟子たちにも親切に教えた、色々の慈善をも施した。碓氷川の堤防も自費で修理した。墓碑に寛延の年号が刻んであるのを見るとよほど長命であったらしい。独身の彼は弟子たちの手に因ってその亡骸《なきがら》をここに葬られた。

「これだけ立派な墓が建てられているのを見ると、村の人にはよほど敬慕されていたんでしょうね」と、私はいった。

「そうかも知れません。」

僧は彼に同情するような柔かい口吻《くちぶり》であった。たとい不忠者にもせよ、不義者にもあれ、縁あって我が寺内《じない》に骨を埋めたからは、平等の慈悲を加えたいという宗教家の温かい心か、あるいは別に何らかの主張があるのか、若い僧の心持《こころもち》は私には判らなかった。油蟬の暑苦しく鳴いている木の下で、私は厚く礼をいって僧と別れた。僧の痩《や》せた姿は大きな芭蕉の葉のかげへ隠れて行った。

自己の功名の犠牲として、罪のない藤戸《ふじと》の漁民を惨殺した佐々木盛綱は、忠勇なる鎌倉武士の一人《いちにん》として歴史家に讃美されている。復讐の同盟に加わることを避けて、先君の追福と陰徳とに余生を送った大野九郎兵衛は、不忠なる元禄武士の一人として浄瑠璃の作者にまで筆誅《ひっちゅう》されてしまった。私はもう一度かの僧を呼び止めて、元禄武士に対する彼の詐《いつ》わらざる意見を問い糺《ただ》してみようかと思ったが、彼の迷惑を察して止《や》めた。

今度行ってみると、佐々木の墓も大野の墓も旧《もと》のままで、大野の墓の花筒《はなづつ》には白い躑躅が生けてあった。かの若い僧が供えたのではあるまいか。私は僧を訪わずに帰ったが、彼の居間らしい所には障子が閉じられて、低い四つ目垣の裾に芍薬《しゃくやく》が紅《あか》く咲いていた。

旅館の門を出て右の小道を這入《はい》ると、丸い石を列《なら》べた七、八級の石段がある。登降《あがりおり》はあまり便利でない。それを登り尽した丘の上に、大きい薬師堂は東に向って立っていて、紅白の長い紐を垂れた鰐口《わにぐち》が懸《かか》っている。木《き》連格子《つれごうし》の前には奉納の絵馬も沢山に懸っている。めの字を書いた額も見える。千社札も貼ってある。右には桜若葉の小高い崖をめぐらしているが、境内《けいだい》はさのみ広くもないので、堂の前の一段低いところにある家々の軒は、すぐ眼の下に連なって見える。私は時々にここへ散歩に行ったが、いつも朝が早いので、参詣らしい人の影を認めたことはなかった。

それでもたった一度若い娘が拝んでいるのを見たことがある。娘は十七、八らしい、髪は油気の薄い銀杏返《いちょうがえ》しに結って、紺飛白《こんがすり》の単衣《ひとえもの》に紅い帯を締めていた。その風体《ふうてい》はこの丘の下にある鉱泉会社のサイダー製造に通っている女工らしく思われた。色は少し黒いが容貌《きりょう》は決して醜《みにく》い方ではなかった。娘は湿《ぬ》れた番傘を小脇に抱えたままで、堂の前に久しく跪《ひざまず》いていた。細かい雨は頭の上の若葉から漏れて、娘のそそけた鬢《びん》に白い雫《しずく》を宿しているのも何だか酷《むご》たらしい姿であった。私は少時《しばらく》立っていたが、娘は容易に動きそうもなかった。

堂と真向いの家はもう起きていた。家の軒下には桑籠が沢山に積まれて、若い女房が蚕棚《かいこだな》の前に襷掛《たすきが》けで働いていた。若い娘は何を祈っているのか知らない。若い人妻は生活に忙がしそうであった。

何処《どこ》かで蛙が鳴き出したかと思うと、雨はさあさあと降って来た。娘はまだ一心に拝んでいた。女房は慌てて軒下の桑籠を片附け始めた。

山霧

上

妙義町《みょうぎまち》の菱屋の門口《かどぐち》で草鞋《わらじ》を穿《は》いていると、宿の女が菅笠《すげがさ》をかぶった四十五、六の案内者を呼んで来てくれました。ゆうべの雷は幸いに止みましたが、今日も雨を運びそうな薄黒い雲が低く迷って、山も麓も一面の霧に包まれています。案内者と私は笠を列《なら》べて、霧の中を爪先上りに登って行きました。

私は初めてこの山に登る者です。案内者は当然の順序として、先《ま》ず私を白雲山の妙義神社に導きました。社殿は高い石段の上に聳《そび》えていて、小さい日光ともいうべき建物です。こういう場所には必ずあるべきはずの杉の大樹が、天と地とを繋ぎ合せるように高く高く生い茂って、社前にぬかずく参拝者の頭《かしら》の上をこんもりと暗くしています。私たちはその暗い木の下蔭を辿《たど》って、山の頂きへと急ぎました。

杉の林は尽きて、更に雑木の林となりました。路《みち》の傍《はた》には秋の花が咲き乱れて、芒《すすき》の青い葉は旅人の袖にからんで引止めようとします。どこやらでは鶯が鳴いています。相も変らぬ爪先上りに少しく倦《う》んで来た私は、小さい岩に腰を下して巻莨《まきたばこ》をすい初めました。霧が深いので燐寸《まっち》がすぐに消えます。案内者も立停って同じく烟管《きせる》を取出しました。

案内者は正直そうな男で、烟草《たばこ》の烟《けむり》を吹く合間に色々の話をして聞かせました。妙義登山者は年々殖《ふ》える方であるが暑中は比較的に尠《すくな》い、一年中で最も登山者の多いのは十月の紅葉《もみじ》の時節で、一日に二百人以上も登ることがある。しかし昔に比べると、妙義の町は大層衰えたそうで、二十年前までは二百戸以上を数えた人家が今では僅《わずか》に三十二戸に減ってしまったといいます。

「何しろ貸座敷がなくなったので、すっかり寂《さび》れてしまいましたよ。」

「そうかねえ。」

私は巻莨の吸殻を捨てて起《た》つと、案内者もつづいて歩き出しました。山霧は深い谷の底から音もなしに動いて来ました。

案内者は振返りながらまた話しました。上州一円に廃娼《はいしょう》を実行したのは明治二十三年の春で、その当時妙義の町には八戸の妓楼《ぎろう》と四十七人の娼妓《しょうぎ》があった。妓楼の多くは取《とり》毀《こわ》されて桑畑となってしまった。磯部や松井田から通って来る若い人々のそそり唄《うた》も聞えなくなった。秋になると桑畑には一面に虫が鳴く。こうして妙義の町は年ごとに衰えてゆく。

谷川の音が俄《にわか》に高くなったので、話声はここで一旦《いったん》消されてしまいました。頂上の方から咽《むせ》び落ちて来る水が岩や樹《き》の根に堰《せ》かれて、狭い山路を横ぎって乱れて飛ぶので、草鞋を湿《ぬ》らさずに過ぎる訳《わけ》にはゆきませんでした。案内者は小さい石の上をひょいひょいと飛び越えて行きます。私もおぼつかない足取りでその後を追いましたが、草鞋は湿《ぬ》れて好加減《いいかげん》に重くなりました。

水の音を背後《うしろ》に聞きながら、案内者はまた話し出しました。維新前の妙義町は更に繁昌したものだそうで、普通の中仙道は松井田から坂本、軽井沢、沓掛《くつかけ》の宿々《しゅくじゅく》を経て追分にかかるのが順路ですが、その間には横川の番所があり、碓氷《うすい》の関所があるので、旅人のある者はそれらの面倒を避けて妙義の町から山伝いに信州の追分へ出る。つまりこの町が関の裏路《うらみち》になっていたのです。山懐《やまふとこ》ろの夕暮に歩み疲れた若い旅人が青黒い杉の木立の間から、妓楼の赤い格子を仰ぎ視《み》た時には、沙漠でオアシスを見出したように、彼らは忙がわしくその軒下に駈け込んで、色の白い山の女に草鞋の紐を解かせたでしょう。

「その頃は町も大層賑《にぎや》かだったと、年寄がいいますよ。」

「つまり筑波の町のような工合だね。」

「まあ、そうでしょうよ。」

霧はいよいよ深くなって、路を遮《さえぎ》る立木の梢から冷い雫《しずく》がばらばらと笠の上に降って来ました。草鞋はだんだんに重くなりました。

「旦那、気をおつけなさい。こういう陰《くも》った日には山蛭《やまびる》が出ます。」

「蛭が出る。」

私は慌てて自分の手足を見廻すと、たった今、ひやりとしたのは樹の雫ばかりではありませんでした。普通よりはやや大きいかと思われる山蛭が、足袋《たび》と脚袢《きゃはん》との間を狙って、左の足首にしっかりと吸い付いていました。吸い付いたが最期《さいご》、容易に離れまいとするのを無理に引きちぎって投げ捨てると、三角に裂けた疵口《きずぐち》から真紅《まっか》な血が止度《とめど》もなしにぽとぽとと流れて出ます。

「いつの間にか、やられた。」

こういいながらふと気が付くと、左の腕もむずむずするようです。袖を捲《まく》って覗《のぞ》いて見ると、どこから這《は》い込んだのか二の腕にも黒いのがまた一匹。慌てて取って捨てましたが、ここからも血が湧いて出ます。案内者の話によると、蛭の出るのは夏季の陰《くも》った日に限るので、晴れた日には決して姿を見せない。丁度きょうのような陰《くも》って湿った日に出るのだそうで、私はまことに有難《ありがた》い日に来合《きあわ》せたのでした。

何しろ血が止まらないのには困りました。見ている中《うち》に左の手はぬらぬらして真紅になります。もう少しの御辛抱ですといいながら案内者は足を早めて登って行きます。私もつづいて急ぎました。路はやがて下りになったようですが、私はその「もう少し」という処《ところ》を目的《めあて》に、ただ夢中で足を早めて行きましたから能《よ》くは記憶していません。それから愛宕神社の鳥居というのが眼に入りました。ここらから路は二筋に分れているのを、私たちは右へ取って登りました。路はだんだん嶮《けわ》しくなって来て、岩の多いのが眼に着きました。

妙義葡萄酒《ぶどうしゅ》醸造所というのに辿《たど》り着いて、二人は縁台に腰をかけました。家のうしろには葡萄園があるそうですが、表構《おもてがま》えは茶店のような作り方で、ここでは登山者に無代で梅酒というのを飲ませます。喉《のど》が渇いているので、私は舌鼓を打って遠慮なしに二、三杯飲みました。その間に案内者は家内から藁《わら》を二、三本貰って来て、藁の節を蛭の吸口に当てて堅く縛ってくれました。これは何処《どこ》でも行《や》ることで、蛭の吸口から流れる血はこうして止めるより他《ほか》はないのです。血が止まって、私も先ずほっとしました。

それにしても手足に付いた血の痕《あと》を始末しなければなりません。足の方はさのみでもありませんでしたが、手の方はべっとり紅《あか》くなっています。水を貰って洗おうとすると、ただ洗っても取れるものでない、一旦は水を口に啣《ふく》んでいわゆる啣み水にして手拭か紙に湿し、徐《しず》かに拭き取るのが一番宜《よろ》しいと、案内者が教えてくれました。その通りにしてハンカチーフで拭き取ると、なるほど綺麗に消えてしまいました。

「昔は蛭に吸われた旅の人は、妙義の女郎の啣み水で洗ってもらったもんです。」

案内者は烟草を吸いながら笑いました。わたしも先刻《さっき》の話を思い出さずにはいられませんでした。

信州路から上州へ越えて行く旅人が、この山蛭に吸われた腕の血を妙義の女に洗ってもらったのは、昔から沢山あったに相違ありません。うす暗い座敷で行灯《あんどう》の火が山風にゆれています。江戸絵を貼った屏風《びょうぶ》をうしろにして、若い旅人が白い腕をまくっていると、若い遊女が紅さした口に水を啣んで、これをみす紙に浸して男の腕を拭いています。窓の外では谷川の音が聞えます。こんな舞台が私の眼の前に夢のように開かれました。しかもその美しい夢は忽《たちま》ちに破られました。案内者は笠を持て起上《たちあが》りました。

「さあ、旦那、ちっと急ぎましょう。霧がだんだんに深くなって来ます。」

旅人と遊女の舞台は霧に隠されてしまいました。私も草鞋の紐を結び直して起ちました。足下《あしもと》には岩が多くなって来ました、頭の上には樹《き》がいよいよ繁って来ました。私は山蛭を恐れながら進みました。谷に近い森の奥では懸巣《かけす》が頻《しきり》に鳴いています。鸚鵡《おうむ》のように人の口真似《くちまね》をする鳥だとは聞いていましたが、見るのは初度《はじめて》です。枝から枝へ飛び移るのを見ると、形は鳩のようで、腹のうす赤い、羽のうす黒い鳥でした。小鳥を捕って食う悪鳥だということです。じいじいという鳴く音《ね》を立てて、何だか寂しい声です。岩が尽きると、また冷い土の路になりました。一足踏むごとに、土の底から滲み出すような湿《うるお》いが草鞋に深く浸み透って来ます。狭い路の両側には芒や野菊のたぐいが見果《みは》てもなく繁り合って、長く長く続いています。ここらの山吹は一重《ひとえ》が多いと見えて、皆《みん》な黒い実を着けていました。

よくは判りませんが、一旦下ってから更に半里ぐらいも登ったでしょう。坂路はよほど急になって、仰げば高い窟《いわや》の上に一本の大きな松の木が見えました。これが中《なか》の嶽《たけ》の一本松というので、我々は既に第二の金洞山《きんどうざん》に踏み入っていたのです。金洞山は普通に中の嶽というそうです。ここから第三の金雞山《きんけいざん》は真正面に見えるのだそうですが、この時に霧はいよいよ深くなって来て、正面の山どころか、自分が今立っている所の一本杉の大樹さえも、半分から上は消えるように隠れてしまって、枝を拡《ひろ》げた梢は雲に駕《の》る妖怪のように、不思議な形をしてただ朦朧《もうろう》と宙に泛《うか》んでいるばかりです。峰も谷も森も既《も》う何にも見えなくなってしまいました。「山あいの霧はさながら海に似て」という古人の歌に嘘はありません。しかも浪《なみ》かと誤まる松風の声は聞えませんでした。山の中は気味の悪いほどに静まり返って、ただ遠い谷底で水の音がひびくばかりです。ここでも鶯の声を時々に聞きました。

下

一本杉の下には金洞舎という家があります。この山の所有者の住居《すまい》で、傍《かたわ》ら登山者の休憩所に充《あ》ててあるのです。二人はここの縁台を仮《か》りて弁当をつかいました。弁当は菱屋で拵《こしら》えてくれたもので、山女《やまめ》の塩辛く煮たのと、玉子焼と蓮根《れんこん》と奈良漬の胡瓜《きゅうり》とを菜《さい》にして、腹の空《す》いている私は、折詰の飯を一粒も残さずに食ってしまいました。私はここで絵葉書を買って紀念のスタンプを捺《お》してもらいました。東京の友達にその絵葉書を送ろうと思って、衣兜《かくし》から万年筆を取出して書き初めると、あたかもそれを覗《のぞ》き込むように、冷たい霧は黙ってすうと近寄って来て、私の足から膝へ、膝から胸へと、だんだん這《は》い上《あが》って来ます。葉書の表は見る見る濕《ぬ》れて、インキは傍《そば》から流れてしまいます。私は癇癪《かんしゃく》を起して書くのを止《や》めました。そうして、自分も案内者もこの家も、併《あわ》せて押流して行きそうな山霧の波に向き合って立ちました。

私は日露戦役の当時、玄海灘でおそろしい濃霧に逢ったことを思い出しました。海の霧は山よりも深く、甲板《かんぱん》の上で一尺先に立っている人の顔もよく見えないほどでした。それから見ると、今日の霧などは殆ど比べ物にならない位ですが、その時と今とは此方《こっち》の覚悟が違います。戦時のように緊張した気分を有《も》っていない今の私は、この山霧に対しても甚しく悩まされました。

二人がここを出ようとすると、下の方から七人連《づれ》の若い人が来ました。磯部の鉱泉宿で昨夜一所《ゆうべいっしょ》になった日本橋辺《へん》の人たちです。これも無論に案内者を雇っていましたが、行く路は一つですから此方も一所になって登りました。途中に菅公硯《かんこうすずり》の水というのがあります。菅原道真は七歳の時までこの麓に住んでいたのだそうで、麓には今も菅原村の名が残っているといいます。案内者は正直な男で、「まあ、ともかくもそういう伝説《いいつたえ》になっています」とあまり勿体《もったい》ぶらずに説明してくれました。

「さあ、来たぞ。」

前の方で大きな声をする人があるので、わたしも気が注《つ》いて見あげると、名に負う第一の石門《せきもん》は蹄鉄《ていてつ》のような形をして、霧の間から屹《きっ》と聳《そび》えていました。高さ十丈に近いといいます。見聞《けんもん》の狭い私は、初めてこういう自然の威力の前に立ったのですから、ただあっといったばかりで、ちょっと適当な形容詞を考え出すのに苦《くる》しんでいる中《うち》に、かの七人連も案内者も先《さ》きに立ってずんずん行き過ぎてしまいます。私も後《おく》れまいと足を早めました。案内者を併せて十人の人間は、鯨《くじら》に呑まれる鰯《いわし》の群のように、石門の大きな口へ段々に吸い込まれてしまいました。第一の石門を出る頃から、岩の多い路は著るしく屈曲して、あるいは高く、あるいは低く、更に半月形をなした第二の石門をくぐると、蟹の横這いとか、釣瓶《つるべ》下《さが》りとか、片手《かたて》繰《ぐ》りとか、色々の名が付いた難所に差蒐《さしかか》るのです。何しろ碌々《ろくろく》に足がかりもないような高い滑らかな岩の間を、長い鉄の鎖に縋《すが》って降《お》りるのですから、あまり楽ではありません。案内者はこんなことをいって嚇《おど》かしました。

「今は草や木が茂っていて、遠い谷底が見えないからまだ楽です。山が骨ばかりになってしまって、下の方が遠く幽《かす》かに見えた日には、大抵な人は足がすくみますよ。」

なるほどそうかも知れません。第二第三の石門を潜《くぐ》り抜ける間は、私も少しく不安に思いました。皆《みん》なも黙って歩きました。もし誤って一足蹈み外《はず》せば、私もこの紀行を書くの自由を失ってしまわなければなりません。第四の石門まで登り詰めて、武尊岩《ぶそんいわ》の前に立った時には、人も我も汗びっしょりになっていました。日本武尊《やまとたけるのみこと》もこの岩まで登って来て引返されたというので、武尊岩の名が残っているのだそうです。その傍《そば》には天狗の花畑というのがあります。いずこの深山にもある習《ならい》で、四季ともに花が絶えないのでこの名が伝わったのでしょう。今《いま》は米躑躅《こめつつじ》の細《こまか》い花が咲いていました。

日本武尊に倣って、私もここから引返しました。当人が強《しい》て行きたいと望めば格別、さもなければ妄《みだ》りにこれから先へは案内するなと、警察から案内者にいい渡してあるのだそうです。

下山の途中は比較的に楽でした。来た時とは全く別の方向を取って、水の多い谷底の方へ暫く降って行きますと、更に草や木の多い普通の山路に出ました。どんなに陰《くも》った日でも、正午前後には一旦は明るくなるのだそうですが、今日は生憎《あいにく》に霧が晴れませんでした。面白そうに何か騒いでいるかの七人連をあとに残して、案内者と私とは霧の中を急いで降りました。足の方が少しく楽になったので、私はまた例のお饒舌《しゃべり》を初めますと、案内者も快く相手になって、帰途《かえり》にも色々の話をしてくれました。その中にこんな悲劇がありました。

「旦那は妙義神社の前に田沼神官の碑《ひ》というのが建っているのを御覧でしたろう。あの人は可哀想《かあいそう》に斬殺《きりころ》されたんです。明治三十一年の一月二十一日に……。」

「どうして斬られたんだね。」

「相手はまあ狂人ですね。神官の他に六人も斬ったんですもの。それは大変な騒ぎでしたよ。」

妙義町開けて以来の椿事《ちんじ》だと案内者はいいました。その日は大雪の降った日で、正午を過ぎる頃に神社の外で何か大きな声を出して叫ぶ者がありました。神官の田沼万次郎が怪《あやし》んで、折柄《おりから》そこに居合《いあわ》せた宿屋の番頭に行って見て来いといい付けました。番頭が行って見ると、一人の若い男が袒《はだ》ぬぎになって雪の中に立っているのです。その様子がどうも可怪《おかし》いので、お前は誰だと声をかけるとその男は突然《いきなり》に刀を引き抜いて番頭を目がけて斬って蒐《かか》りました。番頭は驚いて逃げたので幸いに無事でしたが、その騒ぎを聞いて社務所から駈付けて来た山伏《やまぶし》の何某《なにがし》は、出合頭《であいがしら》に一太刀斬られて倒れました。これが第一の犠牲でした。

男はそれから血刀《ちがたな》を振翳《ふりかざ》して、直驀地《まっしぐら》に社務所へ飛び込みました。そうして不意に驚く人々を片端《かたはし》から追い詰めて、当るに任せて斬捲《きりまく》ったのです。田沼神官と下女とは庭に倒れました。神官の兄と弟は敵を捕えようとして内と庭とで斬られました。まだその他《ほか》にも二人の負傷者が出来ました。庭から門前の雪は一面に紅く浸《ひた》されて、見るから物すごい光景を現じました。血に狂った男はまだ鎮《しず》まらないで、相手嫌わずに雪の中を追廻すのですから、町の騒ぎは大変でした。

半鐘《はんしょう》が鳴《な》る。消防夫が駈付ける。町の者は思い思いの武器を持って集《あつま》る。四方八方から大勢が取囲んで攻め立てたのですが、相手は死物狂いで容易に手に負えません。その中《うち》に一人の撃《う》ったピストルが男の足に中《あた》って思わず小膝を折った処《ところ》へ、他の一人の槍がその脇腹に向って突いて来ました。もうこれまでです。男の血は槍や鳶口《とびぐち》や棒や鋤《すき》や鍬《くわ》を染めて、身体《からだ》は雪に埋《うず》められました。検視の来る頃には男はもう死んでいました。

神官と山伏と下女とは即死です。ほかの四人は重傷ながら幸いに命を繋《つな》ぎ止《と》めました。私の案内者も負傷者を病院へ運んだ一人だそうです。

「そこで、その男は何者だね。」

私は縁台に腰をかけながら訊《き》きました。下りの路も途中からは旧来《もとき》た路と一つになって、私たちは再び一本杉の金洞舎の前に出たのです。案内者も腰を卸《おろ》して、茶を飲みながらまた話しました。

磯部から妙義へ登る途中に、西横野という村があります。かの惨劇の主人公はこの村の生れで、前年の冬に習志野《ならしの》の聯隊から除隊になって戻って来た男です。この男の兄というのは去年から行方不明になっているので、母も大層心配していました。すると、前にいった二十一日の朝、彼は突然に母に向って、これから妙義へ登るといい出したのです。この大雪にどうしたのかと母が不思議がりますと、実は昨夜《ゆうべ》兄さんに逢ったというのです。ゆうべの夢に、妙義の奥の箱淵という所へ行くと、黒い淵の底から兄さんが出て来て、俺に逢いたければ明日《あした》ここへ尋ねて来て、淵に向って大きな声で俺を呼べ、きっと姿を見せて遣《や》ろうという。そんなら行こうと堅く約束したのだから、どうしても行かなければならないといい張って、母が止めるのも肯《き》かずに到頭出て行ったのです。それからどうしたのか能《よ》くは判りません。人を斬った刀は駐在所の巡査の剣を盗み出したのだといいます。

しかしその箱淵へ尋ねて行く途中であったのか、あるいは淵に臨んでいくたびか兄を呼んでも答えられずに、空しく帰る途中であったのか、それらのことはやはり判りません。とにかくに意趣も遺恨もない人間を七人までも斬ったというのは考えてもおそろしい事です。気が狂ったに相違ありますまい。しかも大雪のふる日に妙義の奥に分け登って、底の知れない淵に向って恋しい兄の名を呼ぼうとした弟の心を思い遣《や》れば、何だか悲しい悼《いた》ましい気もします。殺された人々は無論気の毒です。殺した人も可哀《かあい》そうです。その箱淵という所へ行ってみたいような気もしましたが、ずっと遠い山奥だと聞きましたから止《や》めました。

帰途《かえり》にも葡萄酒醸造所に寄って、再び梅酒の御馳走《ごちそう》になりました。アルコールが入っていないのですから、私には口当りが大層好いのです。少々ばかりのお茶代を差置《さしお》いてここを出る頃には、霧も雨に変って来たようですから、いよいよ急いで宿へ帰り着いたのは丁度午後三時でした。登山したのは午前九時頃でしたから、かれこれ六時間ほどを山巡りに費した勘定です。

菱屋で暫く休息して、私は日の暮れない中《うち》に磯部へ戻ることにしました。案内者に別れて、菱屋の門《かど》を出ると、笠の上にはぽつぽつという音が聞えます。蛭ではありません、雨の音です。山の上からは冷い風が吹き下して来ました。貸座敷の跡だというあたりには、桑の葉が湿《ぬ》れて戦《そよ》いでいました。

船　中

「もし、千住《せんじゅ》へ行くのはこの船ですか」と小風呂敷《こぶろしき》を抱えた十五、六の娘が訊《たず》ねると「ああそうですよ」と四十ばかりの商人体《あきんどてい》の男が答えた。印半纏《しるしばんてん》の職人が来る。続いて二人の水兵が来る。これらの人々と相前後して、吾妻橋《あずまばし》発着所の桟橋《さんばし》を渡ると千住通いの汽船は殆《ほと》ど満員である。

午前十時、空は碧瑠璃《へきるり》のように晴れているが、川は昨夜《ゆうべ》の雨に水嵩《みずかさ》が増して濁っている。橋杭《はしぐい》は平日《つね》より一尺余も深く隠れて、炭俵と玩具《おもちゃ》の風車《かざぐるま》とが追《お》いつ追われつ流れて来る。汽船はこの濁った浪を剪《き》って、堤《どて》の方へ斜めに遡《のぼ》ってゆく。船が揺《ゆる》ぎ出すと同時に、船中も俄《にわか》に賑《にぎや》かになって、そこでも此処《ここ》でも話声が伝わる。

「こう濁っちゃ釣れますまいな」と、一人がいう。「いや上《かみ》の方へ行ったら鯰《なまず》が釣れましょう」と、他の一人がいう。「菖蒲《しょうぶ》はまだ早いでしょうか」と問う。「来月五、六日過ぎでなければ真個《ほんとう》に咲きますまい」と答える。船はだんだんに東へ走って、堤《どて》の葉桜も近く青く見える。

「ちょっと、諸君のお邪魔を致しますが……。」

不思議な黄《きいろ》い声が船のまん中に起ったので、乗客一同は思わず鳴《なり》を鎮《しず》めて、声のする方に瞳《ひとみ》を集めると、年は三十前後、セルの単衣《ひとえもの》にパナマの帽子、博多の帯に金色の鎖を巻き付けて、手に大革鞄《おおかばん》を提《さ》げた男が、勿体《もったい》らしく咳一咳《がいいちがい》して、さて何事を説出《ときだ》すかと思えば、博覧会と東京名所の絵葉書の説明、「これが十六枚揃いまして代価は僅かに五銭、御用のお方は至急にお購《もと》めください」という。その声に応じて至急に求める者が五、六人ある。

男は絵葉書を売ってしまうと、更に人造金と称する指環《ゆびわ》を把《と》り出して、指環、襟止《えりどめ》、耳掻《みみかき》のたぐい、五品《いつしな》揃いまして同じく五銭と売始める。これもまた幾人《いくたり》の購買者《かいて》がある。冒頭《はじめ》に記した十五、六の娘も買った。船はやがて言問《こととい》に着く。七、八人の乗降《のりおり》がある。男も一礼して悠然と桟橋へ上《あが》る。その挙動《ようす》が何となく可笑《おか》しいので、船中皆どっと笑う。瞰上《みあぐ》る隅田堤《すみだづつみ》は初夏の昼寂《ひるしずか》で、今日はそよ吹く風もない。若葉は青黒く眠っている。その樹間《このま》を縫って一輛の自転車が走って行く。

船は橋場へ向って揺ぎ出した。河岸《かし》の桟橋で紅《あか》い衣《きもの》を洗っているのが見える。中流に出ると流は頗《すこぶ》る早い。白く濁った浪がひたひたと船縁《ふなべり》を打つ。かの娘は傍《そば》にいる三十

二、三の婦人に対《むか》って、低い声で訊《き》いた。
「あの。鐘《かね》ケ淵《ふち》はもう直《じき》でしょうか。」

「はあ、今度が橋場、それから小松島、その次が鐘ケ淵ですよ。どちらへお出《いで》なさるの、堀切ですか。」

優しく問えば、娘は頭《かしら》を掉《ふ》った。

「いいえ。もっと遠いんです。あの、戸《と》の崎《さき》というところは鐘ケ淵からどの位ありましょう。」

「戸の崎……。知りませんねえ」と婦人も頭《かしら》を傾けた。「それじゃあ始めてお出なさるんですね。」

「はあ。何でも三里位あるというんですが」と、娘は心細いような顔をして、今買った人造金の指輪を眺めていた。

「始めてお出なさるんじゃ困るでしょうねえ」と、婦人も気の毒そうな顔をした。それでも年の効で、少し声高《こわだか》に船中一同に対って、「あの、何人《どなた》か戸の崎という所を御存知でしょうか。」

「戸の崎、戸の崎」という声が隅から隅へ伝わったが、誰あって明白《あきらか》に答える者がない。あるいは南葛飾だといい、北葛飾だといい、北葛飾なら東京ではない、埼玉県だという。議論区々《まちまち》で一定しない。結局上陸した上で土地の者に問うより他はないというのに帰着した。私も無論知らない一人《いちにん》であった。

「困りましたねえ」と婦人は嘆息する。「どうも有難《ありがと》うございました」と、娘は礼をいう。船中自から白けて、霎時《しばらく》はお饒舌《しゃべり》も歇《や》んだ。船は橋場に着いたが、書生が一人上《あが》ったばかりで直《すぐ》に出た。

今までさのみ気にも留めなかったが、よく視《み》るとかの娘は、頭は束髪、紺地の単衣《ひとえもの》に袷羽織《あわせばおり》という拵《こしら》えで、服装《みなり》も普通、顔容《かおかたち》も普通、別に何らの特色をも見出し得ないが、ともかくも愁《うれい》ある人とは確《たしか》に見られた。戸の崎へは、好い事で行くのではあるまい。愁ある少女！　私はその境遇と運命とに就て、色々の想像を逞《たくまし》ゅうする中《うち》に船は小松島に着く。鯰だか何だか知らぬが釣っている人がある。東武鉄道の汽笛が聞える。堤《どて》の茶店に氷の旗が閃く。船中ではまたもや饒舌《しゃべり》出した。水兵は「堀切も中々遠いなあ」という。書生は「堀切と四つ木と何方《どっち》が好い」という。かの娘を除いては総て堀切の菖蒲見物に行く人らしい。

ここでは上る者一人もなく、かえって三人の乗客を増した。その一人、年は四十二、三で近在の商人かとも見える男が、ふとかの娘を見附て「おお、およしじゃねえか」という。娘は俄に笑《えみ》を含んで、「あら、叔父《おじ》さん。これから戸の崎へ行こうと思うのよ。」

途端に船は出る。叔父さんと呼ばれた男は蹌踉《よろけ》るように娘の傍《そば》へ腰を下した。

「やあ、手紙を見て心配しただろうが、もう案じる事はねえよ。俺もこうして出歩《である》けるる位だから、あはははははは。」

それから彼一句、我一句、約五、六分間というものは互に息も吐《つ》かずに語っていた。勿論、委《くわ》しいことは判らないが、その問答に依って推《すい》すれば、娘は市内の某家《ぼうけ》に奉公している者で、その母は目下かの戸の崎に住む叔父のところに身を寄せているらしい。その母がこのたび急病に罹《かか》ったとの報知を受けて、娘は慌《あわ》ててその見舞に行く途中、端なくも此処で叔父に出逢って、母の病気は存外に早く癒《なお》ったという吉報を得たのであるらしい。が、娘はどうしてその戸の崎、即ち叔父の家の所在《ありか》を知らないのであろう。あるいは母が引取られてから、曾《かつ》て一度も訪《と》うべき機会《おり》がなかったのかも知れない。

しかしそんな穿索《せんさく》はどうでもいい。とにかくに少女の行先が解って、しかもその愁の雲の霽《は》れたのを見て、ほっと安心したのは私ばかりではあるまい。一種喜悦《よろこび》の色が船に満ちた。

娘は笑って語る。叔父も笑って語る。船は徐《しず》かに行く。岸の辺《あたり》には青い草が茂ってところどころに白い花が咲いている。平和なる夏の日よ。蛙《かわず》の声が眠そうに聞える。

船は鐘ケ淵に着いた。娘と叔父とは手を曳かれて桟橋に上った。

時雨《しぐれ》ふる頃

時雨のふる頃となった。

この頃の空を見ると、団栗《どんぐり》の実を思い出《いだ》さずにはいられない。麹町《こうじまち》二丁目と三丁目との町境《まちざかい》から靖国神社《やすくにじんじゃ》の方へ向う南北の大通りを、一町ほど北へ行って東へおれると、丁度英国大使館の横手へ出る。この横町が元園町《もとぞのちょう》と五番町との境で、大通の角から横町へ折廻して長い黒塀がある。江戸の絵図によると、昔は藤村何某《なにがし》という旗本の屋敷であったらしい。私の幼い頃には麹町区役所になっていた。その後にいくたびか住む人が代って、石本陸軍大臣が住んでいたこともあった。板塀は無論いくたびか作り替えられたが、今も昔も同じく黒い。その黒塀の内には眼隠しとして幾株《いくかぶ》の古い樫の木が一列をなして栽《う》えられている。恐《おそ》らく江戸時代からの遺物であろう。繁った枝や葉は塀を越えて往来の上に青く食《は》み出《だ》している。

この横町は比較的に往来が少いので、いつも子供の遊び場所になっていた。私も幼い頃には毎日ここで遊んだ。ここで紙鳶《たこ》をあげた、独楽《こま》を廻わした。戦争ごっこをした、縄飛びをした。我々の跳《は》ね廻《まわ》る舞台には、いつもかの黒塀と樫の木とが背景になっていた。

時雨のふる頃になると、樫の実が熟して来る。それも青い中《うち》は誰も眼をつけないが、熟して段々に栗のような色になって来ると、俗にいう団栗なるものが私たちの注意を惹《ひ》くようになる。初めは自然に落ちて来るのをおとなしく拾うのであるが、終《しまい》にはだんだんに大胆になって竹竿を持ち出して叩き落す、あるいは小石に糸を結んで投げ付ける。椎《しい》の実よりもやや大きい褐色の木の実が霰《あられ》のようにはらはらと降って来るのを、我先にと駈集《かけあつま》って拾う。懐《ふところ》へ押込む者もある。紙袋へ詰め込む者もある。たがいにその分量の多いのを誇って、少年の欲を満足させていた。

しかし白樫は格別、普通のどんぐりを食うと唖《おし》になるとかいい伝えられているので、誰も口へ入れる者はなかった。多くは戦争ごっこの弾薬に用いるのであった。時には細い短い竹を団栗の頭へ挿《さ》して少《ちい》さい独楽を作った。それから弥次郎兵衛《やじろべえ》というものを作った。弥次郎兵衛という玩具《おもちゃ》はもう廃《すた》ったらしいが、その頃には子供たちの間に中々流行《はや》ったもので、どんぐりで作る場合には先《ま》ず比較的に粒の大きいのを択んで、その横腹に穴をあけて左右に長い細い竹を斜めに挿込《さしこ》み、その竹の端には左右ともに同じく大きい団栗の実を付ける。で、その中心になった団栗を鼻の上に乗せると、左右の団栗の重量が平均してちっとも動かずに立っている。無論、頭をうっかり動かしてはいけない、まるで作り付けの人形のように首を据えている。そうして、多くの場合には二、三人で歩きくらべをする。急げば首が動く。動けば弥次郎兵衛が落ちる。落ちれば負になるのである。随分首の痛くなる遊びであった。

どんぐりはそんな風に色々の遊び道具を我々に与えてくれた。横町の黒塀の外は、秋から冬にかけて殊《こと》に賑《にぎ》わった。人家の多い町中に住んでいる私たちに取っては、このどんぐりの木が最も懐かしい友であった。

「早くどんぐりが生《な》ればいいなあ。」

私たちは夏の頃から青い梢を瞰上《みあ》げていた。この横町には赤とんぼうも多く来た。秋風が吹いて来ると、私たちは先ず赤とんぼうを追う。とんぼうの影が段々に薄くなると、今度は例のどんぐりに取かかる。どんぐりの実が漸く肥えて、褐色の光沢《つや》が磨いたように濃くなって来ると、とかくに陰《くも》った日が続く。薄い日が洩れて来たかと思うと、またすぐに陰《くも》って来る。そうして、雨が時々にはらはらと通ってゆく。その時には私たちはあわてて黒塀の傍《そば》に隠れる。樫の枝や葉は青い傘を拡《ひろ》げて私たちの小さい頭の上を掩《おお》ってくれる。雨が止《や》むと、私たちはすぐにその恩人に向って礫《つぶて》を投げる。どんぐりは笑い声を出してからからからと落ちて来る。湿《ぬ》れた泥と一所《いっしょ》に摑《つか》んで懐に入れる。やがてまた雨が降って来る。私たちは木の蔭へまた逃げ込む。

そんなことを繰返している中《うち》に、着物は湿《ぬ》れる、手足は泥だらけになる。家へ帰って叱られる。それでもその面白さは忘れられなかった。その樫の木は今でもある。その頃の友達は何処《どこ》へ行ってしまったか、近所には殆《ほとん》ど一人も残っていない。

時雨のふる頃には、もう一つの思い出がある。

沼波瓊音《ぬなみけいおん》氏の『乳《ち》のぬくみ』を読むと、その中にオボーという虫に就て、作者が幼い頃の思出が書いてあった。蓮の実を売る地蔵盆の頃になると、白い綿のような物の着いている小さい羽虫が町を飛ぶのが怖ろしく淋しいものであった。これを捕える子供らが「オボー三尺下ンがれよ」という、極めて幽暗な唄を歌ったと記してあった。

作者もこのオボーの本名を知らないといっている。私も無論知っていない。しかしこの記事を読んでいる中《うち》に、私も何だか悲しくなった。私もこれに能《よ》く似た思い出がある。それが測らずもこの記事に誘《さそ》い出《いだ》されて、幼い昔がそぞろに懐しくなった。

名古屋の秋風に飛んだ小さい羽虫と殆ど同じような白い虫が東京にもある。瓊音氏も東京で見たと書いてあった。それと同じものであるかどうかは知らないが、私の知っている小さい虫は俗に「大綿《おおわた》」と呼んでいる。その羽虫は裳《もすそ》に白い綿のようなものを着けているので、綿という名を冠せられたものであろう。江戸時代からそう呼ばれているらしい。秋も老いて寧《むし》ろ冬に近い頃から飛んで来る虫で、十一月から十二月頃に最も多い。赤とんぼうの影が全く尽きると、入れ替って大綿が飛ぶ。子供らは男も女も声を張上げて「大綿来い来い、飯食《ままく》わしょ」と唄《うた》った。

オボーと同じように、これも夕方に多く飛んで来た。殊に陰《くも》った日に多かった。時雨を催した冬の日の夕暮に、白い裳を重そうに垂れた小さい虫は、細かい雪のようにふわふわと迷って来る。飛ぶというよりも浮んでいるという方が適当かも知れない。彼は何処《どこ》から何処へ行くともなしに空中に浮んでいる。子供らがこれを追い捕えるのに、男も女も長い袂《たもと》をあげて打つのが習《ならい》であった。その頃は男の児《こ》も筒袖は極めて少なかった。筒袖を着る者は裏店《うらだな》の子だと卑《いやし》まれたので、大抵の男の児は八つ口の明いた長い袂を有《も》っていた。私も長い袂をあげて白い虫を追った。私の八つ口には赤い切《きれ》が付いていた。

それでも男の袂は女よりも短かった。大綿を追う場合にはいつも女の児に勝利を占められた。さりとて棒や箒《ほうき》を持出す者もなかった。棒や箒を揮《ふる》うには、相手があまりに小さく、あまりに弱々しいためであったろう。

横町では鮒売《ふなうり》の声が聞える。大通りでは大綿来い来いの唄が聞える。冬の日は暗く寂しく暮れてゆく。自分が一所に追っている時はさのみにも思わないが、遠く離れて聞いていると、寒い寂しいような感じが幼い心にも泌《し》み渡った。日が暮れかかって大抵の子供はもう皆《み》んな家へ帰ってしまったのに、子守をしている女の子一人はまだ往来にさまよって「大綿来い来い」と寒《さ》むそうに唄っているなどは、いかにも心細いような悲しいような気分を誘い出すものであった。

その大綿も次第に絶えた。赤とんぼうも昔に比べると非常に減ったが、大綿は殆ど見えなくなったといってもよい。二、三年前に招魂社の裏通りで一度見たことがあったが、そこらにいる子供たちは別に追おうともしていなかった。外套《がいとう》の袖で軽く払うと、白い虫は消えるように地に落ちた。私は子供の時の癖が失せなかったのである。

蟹

六月二十七日、昨夜来の雨は止まない。梅雨頃の天気癖という白映黒映《しろばえくろばえ》を折々に見せて、あるいは明るくあるいは暗く、究竟《つまり》は一日降暮《ふりくら》すのであろうと思えば、鬱陶《うっとう》しいこと夥多《おびただ》しい。殊《こと》に自分は昨日《きのう》から足を痛めている。躄勝五郎《いざりかつごろう》ほどでないが、とにかく山本勘助《やまもとかんすけ》の家来ぐらいにはなっている。いよいよ鬱陶しい。

昨日《きのう》の午前、O氏を麹町《こうじまち》区役所に訪《と》うて帰る途中、同所の石段で誤って下駄を踏み返した。その当時はさしたる疼痛《いたみ》も感じなかったが、午後から右の足首が漸次《しだい》に痛み出して、殆《ほとん》ど隻脚《かたあし》は踏み立てられないことになった。医師の診断《みたて》によると、骨には別に異状もないが、筋が伸びたのだとのことで、患部には罨法《あんぽう》を行い、繃帯《ほうたい》を施して、二、三日は歩行禁止を宣告せられたのである。

昨日に比べると、今日は疼痛もやや薄らいだが、右の隻脚はやはり自由でない。寝ているほどの大病人でもないから、繃帯した足を投げ出して、机の前に茫然《ぼんやり》している。

二、三種の新聞の社説から広告欄まで残らず読んでしまって、時計を見ると午前八時。若葉の雨は音もせずに烟《けむ》っている。

二階から見ると、隣の庭の杏子《あんず》が過日《このあいだ》の風雨《あらし》に吹き落されて、青葉がくれに二つ三つ紅《あか》く残っている。小児《こども》が太鼓を叩く音が聞える。何処《どこ》か知らないが、折々に枝蛙《えだかわず》が鳴く。

頭脳《あたま》に故障がなくても、身体《からだ》の一部に故障があると、書物を読んでも気が乗らず、物を考えても纏《まとま》らない。僅《わずか》に当用の葉書二枚を書き終って、所在なく烟草《たばこ》を喫《の》む、庭を眺める、空を見る。雀の声が聞えて、空は少しく明るくなったかと思うと、また瀟々《しとしと》と降って来る。やがてざっという音がして、樋筧《といだけ》の水が滝のように溢《あふ》れ落ちる。雨戸を閉めようと思っても、自分は容易に起《た》たれない。家内の者を呼んで閉めさせる。序《ついで》に戸棚の書物を出してもらおうとしたが、女共には急に探し当らない。終局《しまい》には小悶《こじれ》ったくなって、跛足《びっこ》を曳きながら自身で探しに行く。少しく力を入れて踏むと、足はやはり痛む。一冊の書物を探し出すのが大仕事だ。あまり馬鹿馬鹿しくなって、もう何を読む元気もなく、折角《せっかく》探し出した書物を枕にころりと寝る。

折柄、S氏が訪ねて来た。某座《ぼうざ》の七月狂言に私の脚本を演ずるに就て今日はその稽古《けいこ》に臨むはずであったが、何分この始末であるから御供は出来ないと断る。約一時間ばかりは芝居の話で紛れていたが、S氏が去るとまた寂しくなる。再び雨戸を明けさせて庭を眺めると、雨は小歇《おやみ》となった。板塀には蝸牛《かたつむり》、楓《かえで》の下には蚯蚓《みみず》の死骸《なきがら》、梅雨中の景物は遺憾《いかん》なく陳列している。こんな狭い庭では仕方がない、英国大使館前か清水谷《しみずだに》公園の広場へ行って、雨に湿《ぬ》れた若葉の林に、傘をかざして徘徊《はいかい》するのもまた面白かろうとは思いながら、跛足の足駄穿《ばき》では到底能《とてもでき》ぬ芸だ。ああ、詰らないとぐったりしてまた寝転ぶ。風が少し出たらしい。庭の青葉が揺めいて、檐《のき》を撲《う》つ雨の音が耳に付く。時計を見ると十時を過ること二十分、きょうの半日は実に長い。

私は絶えず沈思黙考という質《たち》であるが、もうこうなっては何を考える元気もない。また這《は》い起きて北の窓をあけてみる。筋向いのK氏の庭は碧梧《あおぎり》、石榴《ざくろ》、無花果《いちじく》がただ一面に真蒼《まっさお》で、折柄の風に青い波を打っている。それもやがて見飽きて再び机の前に復《かえ》る。相変らず所在がないので、今度は壁を睨《にら》んで達摩大師《だるまだいし》の座禅という形で、何を見るともなしに眺めていると、やがて一匹の蜘《くも》が何処《どこ》からか這い出した。退屈の時にはこんなものでも見逃すことは能ない、一心に眼を据えて、その行方《ゆくえ》を打守《うちまも》っていると、彼《かれ》はするするすると欄間《らんま》を伝って、果《はて》は掛額のうしろへ姿を隠した。さては額の裏に巣を組んでいるのかと思ったが、起ち上って検査するのも面倒と、ただうっかりと眺めている中《うち》に、蜘の形から聯想したのであろう、不意と蟹のことを思い出した。蟹は一本の足を失った蟹である。

過る十六日の雨ふる朝《あした》、わたしの庭へ一匹の赤い蟹が迷って来た。捕えてみると、左の足が一本折れている。恐らくは近所の子供に繋がれている中《うち》に、故意か偶然か糸を結んだ足が折れたので、彼は漸く自由の身となったのであろう。足が折れなければ、彼は依然として繋がれていたかも知れない。彼は一本の足を失った代りに、一身の束縛を逃れたのである。彼は寧《むし》ろ片輪となっても、その身の自由を得たのを喜んでいるかも知れない。けれども、私はこの不具な蟹に対して、いうべからざる悲哀を感じた。その日は我家に飼っておいて食物を与え、翌十七日の朝、これを五番町の大溝《おおどぶ》へ放して遣《や》った。溝はお堀につづいているから、彼も再び子供の手にかからず、恐らく安全の棲家《すみか》を得たであろう。昔話ならば、蟹がその夜の夢にあらわれて、私に礼の一言もいうべき所であるが、一向にそんなこともなかった。

あの蟹は今頃どうしているだろう。私も今や隻脚の自由を欠いている。いわゆる同病相憐むの意味からしても、蟹の身の上が案じられてならない。私の足の疼痛はさしたることでもない、三、四日の後には確《たしか》に癒《なお》る。が、蟹の足は再び生《は》えることはあるまい。彼は一生を不具者として送らねばならない。五番町の大溝からお堀へかけて、石垣の間には沢山の蟹が棲《す》んでいるらしい。不具者の彼はその仲間に伍して、何らの迫害を蒙《こうむ》ることなしに、悠々と一生を送られるであろうか。鳥類、殊《こと》に鴉《からす》のごときは一種の団結心に富んでいて、ほかの土地から舞い込んだ旅鴉と見れば、大勢が集って散々に窘《いじ》める。蟹の仲間にはそんな習慣はないであろうか。今日のように雨ふる日、他の蟹は思い思いの穴に潜んでいるにもかかわらず、他国者の彼は身を隠すべき処《ところ》もなく、雨に湿《ぬ》れつつ石垣の上を彷徨《さまよ》っているのではあるまいか。しかも彼は一足を失っている不具者である。

いっそ私の家に何日《いつ》までも飼っておいたら、こんな苦労をせずとも済んだのであるが、如何《いか》に愛育されても、彼は一種の牢獄のような桶や籠の中に飼われているのを喜ばないかも知れない。たとい多少の迫害や困難を凌《しの》いでも、彼は堀や溝に自由の天地を求めているかも知れない。

こんな空想に時を移している内に、もう午餐《ひるめし》の仕度が出来たという知らせがある。起《た》とうとしても一方の足が自由でない、二階の階子《はしご》を這うようにして降りるのは中々の難儀である。それに付けても、蟹はどうしているであろう。庭を見れば、雨はまた一霎時《ひとしきり》はげしく降る。お堀の水も定めて増したであろう。

二階から

二階からといって、眼薬をさす訳《わけ》でもない。私が現在閉籠《とじこも》っているのは、二階の八畳と四畳の二間で、飯でも食う時のほかは滅多《めった》に下座敷などへ降りたことはない。わが家ながらあたかも間借りをしているような有様で、私の生活は殆《ほとん》どこの二間に限られている。で、世間を観《み》るのでも、月を観るのでも、雪を観るのでも、花を観るのでも、すべてこの二階から観る。随って眼界は狭い。その狭い中から見出したことの二つ三つをここに書く。

一　水仙

去年の十一月に支那水仙を一鉢買った。勿論相当に水も遣《や》る、日にも当てる。一通りの手当は尽していたのであるが、十二月になっても更に蕾《つぼみ》を出さない。無暗《むやみ》に葉が伸びるばかりである。どうも望みがないらしいと思っているところへ、K君が来た。K君は園芸の心得ある人で、この水仙を見ると首を傾《かし》げた。

「君、これはどうもむずかしいよ。恐《おそら》く花は持つまい。」

こういって、K君は笑った。私も頭を掻《か》いて笑った。その当時K君の忰《せがれ》は病床に横《よこた》わっていたが、病院へ入ってから少しは良《い》いということであった。ところが、その月の中旬に寒気が俄《にわか》に募《つの》ったためか、K君の忰は案外に脆《もろ》く仆《たお》れてしまった。K君の忰は蕾ながらにして散ってしまったのである。私の家の水仙はその蕾さえも持たずして、空しく枯れてしまうであろうと思われた。

年が明けた。ある暖い朝、私がふとかの水仙の鉢を覗《のぞ》くと、長く伸びた葉の間から、青白い袋のようなものが見えた。私は奇蹟を目撃したように驚いた。これは確《たしか》に蕾である。それから毎日欠《かか》さずに注意していると、葉と葉との間からは総て蕾がめぐんで来た。それが次第に伸びて拡《ひろ》がって来た。もうこうなると、発育の力は実に目ざましいもので、茎はずんずんと伸《のび》てゆく。蕾は日ましに膨《ふく》らんでゆく。今ではもう十数輪の白い花となって、私の書棚を彩《いろど》っている。

殆ど絶望のように思われた水仙は、案外立派に発育して、花としての使命を十分果した。K君の忰は花とならずして終った。春の寒い夕《ゆうべ》、電灯の燦《さん》たる光に対して、白く匂いやかなるこの花を見るたびに、K君の忰の魂のゆくえを思わずにはいられない。

二　団五郎

新聞を見ると、市川団五郎が静岡で客死《かくし》したとある。団五郎という一俳優の死は、劇界に何らの反響もない。少数の親戚や知己は格別、多数の人々は恐らく何の注意も払わずにこの記事を読み過したであろう。しかも私はこの記事を読んで、涙をこぼした一人《いちにん》である。

団五郎と私とは知己でも何でもない。今日まで一度も交際したことはなかった。が、私の方ではこの人を記憶している。歌舞伎座の舞台開きの当時、私は父と一所《いっしょ》に団十郎の部屋へ遊びにゆくと、丁度わたしと同年配ぐらいの美少年が団十郎の傍《そば》に控えていて、私たちに茶を出したり、団十郎の手廻りの用などを足していた。いうまでもなく団十郎の弟子である。

「綺麗な児《こ》だが、何といいます。」

父が訊《き》くと、団十郎は笑って答えた。

「団五郎というのです。いたずら者で――。」

答はこれだけの極めて簡短なものであったが、その笑みを含んだ口吻《くちぶり》にも、弟子を見《み》遣《や》った眼の色にも、一種の慈愛が籠っていた。この児は師匠に可愛《かあい》がられているのであろうと、私も子供心に推量した。

「今に好い役者になるでしょう。」

父が重ねていうと、団十郎はまた笑った。

「どうですかねえ。しかしまあ、どうにかこうにかものにはなりましょうよ。」

若い弟子に就ての問答はこれだけであった。やがて幕が明くと、団十郎は水戸黄門で舞台に現れた。その太刀持を勤めている小姓は、かの団五郎であった。彼は楽屋で見たよりも更に美しく見えた。私は団五郎が好きになった。

けれども、彼はその後いつも眼に付くほどの役を勤めていなかった。番附をよく調べて見なければ、出勤しているのかいないのか判らない位であった。その中《うち》に私もだんだんに年を取った。団五郎に対する記憶も段々に薄らいで来た。近年の芝居番附には団五郎という名は見えなくなってしまった。二十何年ぶりで今日《こんにち》突然にその訃《ふ》を聞いたのである。何でも旅廻りの新俳優一座に加わって、各地方を興行していたのだという。それ以上のことは詳しく判らないが、その晩年の有様も大抵は想像が付く。

日本一の名優の予言は外れた。団五郎は遂にものにならずに終った。師匠の眼識違《めがねちが》いか、弟子の心得違いか。その当時の美しい少年俳優がこういう運命の人であろうとは、私も思い付かなかった。

三　茶碗

O君が来て古い番茶茶碗をくれた。おてつ牡丹餅《ぼたもち》の茶碗である。おてつ牡丹餅は維新前から麹町《こうじまち》の一名物であった。おてつという美人の娘が評判になったのである。元園町《もとぞのちょう》一丁目十九番地の角店《かどみせ》で、その地続きが元は徳川幕府の薬園、後には調練場となっていたので、若い侍などが大勢集って来る。その傍《そば》に美しい娘が店を開いていたのであるから、評判になったも無理はない。

おてつの店は明治十八、九年頃まで営業を続けていたかと思う。私の記憶に残っている女主人《おんなあるじ》のおてつは、もう四十位であったらしい。眉を落して歯を染めた小作りの年増《としま》であった。聟《むこ》を貰ったがまた別れたとかいうことで、十一、二の男の児《こ》を持っていた。美しい娘も老いて俤《おもかげ》が変ったのであろう。私の稚《おさな》い眼には格別の美人とも見えなかった。店の入口には小さい庭があって、飛石伝いに奥へ這入《はい》るようになっていた。門の際《きわ》には高い八《や》つ手《で》が栽《う》えてあって、その葉かげに腰を屈《かが》めておてつが毎朝入口を掃《は》いているのを見た。汁粉《しるこ》と牡丹餅とを売っているのであるが、私が知っている頃には店も甚だ寂《さび》れて、汁粉も牡丹餅もあまり旨《うま》くはなかったらしい。近所ではあったが、私は滅多《めった》に食いに行ったことはなかった。

おてつ牡丹餅の跡へは、万屋《よろずや》という酒屋が移って来て、家屋も全部新築して今日《こんにち》まで繁昌している。おてつ親子は麻布の方へ引越したとか聞いているが、その後の消息は絶えてしまった。

私の貰った茶碗はそのおてつの形見である。O君の阿父《おとう》さんは近所に住んでいて、昔からおてつの家とは懇意《こんい》にしていた。維新の当時、おてつ牡丹餅は一時閉店するつもりで、その形見といったような心持で、店の土瓶《どびん》や茶碗などを知己の人々に分配した。O君の阿父さんも貰った。ところが、何かの都合からおてつは依然その営業をつづけていて、私の知っている頃までやはりおてつ牡丹餅の看板を懸けていたのである。

汁粉屋の茶碗というけれども、さすがに維新前に出来たものだけに、焼《やき》も薬《くすり》も悪くない。平仮名《ひらがな》でおてつと大きく書いてある。私は今これを自分の茶碗に遣《つか》っている。しかしこの茶碗には幾人の唇が触れたであろう。

今この茶碗で番茶を啜《すす》っていると、江戸時代の麹町が湯気の間から蜃気楼《しんきろう》のように朦《もう》朧《ろう》と現れて来る。店の八つ手はその頃も青かった。文金島田《ぶんきんしまだ》にやの字の帯を締めた武家の娘が、供《とも》の女を連れて徐《しず》かに這入って来た。娘の長い袂《たもと》は八つ手の葉に触れた。娘は奥へ通って、小さい白扇《はくせん》を遣っていた。

この二人の姿が消えると、芝居で観る久松のような丁稚《でっち》が這入って来た。丁稚は大きい風呂敷包を卸《おろ》して椽《えん》に腰をかけた。どこへか使《つかい》に行く途中と見える。彼は人に見られるのを恐れるように、なるたけ顔を隠して先《ま》ず牡丹餅を食った。それから汁粉を食った。銭を払って、前垂で口を拭いて、逃げるように狐鼠狐鼠《こそこそ》と出て行った。

講武所風の髷《まげ》に結って、黒木綿の紋附、小倉の馬乗袴《うまのりばかま》、朱鞘《しゅざや》の大小の長いのをぶっ込んで、朴歯《ほおば》の高い下駄をがら付かせた若侍《わかざむらい》が、大手を振って這入って来た。彼は鉄扇《てっせん》を持っていた。悠々と蒲団の上に座って、角細工《つのざいく》の骸骨《がいこつ》を根付《ねつけ》にした煙草入《たばこい》れを取出した。彼は煙を強く吹きながら、帳場に働くおてつの白い横顔を眺めた。そうして、低い声で頼山陽《らいさんよう》の詩を吟じた。

町の女房らしい二人連《づれ》が日傘を持って這入って来た。彼らも煙草入れを取出して、鉄漿《おはぐろ》を着けた口から白い煙を軽く吹いた。山の手へ上って来るのは中々草臥《くたび》れるといった。帰りには平河《ひらかわ》の天神様へも参詣《さんけい》して行こうといった。おてつと大きく書かれた番茶茶碗は、これらの人々の前に置かれた。調練場の方ではどッという鬨《とき》の声が揚った。ほうろく調練が始まったらしい。

私は巻煙草を喫《の》みながら、椅子に倚《よ》り掛って、今この茶碗を眺めている。曾《かつ》てこの茶碗に唇を触れた武士も町人も美人も、皆それぞれの運命に従って、落付く所へ落付いてしまったのであろう。

四　植木屋

植木屋の忰《せがれ》が松の緑を摘《つ》みに来た。一昨年《おととし》まではその父が来たのであるが、去年の春に父が死んだので、その後は忰が代りに来る。忰はまだ若い、十八、九であろう。

昼休みの時に、彼は語った。

自分はこの商売をしないつもりで、築地の工手学校に通っていた。もう一年で卒業という間際《まぎわ》に父に死なれた。とても学校などへ行ってはいられない。祖母は父の弟の方へ引取られたが、家には母がある。弟がある。自分は父と同職の叔父《おじ》に附いて出入先を廻ることになった。これも不運で仕方がないが、親父がもう一年生きていてくれればと思うことも度々《たびたび》ある。自分と同級の者は皆学校を卒業してしまった。

あきらめたというものの、彼の声は陰《くも》っていた。私も暗い心持になった。

しかし人間は学校を卒業するばかりが目的ではない。ほかにも色々の職業がある。これからの世の中は学校を卒業したからといって、必ず安楽に世を送られると限ったものではない。なまじい学問をしたために、かえって一身の処置に苦《くるし》むようなこともしばしばある。親の職業を受嗣《うけつ》いで、それで世を送って行かれれば、お前に取って幸福でないとはいえない。今お前が羨《うらや》んでいる同級生が、かえってお前を羨むような時節がないとも限らない。お前はこれから他念なく出精《しゅっせい》して、植木屋として一人前の職人になることを心掛けねばならないと、私はくれぐれもいい聞かせた。

彼も会得したようであった。再び高い梯《はしご》に昇って元気よく仕事をしていた。松の枝が時々にみしりみしりと撓《たわ》んだ。その音を聴《き》くごとに、私は不安に堪《たえ》なかった。

五　蜘蛛

庭の松と高野槙《こうやまき》との間に蜘蛛《くも》が大きな網を張っている。二本ながら高い樹で丁度二階の鼻の先に突き出ているので、この蜘蛛の巣が甚だ眼障《めざわ》りになる。私は毎朝払い落すと、午頃《ひるごろ》には大きな網が再び元のように張られている。夕方に再び払い落すと、明《あく》る朝にはまたもや大きく張られている。私が根よく払い落すと、彼も根よく網を張る。蜘蛛と私との闘《たたかい》は半月あまりも続いた。

私は少しく根負けの気味になった。いかに鉄条網を突破しても、当の敵《かたき》の蜘蛛を打ち亡ぼさない限りは、到底最後の勝利は覚束《おぼつか》ないと思ったが、利口な彼は小さい体を枝の蔭や葉の裏に潜めて、巧みに私の竿《さお》や箒《ほうき》を逃れていた。私はこの出没自在の敵を攻撃するべくあまりに遅鈍であった。

彼の敵は私ばかりではなかった。ある日強い南風が吹き巻《ま》くって、松と槙との枝を撓《たわ》むばかりに振り動かした。彼の巣もともに動揺した。巣の一部分は大きな魚に食い破られた網のように裂《さ》けてしまった。彼は例の如く小さい体を忙がしそうに働かせながら、風に揺られつつ網の破れを繕《つくろ》っていた。

ある日、庭に遊んでいる雀が物に驚いて飛び起《た》った時に、彼の拡《ひろ》げた翼はあたかも蜘蛛の巣に触れた。鳥は向う見ずに網を突き破って通った。それから三十分ばかりの間、小さい虫はまたもや忙がしそうに働かねばならなかった。彼は忠実なる工女のように、息もつかずに糸を織っていた。

彼は善《よ》く働くと私はつくづく感心した。それと同時に、彼を駆逐《くちく》することは所詮駄目《しょせんだめ》だと、私は諦《あきら》めた。わたしはこの頑強《がんきょう》なる敵と闘うことを中止しようと決心した。

私が蜘蛛の巣を払うのは勿論いたずらではない。しかし命賭《いのちが》けでもこれを取払わねばならぬというほどの必要に迫られている訳《わけ》でもない。単に邪魔だとか目障《めざわ》りだとかいうに過ぎないのである。これが有《あ》ったからといって、私の生活に動揺を来すというほどの大事件ではない。それと反対に、彼に取っては実に重大なる死活問題である。彼が網を張るのは悪戯《いたずら》や冗談《じょうだん》ではない、彼は生きんがために努力しているのである。彼は生きている必要上、網を張って毎日の食を求めなければならない。彼には生に対する強い執《しゅう》着《じゃく》がある。毎日払い落されても、毎日これを繕ってゆく。恐《おそ》く彼はいよいよ死ぬという最終の一時間までこの努力をつづけるに相違あるまい。
私は、彼に敵することは能《でき》ないと悟った。
小さい虫は遂に私を征服して、私の庭を傲然《ごうぜん》として占領している。

六　蛙

次は蛙である。青い脊中に軍人の肩章のような金色の線を幾筋も引いている雨蛙である。

私の狭い庭には築山《つきやま》がある。彼は六月の中旬頃からひょこりひょこりとそこに現れた。彼は山をめぐる躑躅《つつじ》の茂みを根拠地として、朝に晩にそこらを這《は》い歩いて、日中にも平気で出て来た。雨が降ると涼しい声を出して鳴いた。

今年の梅雨中《ばいうちゅう》には雨が少かったので、私の甥《おい》は硝子《がらす》の長い管で水出しを作った。それを楓《かえで》の高い枝にかけてあたかも躑躅の茂みへ細い滝を落すように仕掛けた。午後一時半頃、甥は学校から帰って来ると、すぐにバケツに水を汲み込んで水出しの設備に取《と》りかかる。細い水は一旦《いったん》噴き上って更に真直にさッと落ちて来ると、夏楓の柔い葉は重い雫《しずく》に堪えないように身を顫《ふる》わした。咲き残っている躑躅の白い花も湿《ぬ》れた頭を重そうに首肯《うなず》かせた。滝は折々に風にしぶいて、夏の明るい日光の前に小さい虹を作った。湿《ぬ》れた苔は青く輝いた。あるものは金色《こんじき》に光った。

「もう今に蛙が出て来るだろう。」

こういっていると、果して何処《どこ》からか青い動物が遅々《のそのそ》と這い出して来る。彼は悠然として滝の下にうずくまる。そうして、楓の葉を通して絶間《たえま》なしに降り注ぐ人工の雨に浴している。バケツの水が尽きると、甥と下女とが汲み替えて遣《や》る。蛙は眼を晃《ひか》らしているばかりでちっとも動かない。やがて十分か二十分も経ったと思うと、彼は弱い女のような細い顫え声を高く揚げて、からからからからというように鳴き始める。調子はなかなか高いので二階にいる私にも能《よ》く聞えた。

こんなことが十日ほども続くと、彼は何処へか姿を隠してしまった。甥がいくら苦心しても、人工の雨では遂に彼を呼ぶことが能《でき》なくなった。甥は失望していた。私も何だか寂しく感じた。

それから四日ほど過ぎると朝から細雨《こさめ》が降った。どこやらでからからからからという声が聞えた。甥は学校へ行った留守であったので、妻と下女とはその声を尋ねて垣の外へ出た。声は隣家の塀の内にあるらしく思われた。塀の内には紫陽花《あじさい》が繁って咲いていた。

「奥さんここにいますよ」と、下女が囁《ささや》いた。蛙は塀の下にうずくまって昼の雨に歌っているのであった。下女は塀の下から手を入れて難なく彼を捕えて帰った。もう逃げるのじゃないよといい聞かせて、再び彼を築山のかげに放して遣《や》った。その日は一日降《ふり》暮《くら》した。夕方になると彼は私の庭で歌い始めた。

家内の者は逃げた鶴が再び戻って来たように喜んだ。築山に最も近い四畳半の部屋に集って、茶を飲みながら蛙の声を聴いた。私の家族は俄《にわか》に風流人になってしまった。俄作《にわかづく》りの詩人や俳人は明る日になって再び失望させられた。蛙は再び逃げてしまった。今度はいくら探してももう見えなかった。

その後にもしばしば雨が降った。しかも再び彼の声を聴くことは能《でき》なかった。隣の庭でも鳴かなかった。甥の作った水出しは物置の隅へ投げ込まれてしまった。

「あんなに可愛《かあい》がって遣《やっ》たのに……」と、甥も下女も不平らしい顔をしていた。実際、我々は彼を苦《くるし》めようとはしなかった。寧《むし》ろ彼を愛養していた。しかも彼を狭い庭の内に押込めて、いつまでも自分たちの専有物にしておこうという我儘《わがまま》な意思を持っていたことは否《いな》まれなかった。そこに有形無形の束縛があった。彼は自由の天地にあこがれて、遠く何処へか立去ったのであろう。

蜘蛛は私に打克《うちか》った。蛙は私の囚《とら》われを逃れた。彼らはいずれも幸福でないとはいえまい。

七　蛙と騾馬《らば》と

前回に蛙の話を書いた折に、ふと満洲の蛙を思い出した。十余年前、満洲の戦地で聴いた動物の声で、私の耳の底に最も鮮かに残っているのは、蛙と騾馬との声であった。蓋平《がいへい》に宿《とま》った晩には細雨《こさめ》が寂しく降っていた。私は兵站部《へいたんぶ》の一室を仮《か》りて、板の間に毛布を被って転がっていると、夜の十時頃であろう、だしぬけに戸の外でがあがあと叫ぶような者があった、ぎいぎいと響くような者があった。その声は家鴨《あひる》に似て非なるものであった。殊《こと》にその声の大きいのに驚かされた。

私は蠟燭《ろうそく》を点《つ》けて外を窺《うかが》った。外は真暗《まっくら》で、雨は間断《しきり》なしにしとしとと降っていた。ぎいぎいという不思議の声は遠い草叢《くさむら》の奥にあるらしく思われたので、私は蠟燭を火縄《ひなわ》に替えた。そうして、雨の中を根好《こんよ》く探して歩いたが、怪物の正体は遂に判らなかった。私は夜もすがらこの奇怪なる音楽のために脅《おび》やかされた。

夜が明けてから兵站部員に訊《き》くと、彼は蛙であった。その鳴声が調子外れに高いので、初めて聴いた者は誰でも驚かされる、しかも滅多《めった》にその形を視《み》た者はないとのことであった。漢詩では蛙の鳴くことを蛙鳴《あめい》といい蛙吠《あべい》というが、吠《べい》の字は必ずしも平仄《ひょうそく》の都合ばかりでなく、実際にも吠ゆるという方が適切であるかも知れないと、私はこの時初めて感じた。

日本の演劇《しばい》で蛙の声を聞かせる場合には、赤貝を摺《す》り合せるのが昔からの習《ならい》であるが、『太功記《たいこうき》』十段目の光秀が夕顔棚《ゆうがおだな》のこなたより現《あらわ》れ出《い》でた時に、例の小田の蛙《かわず》が満洲式の家鴨のような声を張上げてぎいぎいと鳴き出したらどうであろう。光秀も恐《おそら》く竹槍を担《かつ》いで逃げ出すより他《ほか》はあるまい。私は独りで噴飯《ふきだ》してしまった。

ただし満洲の蛙も悉《ことごと》くこの調子外ればかりではなかった。中には楽人《がくじん》の資格を備えている種類もあった。私が楊家屯《ようかとん》に露宿《ろじゅく》した夕《ゆうべ》、宵《よい》の間は例の蛙どもが破れた笙《しょう》を吹くような声を遠慮なく張上げて、私の安眠を散々に妨害したが、夜の更けるに随ってその声も漸く断えた。今夜は風の生暖い夜であった。空は一面に陰《くも》っていた。近所の溜りの池で再び蛙の声が起った。これは聞慣れた普通の声であった。わたしは久振《ひさしぶり》で故郷の音楽を聴いた。桜の散る頃に箕輪《みのわ》田圃《たんぼ》のあたりを歩いているような気分になった。私は嬉しかった、懐かしかった。疲れた身にも寝るのが惜いように思われたのはこの夜であった。

騾馬の嘶《いなな》きも甚だ不快な記憶を止めている。これも一種のぎいぎいという声である。どう考えても生きた物の声とは思われなかった。木と木とが触れ合ったらこんな響を発するであろうかと思われた。そうして如何《いか》にも苦しい、寂しい、悲しい、今にも亡びそうな声である。ある人が彼を評して亡国の声といったのも無理はない。決して目出たい声でない、陽気な声でない、彼は人間の滅亡を予告するように高く嘶《いなな》いているのではあるまいか。

遼陽の攻撃戦が酣《たけなわ》なる時、私は雨の夕暮に首山堡《しゅざんぼう》の麓へ向った。その途中で避難者を乗せているらしい支那人の荷車に出逢った。左右は一面に高粱《こうりょう》の畑で真中《まんなか》には狭い道が通じているばかりであった。私はよんどころなしに畑へ入って車を避けた。車を牽《ひ》いているのは例の騾馬であった。車に乗っているのは六十あまりの老女と十七、八の若い娘と六、七歳の男の児《こ》の三人で、他に四十位で頬に大きな痣《あざ》のある男が長い鞭《むち》を執《と》っていた。車には掩蓋《おおい》がないので、人は皆湿《ぬ》れていた。娘は蒼白《あおじろ》い顔をして、鬢《びん》に雫《しずく》を滴《た》らしているのが一入《ひとしお》あわれに見えた。

路《みち》が悪いので車輪は容易に進まなかった。車体は右に左に動揺した。車が激しく揺れるたびに、娘は胸を抱えて苦しそうに咳き入った。わたしはもしや肺病患者ではないかと危ぶんだ。

男は焦《じ》れて打々《ターター》と叫んだ。そうして長い鞭をあげて容赦なしに痩せた馬の脊を打った。馬は跳《おど》って狂った。狂いながらにいくたびか高く嘶いた。娘は老女の膝に倒れかかって、血を吐きそうに強く咳き入った。

遼陽から首山堡の方面にかけて、大砲や小銃の音がいよいよ激しくなった。私は車の通り過ぎるのを待ち兼ねて、再び旧《もと》の路に出た。騾馬はまたもや続けて嘶いた。娘は揉み殺されそうに車に揺られていた。やがて男の児も泣き出した。

私が一町ほど行き過ぎた頃にも、騾馬の声は寒い雨の中に遠く聞えていた。

八　おたけ

おたけは暇を取って行った。おとなしくて能《よ》く働く女であったが、たった二週間ばかりで行ってしまった。

これまで奉公していたおよねは母が病気だというので急に国へ帰る事になった。その代りとしておたけが目見得《めみえ》に来たのは、七月の十七日であった。彼女《かれ》は相州の大山街道に近い村の生れで、年は二十一だといっていたが、体の小さい割に老《ふ》けて見えた。その目見得の晩に私の甥《おい》が急性腸胃加答児《ちょういかたる》を発したので、夜半《よなか》に医師を呼んで灌腸をするやら注射をするやら、一家が徹夜で立騒いだ。来たばかりのおたけは勝手が判らないのでよほど困ったらしいが、それでも一生懸命に働いてくれた。暗い夜を薬取りの使《つかい》にも行ってくれた。目見得も済んで、翌日から私の家に居着《いつ》くこととなった。

彼女は何方《どちら》かといえば温順《おとなし》過ぎる位であった。寧《むし》ろ陰気な女であった。しかし柔順《すなお》で正直で骨を惜まずに能く働いて、どんな場合にも決して忌《いや》そうな顔をしたことはなかった。好い奉公人を置き当てたと家内の者も喜んでいた。私も喜んでいた。すると四、五日経った後《のち》、妻は顔を皺《しか》めてこんなことを私に囁《ささや》いた。

「おたけはどうもお腹《なか》が大きいようですよ。」

「そうかしら。」

私には能く判らなかった。なるほど、小作りの女としては、腹が少し横肥りのようにも思われたが、田舎生れの女には随分こんな体格の女がないでもない。私はさのみ気にも止めずに過ぎた。

おたけはいくらか文字《もんじ》の素養があると見えて、暇があると新聞などを読んでいた。手紙などを書いていた。ある時には非常に長い手紙を書いていたこともあった。彼女は用の他《ほか》に殆《ほとん》ど口を利《き》かなかった。いつも黙って働いていた。

彼女は私の家へ来る前に青山の某《ぼう》軍人の家に奉公していたといった。七人の兄妹のある中で、自分は末子であるといった。実家は農であるそうだが、あまり貧しい家ではないと見えて、奉公人としては普通以上に着物や帯なども持っていた。容貌《きりょう》はあまり好くなかったが、人間が正直で、能く働いて、相当の着物も持っているのであるから、奉公人としては先《ま》ず申分のない方であった。諄《くど》くもいう通り、甚《ひど》く温順い女で、少し粗匆《そそう》でもすると顔の色を変えて平謝《ひらあやま》りに謝まった。

彼女は「だいなし」という詞《ことば》を無暗《むやみ》に遣《つか》う癖があった。ややもすると「だいなしに暑《あつ》い」とか、「だいなしに遅くなった」とかいった。病気も追々に快《よ》くなった甥などはその口真似《くちまね》をして、頻《しき》りに「だいなし」を流行《はや》らせていた。

妻も彼女を可愛がっていた。私も眼をかけて遣《や》れといっていた。が、折々に私たちの心の底に暗い影を投げるのは、彼女の腹に宿せる秘密であった。気をつけて見れば見るほどどうも可怪《おかし》いようにも思われたので、私はいっそ本人に対《むか》って打付《うちつけ》に問《と》い糺《ただ》して、その疑問を解こうかとも思ったが、可哀《かあい》そうだからお止《よ》しなさいと妻はいった。私も何だか気の毒なようにも思ったので、詮議《せんぎ》は先《ま》ずそのままにしてしばらく成行《なりゆき》を窺《うかが》っていた。

月末になると請宿《うけやど》の主人が来て、まことに相済まないがおたけに暇をくれといった。段々聞いてみると、彼女は果して妊娠六ヵ月であった。彼女は郷里にある時に同村の若い男と親しくなったが、男の家が甚だ貧しいのと昔からの家柄が違うとかいうので、彼女の老いたる両親は可愛い末の娘を男に渡すことを拒《こば》んだ。若い二人は引分けられた。彼女は男と遠ざかるために、この春のまだ寒い頃に東京へ奉公に出された。その当時既に妊娠していたことを誰も知らなかった。本人自身も心付かなかった。東京へ出て、漸次《しだい》に月の重なるに随って、彼女は初めて自分の腹の中に動く物のあることを知った。

これを知った時の彼女の悲しい心持はどんなであったろう。彼女は故郷へこのことを書いて遣ったが、両親も兄も返事をくれなかった。帰るにも帰られない彼女は、苦しい胸と大きい腹とを抱えてやはり奉公をつづけていると、盆前になって突然に主人から暇が出た。ただならぬ彼女の身体《からだ》が主人の眼に着いたのではあるまいか。主人は給金のほかに反物《たんもの》をくれた。

彼女はいよいよ重くなる腹の児《こ》を抱えて、再び奉公先を探した。探し当てたのが私の家であった。彼女としては辛くもあったろう、苦しくもあったろう、悲しくもあったろう。気心の知れない新しい主人の家へ来て、一生懸命に働いている間にも、彼女は思うことが沢山あったに相違ない。いくら陰陽《かげひなた》がないといっても、主人には見せられぬ涙もあったろう。内所《ないしょ》で書いていた長い手紙には、遣瀬《やるせ》ない思いの数々を筆にいわしていたかも知れない。彼女が陰《くも》った顔をしているのも無理はなかった。そんなこととは知らない私は、随分大きな声で彼女を呼んだ。遠慮なしに用をいい付けた。私は思い遣《や》りのない主人であった。

それでも彼女は幸《さいわい》であった。彼女が奉公替をしたということを故郷へ知らせて遣った頃から、両親の心も和らいだ。子まで生《な》したものを今更どうすることも能《でき》まいという兄たちの仲裁説も出た。結局彼女を呼び戻して、男に添わして遣ろうということになった。

そう決ったらば旧の盂蘭盆《うらぼん》前に嫁入させるが土地の習慣《ならわし》だとかいうので、二番目の兄が俄《にわか》に上京した。おたけは兄に連れられて帰ることになったのである。

勿論、暇《いとま》をくれるという話さえ決れば、代りの奉公人の来るまでは勤めてもいいとのことであったが、私たちはいつまでも彼女を引止めておくに忍びなかった。嫁入仕度《よめいりじたく》の都合などもあろうから直《すぐ》に引取っても差支《さしつかえ》ないと答えた。彼女は明《あ》る日《ひ》の午後に去った。

去る時に彼女は二階へ上って来て、わたしの椅子《いす》の下に手を突いて、叮寧《ていねい》に暇乞《いとまご》いの挨拶をした。彼女は白粉《おしろい》を着けて、何だか派手な帯を締めていた。

「私の方ではもっと奉公していてもらいたいと思うけれども、国へ帰った方がお前のためには都合がいいようだから――。」

私が笑いながらこういうと、彼女は少しく頬を染めて俯向《うつむ》いていた。彼女はさぞ嬉しかろう。貧乏であろうが、家柄が違おうが、そんなことはどうでもいい。彼女は自分の決めた男のところへ行くことが能るようになった。彼女は私生児の母とならずに済んだ。悲しい過去は夢となった。

私も「だいなし」に嬉しかった。

僅か二週間を私の家に送ったおたけは、こんな思い出を残して去った。

九　元園町の春

Sさん。郡部の方もだんだん開けて来るようですね。御宅の御近所も春は定めてお賑《にぎや》かいことでしょう。そこでお前の住んでいる元園町《もとぞのちょう》の春はどうだという御尋《おたず》ねでしたが、私共の方は昨今却《かえ》ってあなたたちの方よりも寂しい位で、御正月だからといって別に取立てて申上げるほどのこともないようです。しかし折角《せっかく》ですから少しばかり何か御通信申上げましょう。

この頃は正月になっても、人の心を高い空の果へ引揚げて行くような、長閑《のどか》な凧《たこ》のうなりは全然《まるで》聞かれなくなりました。往来の少い横町へ這入《はい》ると、追羽子《おいはご》の春めいた音も少しは聞えますが、その群の多くは玄関の書生さんや台所の女中さんたちで、お嬢さんや娘さんらしい人たちの立交っているのはあまり見かけませんから、門松を背景とした初春《はつはる》の巷《ちまた》に活動する人物としては、その色彩が頗《すこぶ》る貧しいようです。平手《ひらて》で板を叩くような鼓《つづみ》の音をさせて、鳥打帽子を被《かぶ》った万歳《まんざい》が幾人《いくにん》も来ます。鉦《かね》や太鼓《たいこ》を鳴らすばかりで何にも芸のない獅子舞も来ます。松の内早仕舞《はやじまい》の銭湯におひねりを置いてゆく人も少いので、番台の三宝の上に紙包の雪を積み上げたのも昔の夢となりました。藪入《やぶいり》などは勿論ここらの一角《いっかく》とは没交渉で、新宿行の電車が満員の札をかけて忙がしそうに走るのを見て、太宗寺《たいそうじ》の御閻魔様《おえんまさま》の御繁昌を窃《ひそ》かに占うに過ぎません。

家々に飼犬が多いに引替えて、猫を飼う人は滅多《めった》にありません。家根伝いに浮かれあるく恋猫の痩せた姿を見るようなことは甚だ稀です。ただ折々に何処《どこ》からか野良猫がさまよって来ますが、この闖入者《ちんにゅうしゃ》は棒や箒《ほうき》で残酷に追い払われてしまいます。夜は静です、実に静です。支那の町のように宵から眠っているようです。八時か九時という頃には大抵の家は門戸を固くして、軒の電灯が白く凍った土を更に白く照しているばかりです。大きな犬が時々思い出したように、星の多い空を仰いで虎のように嘯《うそぶ》きます。ここらでただ一軒という寄席《よせ》の青柳亭《あおやぎてい》が看板の灯《ひ》を卸《おろ》す頃になると、大股に曳き摺って行くような下駄の音が一《ひ》としきり私の門前を賑わして、寄席帰りの書生さんの琵琶歌《びわうた》などが聞えます。跡《あと》はひっそりして、シュウマイ屋の唐人笛《とうじんぶえ》が高く低く、夜風にわななくような悲しい余韻を長く長く曳《ひ》いて、横町から横町へと闇の奥へ消えて行きます。どこやらで赤《あか》児《ご》の泣く声も聞えます。尺八を吹く声も聞えます。角の玉突場でかちかちという音が寒《さ》むそうに聞えます。

寒の内には草鞋《わらじ》ばきの寒行《かんぎょう》の坊さんが来ます。中には襟巻《えりまき》を暖かそうにした小坊主を連れているのもあります。日が暮れると寒参りの鈴の音も聞えます。麹町通《こうじまちどお》りの小間物《こまもの》屋《や》には今日《こんにち》うし紅《べに》のビラが懸《か》けられて、キルクの草履《ぞうり》を穿《は》いた山の手の女たちが驕慢《きょうまん》な態度で店の前に突っ立ちます。ここらの女の白粉《おしろい》は格別に濃いのが眼に着きます。

四谷街道に接している故《せい》か、馬力《ばりき》の車が絶間《たえま》なく通って、さなきだに霜融《しもどけ》の路《みち》をいよいよ毀《こわ》して行くのも此頃《このごろ》です。子供が竹馬に乗って歩くのも此頃です。火の番銭の詐欺《さぎ》の流行《はや》るのも此頃です。しかし風のない晴れた日には、御堀《おほり》の堤《どて》の松の梢が自ずと霞んで、英国大使館の旗竿の上に鳶《とび》が悠然と止まっているのも此頃です。

まだ書いたら沢山ありますが、先《ま》ずここらで御免《ごめん》を蒙《こうむ》ります。さようなら。

十　お染風

この春はインフルエンザが流行した。

日本で初めてこの病《やまい》が流行《はや》り出したのは明治二十三年の冬で、二十四年の春に至ってますます猖獗《しょうけつ》になった。我々はその時初めてインフルエンザという病名を知って、それは仏蘭西《フランス》の船から横浜に輸入されたものだという噂を聞いた。しかしその当時はインフルエンザと呼ばずに普通はお染風《そめかぜ》といっていた。何故《なぜ》お染という可愛《かあい》らしい名を冠らせたかと詮議すると、江戸時代にもやはりこれに能《よ》く似た感冒が非常に流行して、その時に誰かがお染という名を付けてしまった。今度の流行性感冒もそれから縁を引いてお染と呼ぶようになったのだろうとある老人が説明してくれた。

そこで、お染という名を与えた昔の人の料見は、恐らく恋風というような意味で、お染が久松に惚《ほ》れたように、直《す》ぐに感染するという謎であるらしく思われた。それならばお染には限らない。お夏でもお俊《しゅん》でも小春でも梅川でもいい訳《わけ》であるが、お染という名が一番可愛らしく婀娜《あど》気《け》なく聞える。猛烈な流行性を有《も》って往々に人を斃《たお》すようなこの怖るべき病に対して、特にお染という最も可愛らしい名を与えたのは頗《すこぶ》る面白い対照である、流石《さすが》に江戸児《えどっこ》らしい所がある。しかし例の大虎列刺《おおこれら》が流行した時には、江戸児もこれには辟易《へきえき》したと見えて、小春とも梅川とも名付親になる者がなかったらしい。ころりと死ぬからコロリだなどと智慧《ちえ》のない名を付けてしまった。

既にその病がお染と名乗る以上は、これに憑着《とりつ》かれる患者は久松でなければならない。そこでお染の闖入《ちんにゅう》を防ぐには「久松留守《ひさまつるす》」という貼札《はりふだ》をするがいいということになった。新聞にもそんなことを書いた。勿論、新聞ではそれを奨励《しょうれい》した訳ではなく、単に一種の記事として昨今こんなことが流行すると報道したのであるが、それがいよいよ一般の迷信を煽《あお》って、明治二十三、四年頃の東京には「久松留守」と書いた紙札を軒に貼付けることが流行した。中には露骨に「お染御免」と書いたのもあった。

二十四年の二月、私が叔父と一所に向島の梅屋敷へ行った、風のない暖い日であった。三囲《みめぐり》の堤下《どてした》を歩いていると、一軒の農家の前に十七、八の若い娘が白い手拭をかぶって、今書いたばかりの「久松るす」という女文字の紙札を軒に貼っているのを見た。軒の傍《そば》には白い梅が咲いていた。その風情は今も眼に残っている。

その後《のち》にもインフルエンザは幾度も流行を繰返したが、お染風の名は第一回限りで絶えてしまった。ハイカラの久松に溌着くにはやはり片仮名《かたかな》のインフルエンザの方が似合うらしいと、私の父は笑っていた。そうして、その父も明治三十五年にやはりインフルエンザで死んだ。

十一　狐妖

音楽家のS君が来て、狐の軍人という佐談《かいだん》を話して聞かせた。

それは明治二十五年の夏であった。軍人出身のS君はその当時見習士官として北の国の○○師団司令部に勤務中で、しかも自分が当番の夜《よ》の出来事であるから決して誤謬《ごびゅう》はないと断言した。狐が軍人に化けて火薬庫の衛兵を脅かそうとしたというのである。赤《あか》羽《ばね》や宇治の火薬庫事件が頭に残っている際であるから、私は一種の興味を以てその話を聴《き》いた。

どこも同じことで、火薬庫のある附近には、岡がある、森がある、草が深い。殊《こと》に夏の初めであるから、森の青葉は昼でも薄暗いほどに茂っていた。その森の間から夜半《よなか》の一時頃に一つの提灯《ちょうちん》がぼんやりとあらわれた。歩哨《ほしょう》の衛兵が能く視《よみ》ると、それは陸軍の提灯で別に不思議もなかった。段々近《ちか》づいて来ると、提灯の持主は予《かね》て顔を見識《みし》っているM大尉で、身には大尉の軍服を着けていた。しかし規則であるから、衛兵は銃剣を構えて「誰かッ」と一応咎《とが》めたが、大尉は何とも返事をしないで衛兵の前に突っ立っていた。

返事をしない以上は直《すぐ》に突き殺しても差支《さしつかえ》ないのであるが、みすみすそれが顔を見識っている大尉であるだけに、衛兵もさすがに躊躇《ちゅうちょ》した。再び声をかけたが、大尉はやはり答えなかった。その中《うち》に衛兵は不思議なことを発見した。大尉の持っている提灯は紙ばかりで骨がなかった。大尉は剣も着けていなかった。衛兵は三たび呼んだが、それでも返事のないのを見て、彼はやにわに銃剣を揮《ふる》って大尉の胸を突き刺した。大尉は悲鳴をあげて倒れた。

衛兵はその旨《むね》を届け出たので、隊でも驚いた。司令部でも驚いた。当番のS君は真先に現場《げんじょう》へ出張した。聯隊長その他も駈付《かけつ》けて見ると、M大尉は軍服を着たままで倒れていた。衛兵の申立《もうしたて》とは違って、その持っている提灯には骨があった。しかし剣は着けていなかった、靴も穿《は》いていなかった。殊《こと》に当番でもない彼が何故《なぜ》こんな姿でここへ巡回して来たのか、それが第一の疑問であった。取《とり》あえずM大尉の自宅へ使を走らせると、大尉自身も大尉は無事に蚊帳《かや》の中に眠っていた。呼び起してこの出来事を報告すると、大尉自身も面食《めんくら》って早々にここへ駈付けて来た。

　大尉は小作りの人であった。倒れている死体も小作りの男であった。何人《なにびと》も初めは一見して彼を大尉と認めていたが、ほんとうの大尉その人に比較して能く視ると、まるで似付かないほどに顔が違っていた。陸軍大尉の軍服は着けているが、どこの誰だか判らないということになってしまった。要するに彼はほんとうの軍人でない、何者かが軍人に変装してこの火薬庫へ窺《うかが》い寄ったのではあるまいかという決論に到着した。果してそうならば問題がまた重大になって来るので、死体を一先《ひとま》ず室内へ舁《か》き入れて、何や彼《か》やと評議をしている中《うち》に、短い夏の夜《よ》はそろそろ白んで来た。死体は仰向《あおむけ》に横《よこた》えて、顔の上には帽子が被せてあった。

　とにかくに人相書《にんそうがき》を認《したた》める必要があるので、一人の少尉がその死体の顔から再び帽子を取除《とりの》けると、彼は思わずあっと叫んだ。硝子《ガラス》の窓から流れ込む暁《あかつき》の光に照された死体の顔は、いつの間にか狐に変っていた。狐が軍服を着ていたのであった。

「狐が化けるはずはない。」

　若い士官たちは容易に承認しなかった。しかし現在そこに横《よこた》わっている死体は、人間でない、勿論M大尉でない。たしかに一匹の古狐であった。若い士官たちが如何《いか》に雄弁に論じても、この生きた証拠を動かすことは不可能であった。狐や狸が化けるという伝説も嘘ではないということになってしまった。S君も異議を唱えた一人《いちにん》で、強情に何時《いつ》までも死体を監視していたが、狐は再び人間に復《かえ》らなかった。朝がだんだん明るくなるに従って、彼は茶褐色の毛皮の正体を夏の太陽の強い光線の前に遠慮なく曝《さら》け出《だ》してしまった。ただし軍服や提灯の出所は判らなかった。

「狐が人間に化けるなどということは信じられません。私は今でも絶対に信じません。けれども、こういう不思議な事実を曾《かつ》て目撃したということだけは否《いな》む訳に行きませんよ。どう考えても判りませんねえ」と、S君は首をかしげていた。私も烟《けむ》にまかれて聴いていた。

思い出草

一 赤蜻蛉

私は麴町元園町《こうじまちもとぞのちょう》一丁目に約三十年も住んでいる。その間に二、三度転宅したが、それは単に番地の変更に止《とど》まって、とにかくに元園町という土地を離れたことはない。このごろ秋晴《しゅうせい》の朝《あした》、巷《ちまた》に立って見渡すと、この町も昔とは随分変ったものである。懐旧《かいきゅう》の感《かん》がむらむらと湧く。

江戸時代に元園町という町はなかった。このあたりは徳川幕府の調練場となり、維新後は桑茶栽付所《くわちゃうえつけじょ》となり、更に拓《ひら》かれて町となった。昔は薬園であったので、町名を元園町という。明治八年、父が始めてここに家を建てた時には、百坪の借地料が一円であったそうだが、今では一坪二十銭以上、場所に依《よっ》ては一坪四十銭と称している。

私が幼い頃の元園町は家並《やなみ》がまだ整わず、到る処《ところ》に草原があって、蛇が出る、狐が出る、兎が出る。私の家の周囲《まわり》にも秋の草花が一面に咲き乱れていて、姉と一所《いっしょ》に笊《ざる》を持って花を摘みに行ったことを微《かす》かに記憶している。その草叢《くさむら》の中には、所々に小さな池や溝川《みぞがわ》のようなものもあって、釣《つり》などをしている人も見えた。今日《こんにち》では郡部へ行っても、こんな風情は容易に見られまい。

蟬や蜻蛉《とんぼう》も沢山にいた。蝙蝠《かわほり》の飛ぶのもしばしば見た。夏の夕暮には、子供が草鞋《わらじ》を提《さ》げて、「蝙蝠来い《こうもりこい》」と呼びながら、蝙蝠《かわほり》を追い廻していたものだが、今は蝙蝠の影など絶えて見ない。秋の赤蜻蛉、これがまた実におびただしいもので、秋晴《あきばれ》の日には小さい竹竿を持って往来に出ると、北の方から無数の赤蜻蛉がいわゆる雲霞《うんか》の如くに飛んで来る。これを手当り次第に叩き落すと、五分か十分の間に忽《たちま》ち数十疋《びき》の獲物があった。今日《こんにち》の子供は多寡《たか》が二疋三疋の赤蜻蛉を見付けて、珍らしそうに五人も六人もで追い廻している。

きょうは例の赤とんぼう日和《びより》であるが、殆《ほとん》ど一疋も見えない。わたしは昔の元園町がありありと眼前《めさき》に泛《うか》んで、年ごとに栄えてゆくこの町がだんだんに詰らなくなって行くようにも感じた。

二　芸　妓

有名なお鉄《てつ》牡丹《ぼた》餅《もち》の店は、わたしの町内の角に存していたが、今は万屋《よろずや》という酒舗《さかや》になっている。

その頃の元園町《もとぞのちょう》には料理屋も待合も貸席もあった。元園町と接近した麴町《こうじまち》四丁目の裏町には芸妓屋《げいしゃや》もあった。わたしが名を覚えているのは、玉吉《たまきち》、小浪《こなみ》などという芸妓で、小浪は死んだ。玉吉は吉原に巣を替えたとか聞いた。むかしの元園町は、今のような野暮《やぼ》な町ではなかったらしい。

また、その頃のことで私が能《よ》く記憶しているのは、道路のおびただしく悪いことで、これは確《たし》かに今の方がいい。下町は知らず、我々の住む山の手では、商家《しょうか》でも店でこそランプを用いたれ、奥の住居《すまい》では大抵行灯《たいていあんどう》を点《とぼ》していた。家に依《よっ》ては、店頭《みせさき》にも旧式のカンテラを用いていたのもある。往来に瓦斯灯《がすとう》もない、電灯もない、軒ランプなども無論なかった。随って夜の暗いことは殆《ほとん》ど今の人の想像の及ばない位で、湯に行くにも提灯《ちょうちん》を持ってゆく。寄席《よせ》に行くにも提灯を持ってゆく。加之《おまけ》に路《みち》が悪い。雪融《ゆきど》けの時などには、夜は迂濶《うっかり》歩けない位であった。しかし今日《こんにち》のように追剝《おいはぎ》や出歯《でば》亀《かめ》の噂などは甚だ稀であった。

遊芸の稽古所というものも著るしく減じた。私の子供の頃には、元園町一丁目だけでも長唄の師匠が二、三軒《げん》、常磐津《ときわづ》の師匠が三、四軒もあったように記憶しているが、今では殆ど一軒もない。湯帰りに師匠のところへ行って、一番唸《うな》ろうという若い衆《しゅ》も、今では五十銭均一か何かで新宿へ繰込む。かくの如くにして、江戸子《えどっこ》は次第に亡びてゆく。浪花節《なにわぶし》の寄席が繁昌する。

半鐘《はんしょう》の火《ひ》の見梯子《みばしご》というものは、今は市中に跡を絶ったが、私の町内――二十二番地の角――にも高い梯子があった。ある年の秋、大風雨《おおあらし》のために折れて倒れて、凄まじい響きに近所を驚かした。翌《あく》る朝、私が行って見ると、梯子は根下《ねもと》から見事に折れて、その隣の垣を倒していた。その垣には烏瓜《からすうり》が真赤に熟して、蔓《つる》や葉が搦《から》み合ったままで、長い梯子と共に横《よこた》わっていた。その以来、わたしの町内に火の見梯子は廃せられ、そのあとに、関運漕店《せきうんそうてん》の旗竿が高く樹《た》っていたが、それも他に移って、今では立派な紳士の邸宅になっている。

三　西郷星

かの西南戦役《せいなんせんえき》は、私の幼い頃のことで何にも知らないが、絵双紙屋《えぞうしや》の店に色々の戦争絵のあったのを記憶している。いずれも三枚続きで五銭位。また、その頃に流行《はや》った唄は、

「紅《あか》い帽子《シャッポ》は兵隊さん、西郷に追われて、トッピキピーノピー。」

今思えば十一年八月二十三日の夜《よ》であった。夜半《よなか》に近所の人が皆起きた。私の家でも

起きて戸を明けると、何か知らないがポンポンパチパチいう音が聞える。父は鉄砲の音だという。母は心配する、姉は泣き出す。父は表へ見に出たが、やがて帰って来て「何でも竹橋内《たけばしうち》で騒動が起ったらしい。時々に流丸《ながれたま》が飛んで来るから戸を閉めておけ」という。私は衾《よぎ》を被って蚊帳《かや》の中に小さくなっていると、暫《しば》らくしてパチパチの音も止《や》んだ。これは近衛兵の一部が西南役の論功行賞に不平を懐《いだ》いて、突然暴挙を企てたものと後《のち》に判った。

やはりその年の秋と記憶している。毎夜東の空に当って箒星《ほうきぼし》が見えた。誰《たれ》がいい出したか知らないが、これを西郷星と呼んで、先頃のハレー彗星《すいせい》のような騒ぎであった。終局《しまい》には錦絵まで出来て、西郷・桐野・篠原らが雲の中に現れている図などが多かった。

また、その頃に西郷鍋というものを売る商人《あきんど》が来た。怪しげな洋服に金紙《きんがみ》を着けて金モールと見せ、附髭《つけひげ》をして西郷の如く拵《こし》らえ、竹の皮で作った船のような形の鍋を売る、一個一銭。勿論、一種の玩具《おもちゃ》に過ぎないのであるが、何しろ西郷というのが呼物で、大《おお》繁昌《はんじょう》であった。私なども母に強請《せが》んで幾度《いくたび》も買った。

その他《ほか》にも西郷糖という菓子を売りに来たが、「あんな物を喰っては毒だ」と叱られたので、買わずにしまった。

四　湯屋

湯屋の二階というものは、明治十八、九年の頃まで残っていたと思う。わたしが毎日入浴する麴町《こうじまち》四丁目の湯屋にも二階があって、若い小綺麗《こぎれい》な姐《ねえ》さんが二、三人いた。私が七歳《ななつ》か八歳《やっつ》の頃、叔父に連れられて一度その二階に上《のぼ》ったことがある。火鉢に大きな薬缶《やかん》が掛けてあって、その傍《そば》には菓子の箱が列《なら》べてある。後《のち》に思えば例の三馬の『浮世風呂』をそのままで、茶を飲みながら将棋《しょうぎ》をさしている人もあった。時は丁度五月の始めで、おきよさんという十五、六の娘が、菖蒲《しょうぶ》を花瓶《はないけ》に挿していたのを記憶している。松平紀義《まつだいらのりよし》のお茶の水事件で有名な御世梅《ごせめ》お此《この》という女も、かつてこの二階にいたということを、十幾年の後《のち》に知った。

その頃の湯風呂には、旧式の石榴口《じゃくろぐち》というものがあって、夜などは湯烟《ゆげ》が濛々《もうもう》として内は真暗《まっくら》。加之《しかも》その風呂が高く出来ているので、男女《なんにょ》ともに中途の踏段を登って這入《はい》る。石榴口には花鳥風月《かちょうふうげつ》もしくは武者絵などが画いてあって、私のゆく四丁目の湯では、男湯の石榴口に『水滸伝《すいこでん》』の花和尚《かおしょう》と九紋龍《きゅうもんりゅう》、女湯の石榴口には例の西郷・桐野・篠原の画像が掲げられてあった。

男湯と女湯との間は硝子戸《がらすど》で見透《みすか》すことが能《でき》た。これを禁止されたのはやはり十八、九年の頃であろう。今も昔も変らないのは番台の拍子木の音。

五　紙鳶《たこ》

春風が吹くと、紙鳶を思い出す。暮の二十四、五日頃から春の七草、即ち小学校の冬季休業の間は、元園町《もとぞのちょう》十九と二十の両番地に面する大通り（麹町《こうじまち》三丁目から靖国神社に至る通路）は、紙鳶を飛ばす我々少年軍に依て殆《ほとん》ど占領せられ、年賀の人などは紙鳶の下をくぐって往来した位であった。暮の二十日頃《はつか》になると、玩具屋駄菓子店《おもちゃやだがしや》等までが殆ど臨時の紙鳶屋に化けるのみか、元園町の角には市商人《いちあきんど》のような小屋掛の紙鳶屋が出来た。印半纏《しるしばんてん》を着た威勢の好《い》い若衆《わかいしゅ》の二、三人が詰めていて、糸目を付けるやら、鳴弓《うなり》を張るやら、朝から晩まで休みなしに忙しい。その店には少年軍が隊をなして詰め掛けていた。

紙鳶の種類も色々あったが、普通は字紙鳶、絵紙鳶、奴紙鳶《やっこ》で、一枚、二枚、二枚半、最も多いのは二枚半で、四枚六枚となっては小児《こども》には手が付けられなかった。二枚半以上の大紙鳶は、職人かもしくは大家《たいけ》の書生などが揚げることになっていた。松の内は大《おお》供《ども》小供入り乱れて、到るところに糸を手繰《たぐ》る。またその間に、娘子供は羽根を突く。ぶんぶんという鳴弓の声、戛々《かっかっ》という羽子《はご》の音。これがいわゆる「春の声」であったが、十年以来の春の巷《ちまた》は寂々《せきせき》寥々《りょうりょう》。往来で迂闊《うかつ》に紙鳶などを揚げていると、巡査が来てすぐに叱られる。

寒風に吹き晒《さら》されて、両手に胼《ひび》を切らせて、紙鳶に日を暮した二十年前《ぜん》の小児は、随分乱暴であったかも知れないが、襟巻《えりまき》をして、帽子を被って、マントに包《くる》まって懐手《ふところで》をして、無意味にうろうろしている今の小児は、春が来ても何だか寂しそうに見えてならない。

六　獅子舞

獅子というものも甚だ衰えた。今日《こんにち》でも来るには来るが、いわゆる一文獅子《いちもんじし》というものばかりで、本当の獅子舞は殆《ほとん》ど跡を断った。明治二十年頃までは随分立派な獅子舞が来た。先《ま》ず一行数人、笛を吹く者、太鼓《たいこ》を打つ者、鉦《かね》を叩く者、これに獅子舞が二人《にん》もしくは三人附添っている。獅子を舞わすばかりでなく、必ず仮面《めん》を被って踊ったもので、中には頗《すこぶ》る巧みに踊るのがあった。彼らは門口《かどぐち》で踊るのみか、屋敷内へも呼び入れられて、色々の芸を演じた。球《まり》を投げて獅子の玉取《たまとり》などを演ずるのは、よほど至難《むずかし》い芸だとか聞いていた。

元園町《もとぞのちょう》には竹内《たけのうち》さんという宮内省の侍医《じい》が住んでいて、新年には必ずこの獅子舞を呼び入れて色々の芸を演じさせ、この日に限って近所の小児《こども》を邸《やしき》へ入れて見物させる。竹内さんに獅子が来たというと、小児は雑煮の箸を投《ほう》り出《だ》して皆《みん》な駈け出したものであった。その邸は二十七、八年頃に取毀《とりこわ》されて、その跡に数軒の家が建てられた。私が現在住んでいるのはその一部である。元園町は年《とし》ごとに栄えてゆくと同時に、獅子を呼んで小児に見せてやろうなどという悠暢《のんびり》した人はだんだんに亡びてしまった。口を明《あ》いて獅子を見ているような奴は、一概に馬鹿だと罵《ののし》られる世の中となった。眉が険しく、眼が鋭い今の元園町人は、獅子舞を観るべくあまりに怜悧になった。

万歳《まんざい》は維新以後全く衰えたものと見えて、私の幼い頃にも已《すで》に昔の俤《おもかげ》はなかった。

七　江戸の残党

明治十五、六年の頃と思う。毎日午後三時頃になると、一人のおでん屋が売りに来た。年は四十五、六でもあろう。頭には昔ながらの小さい髷《まげ》を乗せて、小柄ではあるが、色白の小粋な男で、手甲脚袢《てっこうきゃはん》の甲斐甲斐《かいがい》しい扮装《いでたち》をして、肩にはおでんの荷を担《かつ》ぎ、手には渋団扇《しぶうちわ》を持って、おでんやおでんやと呼んで来る。実に佳《い》い声であった。元園町《もとぞののちょう》でも相当の商売があって、わたしも度々《たびたび》買ったことがある。ところが、このおでん屋は私の父に逢《あ》うと相互《たがい》に挨拶する。子供心にも不思議に思って、だんだん聞いて見ると、これは市ケ谷辺《へん》に屋敷を構えていた旗下《はたもと》八万騎《まんぎ》の一人《いちにん》で、維新後思い切って身を落し、こういう稼業《かぎょう》を始めたのだという。あの男も若い時には中々道楽者であったと、父が話した。なるほど何処《どこ》かきりりとして小粋なところが、普通の商人《あきんど》とは様子が違うと思った。その頃にはこんな風《ふう》の商人が沢山あった。これもそれと似寄《により》の話で、やはり十七年の秋と思う。わたしが父と一所《いっしょ》に四谷へ納涼《すずみ》ながら散歩にゆくと、秋の初めの涼しい夜で、四谷伝馬町《てんまちょう》の通りには幾軒の露店《よみせ》が出ていた。その間に莚《むしろ》を敷いて大道《だいどう》に坐っている一人の男が、半紙を前に置いて頻《しきり》に字を書いていた。今日《こんにち》では大道で字を書いていても、銭をくれる人は多くあるまいと思うが、その頃には通りがかりの人がその字《じ》を眺めて幾許《いくら》かの銭を置いて行ったものである。

私らもその前に差懸ると、うす暗いカンテラの灯影《ほかげ》にその男の顔を透《すか》して視《み》た父は、一間《けん》ばかり行き過ぎてから私に二十銭紙幣を渡して、これをあの人にやって来いと命じ、かつ与ったらば直《すぐ》に駈けて来いと注意された。乞食同様の男に二十銭札はちと多過ぎると思ったが、いわるるままに札を摑《つか》んでその店先へ駈けて行き、男の前に置くや否《いな》や一散に駈出して来た。これに就ては、父は何にも語らなかったが、恐らく前のおでん屋と同じ運命の人であったろう。

この男を見た時に、『霜夜鐘《しもよのかね》』の芝居に出る六浦正三郎《むつらしょうさぶろう》というのはこんな人だろうと思った。その時に彼は半紙に対《むか》って「…………茶立虫《ちゃたてむし》」と書いていた。上《かみ》の文字は記憶していないが、恐らく俳句を書いて居たのであろう。今日《こんにち》でも俳句その他で、茶立虫という文字を見ると、夜露の多い大道に坐って、茶立虫を書いていた浪人者のような男の姿を思い出す。江戸の残党はこんな姿で次第に亡びてしまったものと察せられる。

八　長唄の師匠

元園町《もとぞのちょう》に接近した麹町《こうじまち》三丁目に、杵屋《きねや》お路久《ろく》という長唄の師匠が住んでいた。その娘のお花さんというのが評判の美人であった。この界隈《かいわい》の長唄の師匠では、これが一番繁昌して、私の姉も稽古に通った。三宅花圃《みやけかほ》女史もここの門弟であった。お花さんは十九年頃の虎列剌《これら》で死《しん》でしまって、お路久さんもつづいて死んだ。一家悉《ことごと》く離散して、その跡は今や坂川牛乳店の荷車置場になっている。長唄の師匠と牛乳商《ぎゅうにゅうや》、自然《おのずから》なる世の変化を示しているのも不思議である。

一日一筆

一五分間

用があって兜町《かぶとちょう》の紅葉屋《もみじや》へ行く。株式仲買店である。午前十時頃、店は掻《か》き廻されるような騒ぎで、そこらに群がる男女《なんにょ》の店員は一分間も静坐《じっと》してはいられない。電話は間断《しきり》なしにチリンチリンいうと、女は眼を嶮《けわ》しくして耳を傾ける。電報が投げ込まれると、男は飛びかかって封を切る。洋服姿の男がふらりと入って来て「郵船《ふね》は……」と訊《き》くと、店員は指三本と五本を出して見せる。男は「八五だね」とうなずいてまた飄然《ふらり》と出てゆく。詰襟の洋服を着た小僧が、汗を拭きながら自転車を飛ばして来る。上布《じょうふ》の帷子《かたびら》に兵子帯《へこおび》という若い男が入って来て、「例のは九円には売れまいか」というと、店員は「どうしてどうして」と頭《かしら》を掉《ふ》って、指を三本出す。男は「八なら此方《こちら》で買わあ、一万でも二万でも……」と笑いながら出て行く。電話の鈴《べる》は相変らず鳴っている。表を見ると、和服や洋服、老人やハイカラや小僧が、いわゆる「足《あし》も空《そら》」という形で、残暑の烈《はげ》しい朝の町を駈け廻っている。

私は椅子に腰をかけて、ただ茫然《ぼんやり》と眺めている中《うち》に、満洲従軍当時のありさまをふと思い泛《うか》んだ。戦場の混雑は勿論これ以上である。が、その混雑の間にも軍隊には一定の規律がある。人は総て死を期している。随って混雑極まる乱軍の中《うち》にも、一種冷静の気を見出すことが能《でき》る。しかもここの町に奔走している人には、一定の規律がない、各個人の自由行動である。人は総て死を期していない、寧《むし》ろ生きんがために焦《あせ》っているのである。随って動揺また動揺、何ら冷静の気を見出すことは能ない。

株式市場内外の混雑を評して、火事場のようだとはいい得るかも知れない。軍《いくさ》のような騒ぎという評は当らない。ここの動揺は確《たしか》に戦場以上であろうと思う。

二　ヘボン先生

今朝の新聞を見ると、ヘボン先生は二十一日の朝、米国のイーストオレンジに於て長《ちょう》逝《せい》せられたとある。ヘボン先生といえば、何人《なんびと》もすぐに名優田之助《たのすけ》の足を聯想し、岸田の精錡水《せいきすい》を聯想し、和英字書を聯想するが、私もこの字書に就ては一種の思い出がある。

私が十五歳で、築地の府立中学校に通っている頃、銀座の旧《きゅう》日報社の北隣《きたどなり》――今は額《がく》縁屋《ぶちや》になっている――にめざましと呼ぶ小さい汁粉屋《しるこや》があって、またその隣に間口二間《けん》ぐらいの床店《とこみせ》同様の古本店があった。その店頭《みせさき》の雑書の中に積まれていたのは、例のヘボン先生の和英字書であった。

今日《こんにち》ではこれ以上の和英字書も数種刊行されているが、その当時の我々は先《ま》ずヘボン先生の著作に縋《すが》るより他《ほか》はない。私は学校の帰途、その店頭に立って「ああ、欲《ほし》いなあ」とは思ったが、価《あたい》を訊《き》くと二円五十銭也《なり》。無論、わたしの懐中《ふところ》にはない。しかも私は書物を買うことが好《すき》で、「お前は役にも立たぬ書物を無闇《むやみ》に買うので困る」と、毎々両親から叱られている矢先である。この際、五十銭か六十銭ならば知らず、二円五十銭の書物を買って下さいなどといい出しても、お小言《こごと》を頂戴して空しく引退《ひきさが》るに決っている。何とか好智慧《いいちえ》はないか知らぬと帰る途次《みちみち》も色々に頭脳《あたま》を悩ました末に、父に対《むか》ってこういう嘘を吐《つ》いた。

学校では今月から会話の稽古《けいこ》が始まった。英語の書物を読むには英和の字書で済むが、英語の会話を学ぶには和英の字書がなくてはならぬ。就てはヘボン先生の和英字書を買ってもらいたい。殊《こと》に会話受持のチャペルという教師は、非常に点数の辛《から》い人であるから、会話の成績が悪いとあるいは落第するかも知れぬと実事虚事《まことそらごと》打混《うちま》ぜて哀訴嘆願に及ぶと、案じるよりも産むが易《やす》く、ヘボンの字書なら買ってもいいということになって、すぐに二円五十銭を渡された。父は私の申立《もうしたて》を一から十まで信用したかどうか判らないが、とにかくにヘボンの字書ならば買っておいても損はないという料見であったらしい。その当時に於ける彼の字書の信用は偉いものであった。

その字書は今も私の書斎の隅に押込まれている。今日《こんにち》ではあまり用をなさないので、私も殆《ほとん》ど忘れていたが、今や先生の訃音《ふいん》を聞くと同時に、俄《にわか》にかの字書を思い出して、塵埃《ほこり》を掃《はた》いて出して見た。父は十年前《ぜん》に死んだ。先生も今や亡《な》し矣。その当時十五歳の少年は、思い出多きこの字書に対して、そぞろに我身の秋を覚えた。簾《すだれ》の外には梧《きり》の葉が散る。

（明治四十四年九月）

三　品川の台場

陰《くも》った寒い日、私は高輪《たかなわ》の海岸に立って、灰色の空と真黒の海を眺めた。明治座一月興行の二番目を目下起稿中で、その第三幕目に高輪海岸の場がある。今初めてお目にかかる景色でもないが、とにかくに筆を執《と》るに当って、その実地を一度見たいというような考えで、わざわざここまで足を運んだのである。

海岸には人家が連《つらな》ってしまったので、眺望《ながめ》が自由でない。かつは風が甚だしく寒いので、更に品川の町に入《い》り、海寄りの小料理屋へ上《あが》って、午餐《ひるめし》を喫《く》いながら硝子戸《がらすど》越しに海を見た。暗い空、濁った海。雲は低く、浪は高い。かの「お台場」は、泛《うか》ぶが如くに横《よこた》わっている。今更ではないが、これが江戸の遺物《かたみ》かと思うと、私は何とはなしに悲しくなった。

今日《こんにち》の眼を以て、この台場の有用無用を論じたくない。およそ六十年の昔、初めて江戸の海にこれを築いた人々は、これに依《よっ》て江戸八百八町の人民を守ろうとしたのである。その当時の徳川幕府は金がなかった。已《や》むを得ずして悪い銀《かね》を造った、随って物価は騰《とう》貴《き》した、市民は難渋した。また一方には馴れない工事のために、多数の死人を出《いだ》した。かくの如く上下ともに苦《くるし》みつつ、予定の十一ヵ所を全部竣工するに至らずして、徳川幕府も亡びた、江戸も亡びた。しかも江戸の血を享《う》けた人は、これに依て江戸を安全ならしめようと苦心した徳川幕府の当路者《とうろしゃ》と、彼ら自身の祖先とに対して、努力の労を感謝せねばなるまい。

今日は品川荒神《しながわこうじん》の秋季大祭とかいうので、品川の町から高輪へかけて往来が劇《はげ》しい。男も通る、女も通る、小児《こども》も通る。この人々の阿父《おとっ》さんや祖父《おじい》さんは、六十年前《ぜん》にここを過ぎて、工事中のお台場を望んで、「まあ、これが出来れば大丈夫だ」と、心強く感じたに相違ない。しかもそれは殆ど何の用を為《な》さず、空しく渺茫《びょうぼう》たる海中に横わっているのである。

荒神様へ詣《まい》るもよい。序《ついで》にここを通ったらば、霎時《しばらく》この海岸に立って、諸君が祖先の労苦を忍《しの》んでもらいたい。しかし電車で帰宅《かえり》を急ぐ諸君は、暗い海上などを振向いても見まい。

四　日比谷公園

友人と日比谷公園を散歩する。今日は風もなくて暖い。芝原に二匹の犬が巫山戯《ふざけ》ている。一匹は純白で、一匹は黒斑《くろぶち》で、どこから啣《くわ》えて来たか知らず、一足の古草履《ふるぞうり》を奪合《ばいあ》って、追いつ追われつ、起きつ転《まろ》びつ、さも面白そうに狂っている。

「見給え、実に面白そうだね」と友人がいう。「むむ、いかにも無心に遊んでるのが可愛《かあい》い」といいながらふと見ると、白には頸環《くびわ》が附いている。黒斑の頸には何もない。「片方《かたっぽ》は野犬だぜ」というと、友人は無言にうなずいて、互に顔を見合せた。

今、無心に睦《むつま》じく遊んでいる犬は、恐《おそら》く何にも知らぬであろうが、見よ、一方には頸環がある。その安全は保障されている。しかも他の一方は野犬である。何時《なんどき》虐殺の悲運に逢わないとも限らない。あるいは一時間乃至《ないし》半時間の後《のち》には、残酷な犬殺しの獲物《えもの》となってその皮を剝《は》がれてしまうかも知れない。日暖き公園の真中《まんなか》で、愉快に遊び廻っている二匹の犬にも、これほどの幸不幸がある。

犬は頸環に因《よっ》て、その幸と不幸とが直ちに知られる。人間にも恐らく眼に見えない運命の頸環が附いているのであろうが、人も知らず、我も知らず、いわゆる「一寸先は闇」の世を、何《いず》れも面白そうに飛び廻っているのである。我々もこうして暢気《のんき》に遊び歩いていても、二人の中《うち》の何方《どっち》かは運命の頸環に見放された野犬であるかも知れない。

「おい、君。そこらで酒でも飲もう」と、友人はいった。

Ⅱ

（自選随筆集『十番随筆』より）

秋の修善寺

一

九月の末におくれ馳《ば》せの暑中休暇を得て、伊豆の修善寺温泉に浴し、養気館の新井方にとどまる。所作為《しょざい》のないままに、毎日こんなことを書く。

二十六日。きのうは雨にふり暮らされて、宵から早く寝床に這入《はい》ったせいか、今朝は五時というのにもう眼が醒めた。よんどころなく煙草《たばこ》をくゆらしながら、襖《ふすま》にかいた墨絵の雁と相対すること約半時間。おちこちに鶏が勇ましく啼《な》いて、庭の流れに家鴨《あひる》も啼いている。水の音はひびくが雨の音はきこえない。

六時、入浴。その途中に裏二階から見おろすと、台所口とも思われる流れの末に長さ一間《けん》ほどの蓮根を浸してあるのが眼についた。湯は菖蒲の湯で、伝説にいう源三位《げんざんみ》頼政の室《しつ》菖蒲の前は豆州《ずしゅう》長岡に生れたので、頼政滅亡の後、かれは故郷に帰って河内村の禅長寺に身をよせていた。そのあいだに折々ここへ来て入浴したので、遂にその湯もあやめの名を呼ばれる事になったのであると。もし果してそうならば、猪早太《いのはやた》ほどにもない雑兵葉武者《ぞうひょうはむしゃ》のわれわれ風情が、遠慮なしに頭からざぶざぶ浴びるなどは、遠つ昔の上臈《じょうろう》の手前、いささか恐れ多き次第だとも思った。おいおいに朝湯の客が這入って来て、「好い天気になって結構です」と口々にいう。なにさま外は晴れて水は澄んでいる。硝子戸《ガラスど》越しに水中の魚の遊ぶのが鮮かにみえた。

朝飯をすました後、例の範頼の墓に参詣《さんけい》した。墓は宿から西北へ五、六町、小山というところにある。稲田や芋畑のあいだを縫いながら、雨後のぬかるみを右へ幾曲りして登ってゆくと、その間には紅《あか》い彼岸花がおびただしく咲いていた。墓は思うにもまして哀れなものであった。片手でも押し倒せそうな小さい仮家で、柊《ひいらぎ》や柘植《つげ》などの下枝に掩《おお》われながら、南向きに寂しく立っていた。秋の虫は墓にのぼって頻《しき》りに鳴いていた。

この時、この場合、何人も恍として鎌倉時代の人となるであろう。これを雨月物語式に綴れば、範頼の亡霊がここへ現れて、「汝、見よ。源氏の運も久しからじ」などと、恐ろしい呪いの声を放つところであろう。思いなしか、晴れた朝がまた陰《くも》って来た。

拝し終って墓畔の茶店に休むと、おかみさんは大いに修善寺の繁昌を説き誇った。あながちに笑うべきでない。人情として土地自慢は無理もないことである。とかくするあいだに空は再び晴れた。きのうまではフランネルに袷羽織《あわせばおり》を着るほどであったが、晴れると俄《にわか》にまた暑くなる。芭蕉翁は「木曾殿と背中あはせの寒さ哉」といったそうだが、わたしは蒲殿《かばどの》と背中あわせの暑さにおどろいて、羽織をぬぎに宿に帰ると、あたかも午前十時。

午後東京へ送る書信二、三通を認《したた》めて、また入浴。欄干に倚《よ》って見あげると、東南に連なる塔の峰や観音山などが、きょうは俄かに押し寄せたように近く迫って、秋の青空が一層高く仰がれた。庭の柿の実はやや黄ばんで来た。真向うの下座敷では義太夫の三味線がきこえた。

宿の主人が来て語る。主人は頗《すこぶ》る劇通であった。午後三時、再び出て修禅寺に参詣した。名刺を通じて古宝物の一覧を請うと、宝物は火災をおそれて倉庫に秘めてあるから容易に取出すことは出来ない。しかも、ここ両三日は法用で取込んでいるから、どうぞその後にお越し下されたいと慇懃《いんぎん》に断られた。去って日枝神社に詣でると、境内に老杉多く、あわれ幾百年を経たかと見えるのもあった。石段の下に修善寺駐在所がある。範頼が火を放って自害した真光院というのは、今の駐在所のあたりにあったといい伝えられている。して見ると、この老いたる杉のうちには、ほろびてゆく源氏の運命を眼のあたりに見たのもあろう。いわゆる故国は喬木《きょうぼく》あるの謂《いい》にあらずと、唐土の賢人はいったそうだが、やはり故国の喬木はなつかしい。

挽物《ひきもの》細工の玩具などを買って帰ろうとすると、町の中ほどで赤い旗をたてた楽隊に行きあった。活動写真の広告である。山のふところに抱かれた町は早く暮れかかって、桂川の水のうえには薄い靄《もや》が這っている。修善寺通いの乗合馬車は、いそがしそうに鈴を鳴らして川下の方から駈けて来た。

夜は机にむかって原稿などをかく、今夜は大湯換えに付き入浴八時かぎりと触れ渡された。

二

二十七日。六時に起きて入浴。きょうも晴れつづいたので、浴客はみな元気がよく、桂川の下流へ釣《つり》に行こうというのもあって、風呂場は頗る賑わっている。ひとりの西洋人が悠然として這入って来たが、湯の熱いのに少しおどろいた体《てい》であった。

朝飯まえに散歩した。路《みち》は変らぬ河岸であるが、岩に堰《せ》かれ、旭日にかがやいて、咽《むせ》び落つる水のやや浅いところに家鴨数十羽が群れ遊んでいて、川に近い家々から湯の烟《けむり》がほの白くあがっているなど、おのずからなる秋の朝の風情を見せていた。岸のところどころに芒《すすき》が生えている。近づいて見ると「この草取るべからず」という制札を立ててあって、後の月見の材料にと貯えて置くものと察せられた。宿に帰って朝飯の膳にむかうと、鉢にうず高く盛った松茸に秋の香が高い。東京の新聞二、三種をよんだ後、頼家の墓へ参詣に行った。桂橋を渡り、旅館のあいだを過ぎ、的場の前などをぬけて、塔の峰の麓に出た。ところどころに石段はあるが、路は極めて平坦で、雑木が茂っているあいだに高い竹藪がある。槿《むくげ》の花の咲いている竹籬《たけまがき》に沿うて左に曲ると、正面に釈迦堂がある。頼家の仏果円満を願うがために母政子の尼が建立したものであるという。鎌倉の覇業を永久に維持する大《おお》いなる目的の前には、あるに甲斐《かい》なき我子を捨殺しにしたものの、さすがに子は可愛いものであったろうと推量《おしはか》ると、ふだんは虫の好かない傲慢の尼将軍その人に対しても一種同情の感をとどめ得なかった。

更に左に折れて小高い丘にのぼると、高さ五尺にあまる楕円形の大石に征夷大将軍左《さ》金吾《きんご》頼家尊霊と刻み、煤《すす》びた堂の軒には笹竜胆《ささりんどう》の紋を打った古い幕が張ってある。堂の広さはわずかに二坪ぐらいで、修善寺の方を見おろして立っている。あたりには杉や楓《かえで》など枝をかわして生い茂って、どこかで鴉《からす》が啼いている。すさまじいありさまだとは思ったが、これに較べると、範頼の墓は更に甚だしく荒れまさっている。叔父御よりも甥の殿の方がまだしもの果報があると思いながら、香を手向《たむ》けて去ろうとすると、入違《いれちが》いに来て磬《けい》を打つ参詣者があった。

帰り路で、ある店に立ってゆで栗を買うと実に廉《やす》い。わたしばかりでなく、東京の客はみな驚くだろうと思われた。宿に帰って読書、障子の紙が二ヵ所ばかり裂けている。眼に立つほどの破れではないが、それにささやく風の音がややもすれば耳について、秋は寂しいものだとしみじみ思わせるうちに、宿の男が来て貼りかえてくれた。向座敷は障子をあけ放して、その縁側に若い女客が長い洗い髪を日に乾かしているのが、榎《えのき》の大樹を隔ててみえた。

午後は読書に倦《う》んで肱枕《ひじまくら》を極《き》めているところへ宿の主人が来た。主人は善《よ》く語るので、おかげで退屈を忘れた。きょうも水の音に暮れてしまったので、電灯の下で夕飯をすませて、散歩がてら理髪店へゆく。大仁《おおひと》理髪組合の掲示をみると、理髪料十二銭、またその傍に附記して「ただし角刈とハイカラは二銭増しの事」とある。いわゆるハイカラなるものは、どこへ廻っても余計に金の要《い》ることと察せられた。店さきに張子の大きい達《だる》摩《ま》を置いて、その片眼を白くしてあるのは、なにか願掛けでもしたのかと訊いたが、主人も職人も笑って答えなかった。楽隊の声が遠くきこえる。また例の活動写真の広告らしい。

理髪店を出ると、もう八時をすぎていた。露の多い夜気は冷々と肌にしみて、水に落ちる家々の灯のかげは白くながれている。空には小さい星が降るかと思うばかりに一面に燦《きら》めいていた。宿に帰って入浴、九時を合図に寝床に這入ると、廊下で、「按摩は如何《いかが》さま」という声がきこえた。

三

二十八日。例に依って六時入浴。今朝は湯加減が殊《こと》によろしいように思われて身神爽《しんしん》快。天気もまた好い。朝飯もすみ、新聞もよみ終って、ふらりと宿を出た。

月末に近づいたせいか、この頃は帰る人が一日増しに多くなった。大仁行の馬車は家々の客を運んでゆく。赤とんぼうが乱れ飛んで、冷たい秋の風は馬のたてがみを吹き、人の袂《たもと》を吹いている。宿の女どもは門に立ち、または途中まで見送って「御機嫌よろしゅう……来年もどうぞ」……など口々にいっている。歌によむ草枕、かりそめの旅とはいえど半月一月と居馴染《いなじ》めば、これもまた一種の別れである。涙脆《もろ》い女客などは、朝夕親《したし》んだ宿の女どもといい知れぬ名残の惜まれて、馬車の窓からいくたびか見送りつつ揺られて行くのもあった。

修禅寺に詣でると、二十七日より高祖忌執行の立札があった。宝物一覧を断られたのもこれがためであると首肯《うなず》かれた。

転じて新井別邸の前、寄席のまえを過ぎて、見晴らし山というのに登った。半腹の茶店に休むと、今来た町の家々は眼の下に連なって、修禅寺のいらかはさすがに一角をぬいて聳《そび》えていた。この茶店には運動場があって、二十歳ばかりの束髪の娘がブランコに乗っていた。勿論土地の人ではないらしい。山の頂上は俗に見晴らし富士と呼んで、富士を望むによろしいと聞いたので、細い山路をたどってゆくと、裳にまつわる萩や芒がおどろに乱れて、露の多いのに堪えられなかった。登るにしたがって勾配が漸く険しく、駒下駄ではとかくに滑ろうとするのを、剛情にふみ堪えて、先《ま》ずは頂上と思われるあたりまで登りつくと、なるほど富士は西の空にはっきりと見えた。秋天片雲無きの日にここへ来たのは没怪《もっけ》の幸《さいわい》であった。帰りは下り阪を面白半分に駈け降りると、あぶなく滑って転びそうになること両三度。降りてしまったら汗が流れた。

山を降りると田圃路《たんぼみち》で、田の畔には葉鶏頭《はげいとう》の真紅なのが眼に立った。もとの路を還らずに、人家のつづく方を北にゆくと、桜ケ岡の麓を過ぎて、いつの間にか向う岸へまわったとみえて、図らずも頼家の墓の前に出た。きのう来て、今日もまた偶然に来た。おのずからなる因縁浅からぬように思われて、再び墓に香をささげた。

頼家の墓所は単に塔の峯の麓とのみ記憶していたが、今また聞けば、ここを指月ケ岡というそうである。頼家が討たれた後に、母の尼が来り弔《とむら》って、空ゆく月を打仰ぎつつ「月は変らぬものを、変り果てたるは我子の上よ」と月を指さして泣いたので、人々も同じ涙にくれ、爾来《じらい》ここを呼んで指月ケ岡ということになったとか。蕭条《しょうじょう》たる寒村の秋のゆうべ、不幸なる我子の墓前に立って、一代の女将軍が月下に泣いた姿を想いやると、これもまた画くべく歌うべき悲劇であるように思われた。彼女がかくまでに涙を呑んで経営した覇業も、源氏より北条に移って、北条もまた亡びた。これにくらべると、秀頼と相抱いて城とともにほろびた淀君の方が、人の母としてはかえって幸であったかも知れない。

帰り路に虎渓橋の上でカーキ色の軍服を着た廃兵に逢った。その袖には赤十字の徽章《きしょう》をつけていた。宿に帰って主人から借りた修善寺案内記を読み、午後には東京へ送る書信二通をかいた。二時ごろ退屈して入浴。わたしの宿には当時七、八十人の滞在客があるはずであるが、日中のせいか広い風呂場には一人もみえなかった。菖蒲の湯を買切りにした料見になって、全身を湯に浸しながら、天然の岩を枕にして大の字に寝ころんでいると、好い心持を通り越して、すこし茫《ぼう》となった気味である。気つけに温泉二、三杯を飲んだ。

主人はきょうも来て、いろいろの面白い話をしてくれた。主人の去った後は読書。絶間なしに流れてゆく水の音に夜昼の別《わか》ちはないが、昼はやがて夜となった。食後散歩に出ると、行くともなしに、またもや頼家の方へ足が向く。なんだか執り着かれたような気もするのであった。墓の下の三洲園という蒲焼屋では三味線の音が騒がしくきこえる。

頼家尊霊も今夜は定めて陽気に過ごさせ給うであろうと思いやると、我々が問い慰めるまでもないと理窟をつけて、墓へはまいらずに帰ることにした。あやなき闇のなかに湯の匂いのする町家の方へたどってゆくと、夜はようやく寒くなって、そこらの垣に機織《はたおり》虫《むし》が鳴いていた。

わたしの宿のうしろに寄席があって、これも同じ主人の所有である。草履《ぞうり》ばきの浴客が二、三人這入ってゆく。私もつづいて這入ろうかと思ったが、ビラをみると、一流うかれ節三河屋何某一座、これには少しく恐れをなして躊躇《ちゅうちょ》していると、雨がはらはらと降って来た。仰げば塔の峰の頂上から、蝦蟆《がま》のような黒雲が這い出している。いよいよ恐れて早々に宿へ逃げ帰った。

帰って机にむかえば、下の離れ座敷でまたもや義太夫が始まった。近所の宿でも三味線の音がきこえる。今夜はひどく賑《にぎや》かな晩である。十時入浴して座敷に帰ると、桂川も溢れるかと思うような大雨となった。

春の修善寺

十年ぶりで三島駅から大仁《おおひと》行の汽車に乗換えたのは、午後四時をすこし過ぎた頃であった。大場駅附近を過ぎると、ここらももう院線の工事に着手しているらしく、路《みち》ばたの空地に投げ出された鉄材や木材が凍ったような色をして、春のゆう日にうす白く染められている。村里のところどころに寒そうに顫《ふる》えている小さい竹藪は、折からの強い西風にふき煽《あお》られて、今にも折れるかとばかりに撓《たわ》みながら鳴っている。広い桑畑には時々小さい旋風をまき起して、黄竜のような砂の渦が汽車を目がけて直驀《まっしぐら》地に襲って来る。

この如何《いか》にも暗い、寒い、すさまじい景色を窓から眺めながら運ばれてゆく私は、とても南の国へむかって旅をしているというのびやかな気分にはなれなかった。汽車のなかには沼津の人が乗りあわせていて、三、四年まえの正月に愛鷹丸《あしたかまる》が駿河湾で沈没した当時の話を聞かせてくれた。その中にこんな悲しい挿話があった。

沼津の在に強盗傷人の悪者があって、その後久しく伊豆の下田に潜伏していたが、ある時なにかの動機から飜然悔悟した。その動機はよく判らないが、理髪店へ行って何かの話を聞かされたのらしいという。かれはすぐに下田の警察へ駆込んで過去の罪を自首したが、それはもう時効を経過しているので、警察では彼を罪人として取扱うことが出来なかった。かれは失望して沼津へ帰った。それからだんだん聞きあわせると、当時の被害者は疾《と》うに世を去ってしまって、その遺族のゆくえも判らないので、彼はいよいよ失望した。

元来、彼は沼津の生れではなかった――その出生地をわたしは聞き洩らした――せめては故郷の菩提寺に被害者の石碑を建立して、自分の安心を得たいと思い立って、その後一年ほどは一生懸命に働いた。そうして、いくらかの金を作った。彼はその金をふところにして彼の愛鷹丸に乗込むと、駿河の海は怒って暴れて、かれを乗せた愛鷹丸はヨナを乗せた船のように、ゆれて傾いた。しかも罪ある人ばかりでなく、乗組の大勢をも併せて海のなかへ投げ落としてしまった。彼は悪魚の腹にも葬られずに、数時間の後に引きあげられたが、彼はその金を懐ろにしたままで凍え死んでいた。

これを話した人は、彼の死はその罪業の天罰であるかのように解釈しているらしい口ぶりであった。天はそれほどにむごいものであろうか――わたしは暗い心持でこの話を聴いていた。南条駅を過ぎる頃から、畑にも山にも寒そうな日の影すらも消えてしまって、ところどころにかの砂烟《すなけむり》が巻き颺《あが》っている。その黄《きい》い渦が今は仄白くみえるので、あたりがだんだんに薄暗くなって来たことが知られた。汽車の天井には旧式な灯の影がおぼつかなげに揺れている。この話が済むと、その人は外套の羽をかきあわせて、肩をすくめて黙ってしまった。私も黙っていた。

三島から大仁までたった小一時間、それが私に取っては堪えられないほどに長い暗い侘しい旅であった。ゆき着いた大仁の町も暗かった。寒い風はまだ吹きやまないで、旅館の出迎えの男どもが振照す提灯《ちょうちん》の火のかげに、乗合馬車の馬のたてがみの顫えて乱れているのが見えた。わたしは風を恐れて自働車に乗った。

修善寺の宿につくと、あくる日はすぐに指月ヶ岡にのぼって、頼家の墓に参詣《さんけい》した。わたしの戯曲『修禅寺物語』は、十年前の秋、この古い墓のまえに額《ぬか》ずいた時に私の頭に湧き出した産物である。この墓と会津の白虎隊の墓とはわたしに取って思い出が多い。その後、私はどう変ったか自分にはよく判らないが、頼家公の墓はよほど変っていた。

その当時の日記によると、丘の裾には鰻屋が一軒あったばかりで、丘の周囲には殆《ほとん》ど人家がみえなかった。墓は小さい堂のなかに祀《まつ》られて、堂の軒には笹竜胆《ささりんどう》の紋を染めた紫の古びた幕が張り渡されていて、その紫の褪《さ》めかかった色がいかにも品の好い、しかも寂しい、さながら源氏の若い将軍の運命を象徴するかのように見えたのが、今もありありと私の眼に残っている。ところが、今度かさねて来てみると、堂はいつの間には取払われてしまって、懐しい紫の色はもう尋ねるよすがもなかった。なんの掩《おお》いをも有《も》たない古い墓は、新しい大きい石の柱に囲まれていた。色々の新しい建物が丘の中腹まで犇々《ひしひし》と押つめて来て、そのなかには遊芸稽古所などという看板も見えた。

頼家公の墳墓の領域がだんだんと狭《せば》まってゆくのは、町がだんだんに繁昌してゆくしるしである。むらさきの古い色を懐しがる私は、町の運命になんの交渉も有たない、一個の旅人に過ぎない。十年前にくらべると、町は著るしく賑《にぎ》やかになった。多くの旅館は新築をしたのもある。建増しをしたのもある。温泉倶楽部《クラブ》も出来た、劇場も出来た。こうして年ごとに発展してゆくこの町のまん中にさまよって、むかしの紫を忍んでいる一個の貧しい旅人のあることを、町の人たちは決して眼にも留めないであろう。わたしは冷《つめた》い墓と向い合ってしばらく黙って立っていた。

それでも墓のまえには三束の線香が供えられて、その消えかかった灰が霜柱のあつい土の上に薄白くこぼれていた。日あたりが悪いので、黒い落葉がそこらに凍り着いていた。墓を拝して帰ろうとしてふと見かえると、入口の太い柱のそばに一つの箱が立っていた。箱の正面には「将軍源頼家おみくじ」と書いてあった。その傍の小さい穴の口には「一銭銅貨を入れると出ます」と書き添えてあった。

源氏の将軍が預言者であったか、売卜者《ばいぼくしゃ》であったか、わたしは知らない。しかしこの町の人たちは、果して頼家公に霊あるものとしてこういうものを設けたのであろうか、あるいは湯治客の一種の慰みとして設けたのであろうか。わたしは試みに一銭銅貨を入れてみると、からからという音がして、下の口から小さく封じた活版刷の御神籤《おみくじ》が出た。あけて見ると、第五番凶とあった。わたしはそれが当然だと思った。将軍にもし霊あらば、どの御神籤にもみんな凶が出るに相違ないと思った。

修禅寺はいつ詣《まい》っても感じのよい御寺である。寺といえばとかくに薄暗い湿っぽい感じがするものであるが、この御寺ばかりは高いところに在って、東南の日を一面にうけて、いかにも明るい爽かな感じをあたえるのがかえって雄大荘厳の趣を示している。衆生をじめじめした暗い穴へ引摺《ひきず》ってゆくのでなくて、赫灼《かくしゃく》たる光明を高く仰がしめるというような趣がいかにも尊げにみえる。

きょうも明るい正午の日が大きい甍《いらか》を一面に照して、堂の家根に立っている幾匹の唐獅子の眼を光らせている。脚絆《きゃはん》を穿《は》いた老婆さんが正面の階段の下に腰をかけて、藍の

ように晴れ渡った空を仰いでいる。玩具の刀をさげた小児《こども》がお百度石に倚《よ》りかかってい
る。大きい桜の木の肌がつやつやと光っている。丘の下には桂川の水の音がきこえる。
わたしは桜の咲く四月の頃にここへ来たいと思った。
避寒の客が相当にあるとはいっても、正月ももう末に近いこの頃は修善寺の町も静で、
宿の二階に坐っていると、きこえるものは桂川の水の音と修禅寺の鐘の声ばかりである。
修禅寺の鐘は一日に四、五回撞《つ》く。時刻をしらせるのではない、寺の勤行《ごんぎょう》の知《しら》せらしい。
ほかの時はわたしも一々記憶していないが、夕方の五時だけは確かにおぼえている。そ
れは修禅寺で五時の鐘をつき出すのを合図のように、町の電灯が一度に明るくなるから
である。

春の日もこの頃はまだ短い。四時をすこし過ぎると、山につつまれた町の上にはもう
夕闇が降りて来て、桂川の水にも鼠色の靄《もや》がながれて薄暗くなる。河原に遊んでいる
家鴨《あひる》の群の白い羽もおぼろになる。川沿いの旅館の二階の欄干にほしてある紅《あか》い夜具が
だんだんに取込まれる。この時に、修禅寺の鐘の声が水にひびいて高くきこえると、旅
館にも郵便局にも銀行にも商店にも、一度に電灯の花が明るく咲いて、町は俄《にわか》に夜のけ
しきを作って来る。旅館は一《ひ》としきり忙しくなる。大仁から客を運び込んでくる自働車
や馬車や人力車の音がつづいて聞える。それが済むとまたひっそりと鎮まって、夜の町

は水の音に占領されてしまう。二階の障子をあけて見渡すと、近い山々はみな一面の黒いかげになって、町の上には家々の湯の烟が白く迷っているばかりである。

修禅寺では夜の九時頃にも鐘を撞く。それに注意するのはおそらく一山の僧たちだけで、町の人々の上にはなんの交渉もないらしい。しかし湯治客のうちにも、町の人のうちにも、色々の思いをかかえてこの鐘の声を聴いているのもあろう。現にわたしが今泊っているこの室だけでも、新築以来、何百人あるいは何千人の客がとまって、わたしが今坐っているこの火鉢のまえで、色々の人が色々の思いでこの鐘を聴いたであろう。わたしが今無心に掻《か》きまわしている古い灰の上にも、遣瀬《やるせ》ない女の悲しい涙のあとが残っているかも知れない。温泉場に来ているからといって、みんなのんきな保養客ばかりではない。この古い火鉢の灰にも色々の苦しい悲しい人間の魂が籠っているのかと思うと、わたしはその灰をじっと見つめているのに堪えられないように思うこともある。

修禅寺の夜の鐘は春の夜の寒さを呼び出すばかりでなく、火鉢の灰の底から何物かを呼び出すかも知れない。宵《よい》っ張《ば》りの私もここへ来てからは、九時の鐘を聴かないうちに寝ることにした。

（大正七年一月）

栗の花

栗の花、柿の花、日本でも初夏の景物にはかぞえられていますが、俳味に乏しい我々は、栗も柿もすべて秋の梢にのみ眼をつけて、夏のさびしい花にはあまり多くの注意を払っていませんでした。秋の木の実を見るまでは、それらは殆《ほとん》ど雑木に等しいもののように見なしていましたが、その軽蔑の眼は欧洲大陸へ渡ってからよほど変って来ました。この頃の私は決して栗の木を軽蔑しようとは思いません。必ず立止まって、その梢をしばらく瞰《み》あげるようになりました。

一口に栗といっても、ここらの国々に多い栗の木は、普通にホース・チェストナットと呼ばれてその実を食うことは出来ないといいます。日本でいうどんぐりのたぐいであるらしく思われる。しかしその木には実に見事な大きいのが沢山あって、花は白と薄紅との二種あります。倫敦《ロンドン》市中にも無論に多く見られるのですが、わたしが先《ま》ず軽蔑の眼を拭わせられたのは、キウ・ガーデンをたずねた時でした。

五月中旬から倫敦も急に夏らしくなって、日曜日の新聞を見ると、ピカデリー・サアカスにゆらめく青いパラソルの影、チャーリング・クロスに光る白い麦藁帽《むぎわらぼう》の色、ロンドンももう夏のシーズンに入ったというような記事がみえました。その朝に高田商会のT君がわざわざ誘いに来てくれて、きょうはキウ・ガーデンへ案内してやろうという。早速に支度をして、ベーカーストリートの停車場から運ばれてゆくと、ガーデンの門前にゆき着いて、先ずわたしの眼をひいたのは、かのホース・チェストナットの並木でした。日本の栗の木のいたずらにひょろひょろしているのとは違って、こんもりと生い茂った木振《きぶり》といい、葉の色といい、それが五月の明るい日の光にかがやいて、真昼の風に青く揺らめいているのは、いかにも絵にでもありそうな姿で、私はしばらく立停まってうっかりと眺めていました。

その日は帰りにハンプトン・コートへも案内されました。コートに接続して、ブッシー・パークというのがあります。この公園で更に驚かされたのは、何百年を経たかと思われるような栗の大木が大きな輪を作って列《なら》んでいることでした。見れば見るほど立派なもので、私はその青い下蔭に小さくたたずんで、再びうっかりと眺めていました。ハンプトン・コートには楡《にれ》の立派な並木もありますが、到底この栗の林には及びませんでした。

あくる日、近所の理髪店へ行って、きのうはキウ・ガーデンからハンプトン・コートを廻って来たという話をすると、亭主はあの立派なチェストナットを見て来たかといいました。ここらでもその栗の木は名物になっているとみえます。その以来、わたしも栗の木に少からぬ注意を払うようになって、公園へ行っても、路《みち》ばたを歩いても、色々の木立のなかで先ず栗の木に眼をつけるようになりました。

それから一週間ほどたって、私は例のストラッドフォード・オン・アヴォンに沙翁《さおう》の故郷をたずねることになりました。そうして、ここでアーヴィングが『スケッチブック』の一節を書いたとか伝えられているレッド・ホース・ホテルという宿屋に泊りました。日のくれる頃、案内者のM君O君と一所《いっしょ》にアヴォンの河のほとりを散歩すると、日本の卯の花に似たようなメー・トリーの白い花がそこらの田舎家の垣からこぼれ出して、うす明るいトワイライトの下にむら消えの雪を浮かばせているのも、まことに初夏のたそがれらしい静寂な気分を誘い出されましたが、更にわたしの眼を惹《ひ》いたのはやはり例の栗の立木でした。河のバンクには栗と柳の立木がつづいています。ここらの栗もブッシー・パークに劣らない大木で、この大きい葉のあいだから白い花がぼんやりと青い水の上に映って見えます。その水の上には白鳥が悠々と浮んでいて、それに似たような白い服を着た若い女が二人でボートを漕いでいます。M君の動議で小船を一時間借りることになって栗の木の下にある貸船屋に交渉すると、亭主はすぐに承知して、そこに繋いである一艘の小船を貸してくれて、河下の方へあまり遠く行くなと注意してくれました。承知して、三人は船に乗り込みましたが、私は漕ぐことを知らないので、櫂《かい》の方は両君にお任せ申して、船のなかへ仰向けに寝転んでしまいました。もう八時頃であろうかと思われましたが、英国の夏の日はなかなか暮れ切りません。蒼白い空にはうす紅《あか》い雲がところどころに流れています。両君の櫂もあまり上手ではないらしいのですが、流れが非常に緩《ゆる》いので、船は静かに河下へ降って行きます。いい知れないのんびりした気分になって、私は寝転びながら岸の上をながめていると、大きい栗の梢を隔てて沙翁紀念劇場の高い塔が丁度かの薄紅い雲の下に聳《そび》えています。その塔には薄むらさきの藤の花がからみ付いていることを、私は昼のうちに見ておきました。

船は好加減《いいかげん》のところまで下ったので、更に方向を転じて上流の方へ遡《さかのぼ》ることになりました。灯の少いここらの町はだんだん薄暗く暮れて来て、栗の立木もただ一《ひ》と固まりの暗い影を作るようになりましたが、空と水とはまだ暮れそうな気色もみえないので、水明りのする船端には名も知れない羽虫の群が飛び違っています。白鳥はどこの巣へ帰ったのか、もう見えなくなりました。起き直って、巻莨《まきたばこ》を一本すって、その喫殻《すいがら》を水に投げ込むと、あたかもそれを追うように一つの白い花がゆらゆらと流れ下って来ました。

透してみると、それは栗の花でした。

栗の花アヴォンの河を流れけり

句の善悪はさて措《お》いて、これは実景です。わたしはいくたびかその句を口のうちで繰返しているあいだに、船は元の岸へ戻って来ました。両君は櫂を措いて出ると、私もつづいて出ました。貸船屋の奥には黄《きいろ》い蠟燭《ろうそく》が点《とも》っています。亭主が出て来て、大きい手の上に船賃をうけ取って、グードナイトとただ一言、ぶっきらぼうにいいました。岸へあがって五、六間《けん》ゆき過ぎてから振返ると、低い貸船屋も大きい栗の木もみな宵闇のなかに沈んで、河の上がただうす白く見えるばかりでした。どこかで笛の声が遠くきこえました。ホテルへ帰ると、われわれの部屋にも蠟燭が点してありました。

ホテルの庭にも大きい栗の木があります。いつの間に空模様が変ったのか、夜なかになると雨の音がきこえました。枕もとの蠟燭を再び点して、カアテンの間から窓の外をのぞくと、雨の雫《しずく》は栗の葉をすべって、白い花が暗いなかにほろほろと落ちていました。

夜の雨、栗の花、蠟燭の火、アーヴィングの宿った家――わたしは日本を出発してからかつて経験したことのないような、しんみりとした安らかな気分になって、沙翁の故郷にこの一夜を明かしました。明《あ》くる朝起きてみると、庭には栗の花が一面に白く散っていました。

（大正八年五月、倫敦にて）

ランス紀行

六月七日、午前六時頃にベッドを這《は》い降りて寒暖計をみると八十度。きょうの暑さも思いやられたが、ぐずぐずしてはいられない。同宿のI君をよび起して、早々に顔を洗って、紅茶とパンとをのみ込んで、ブルヴァー・ド・クリシーの宿を飛び出したのは七時十五分前であった。

How to see the battlefields――抜目のないトウマス・クックの巴里《パリ》支店では、この四月からこういう計画を立てて、仏蘭西《フランス》戦場の団体見物を勧誘している。われわれもその団体に加入して、きょうこのランスの戦場見物に行こうと思い立ったのである。切符は昨日のうちに買ってあるので、今朝は真直にガル・ド・レストの停車場へ急いでゆく。宿からはさのみ遠くもないのであるが、巴里へ着いてまだ一週間を過ぎない我々には、停車場の方角がよく知れない。おまけに電車はストライキの最中で、一台も運転していない。その影響で、タキシーも容易に見付からない。地図で見当をつけながら、ともかくもガル・ド・レストへゆき着いたのは、七時十五分頃であった。七時二十分までに停車場へ集合するという約束であったが、クックの帽子をかぶった人間は一人もみえない。停車場は無暗《むやみ》に混雑している。おぼつかない仏蘭西語でクックの出張所をたずねたが、はっきりと教えてくれる人がない。そこらをまごまごしているうちに、七時三十分頃であろう、クックの帽子をかぶった大きい男をようよう見付け出して、あの汽車に乗るのだと教えてもらった。

混雑のなかをくぐりぬけて、自分たちの乗るべき線路のプラットホームに立って、先《ま》ずほっとした時に、倫敦《ロンドン》で知己になったO君とZ君とが写真機械携帯で足早に這入《はい》って来た。

「やあ、あなたもですか。」

「これは好い道連れが出来ました。」

これで今日の一行中に四人の日本人を見出したわけである。たがいに懐かしそうな顔をして、しばらく立話をしていると、クックの案内者が他の人々を案内して来て、レザアヴしてある列車の席をそれぞれに割りあてる。日本人はすべて一室に入れられて、そのほかに一人の英国紳士が乗込む。紳士はもう六十に近い人であろう、容貌といい、服装といい、いかにも代表的のイングリッシュ・ゼントルマンらしい風采の人物で、叮嚀《ていねい》に会釈して我々の向うに席を占めた。O君があわてて喫《す》いかけた巻莨《まきたばこ》の火を消そうとすると、紳士は笑いながら徐《しず》かにいった。

「どうぞお構いなく……。わたくしもすいます。」

七時五十五分に出るはずの列車がなかなか出ない、一行三十余人はことごとく乗り込んでしまっても、列車は動かない。八時を過ぎて、ようように汽笛は鳴り出したが、速力は頗《すこぶ》る鈍い。一時間ほども走ると、途中で不意に停車する。それからまた少し動き出したかと思うと、十分ぐらいでまた停車する。英国紳士はクックの案内者をつかまえてその理由を質問していたが、案内者も困った顔をして笑っているばかりで、詳しい説明をあたえない。こういう始末で、一進一止、捗《はかど》らないことおびただしく、われわれもうんざりして来た。きょうの一行に加わって来た米国の兵士五、六人は、列車が停止するたびに車外に飛び出して路《みち》ばたの草花などを折っている。気の早い連中には実際我慢が出来ないであろうと思い遣《や》られた。

窓をあけて見渡すと、何というところか知らないが、青い水が線路を斜めに横ぎって緩《ゆる》く流れている。その岸には二、三本の大きい柳の枝が眠《ね》むそうに靡《なび》いている。線路に近いところには低い堤が蜿《うね》ってつづいて、紅《あか》い雛芥子《ひなげし》と紫のブリュー・ベルとが一面に咲きみだれている。薄《すすき》のような青い葉も伸びている。米国の兵士はその青い葉をまいて笛のように吹いている。一町《ちょう》も距《はな》れた畑のあいだに、三、四軒の人家の赤煉瓦が朝の日に暑そうに照されている。

「八十五、六度だろう」と、I君はいった。汽車が停まると頗る暑い。われわれが暑がって顔の汗を拭いているのを、英国紳士は笑いながら眺めている。そうして、「このくらいならば歩いた方が早いかも知れません」といった。われわれも至極《しごく》同感で、口を揃えてイエス・サアと答えた。

英国紳士は相変らずにやにや笑っているが、我々はもう笑ってはいられない。

「どうかしてくれないかなあ。」

気休めのように列車は少し動き出すかと思うと、またすぐに停まってしまう。どの人もあきあきしたらしく、列車が停まると皆な車外に出てぶらぶらしていると、それを車内へ追い込むように夏の日光はいよいよ強く照り付けてくる。眼鏡をかけている私もまぶしい位で、早々に元の席へ逃げて帰ると、列車はまた思い出したように動きはじめる。こんな生鈍《なまのろ》い汽車でよく戦争が出来たものだという人もある。なにか故障が出来たのだろうと弁護する人もある。戦争中にあまり激しく使われたので、汽車も疲れたのだろうという人もある。午前十一時までに目的地のランスに到着するはずの列車が二時間も延着して、午後一時を過ぎる頃にようようその停車場にゆき着いたので、待兼ねていた人々は一度にどやどやと降りてゆく。よく見ると、女は四、五人、ほかはみな男ばかりで、いずれも他国の人たちであろう、クックの案内者二人はすべて英語を用いていた。

大きい栗の下をくぐって停車場を出て、一町ほども白い土の上をたどってゆくと、レストランコスモスという新しい料理店のまえに出た。仮普請《かりぶしん》同様の新築で、裏手の方ではまだ職人が忙がしそうに働いている。一行はここの二階へ案内されて、思い思いにテーブルに着くと、すぐに午餐の皿を運んで来た。空腹のせいか、料理はまずくない。片端から胃の腑へ送り込んで、ミネラルウォーターを飲んでいると、自動車の用意が出来たと知らせてくる。またどやどやと二階を降ると、特別に註文したらしい人たちは普通の自動車に二、三人ずつ乗込む。われわれ十五、六人は大きい自動車へ一所《いっしょ》に詰め込まれて、ほこりの多い町を通りぬけてゆく。案内者は車の真先に乗っていて、時々に起立して説明する。

ランスという町に就いて、私はなんの智識も有《も》たない。今度の戦争で、一度は敵に占領されたのを、更に仏蘭西の軍隊が回復したということの外には、なんにも知らない。したがって、その破壊以前のおもかげを忍ぶことは出来ないが、今見るところではかなりに美しい繁華な市街であったらしい。それを先ず敵の砲撃で破壊された。味方も退却の際には必要に応じて破壊したに相違ない。そうして、一旦《いったん》敵に占領された。それを取返そうとして、味方が再び砲撃した。敵が退却の際にまた破壊した。こういう事情で、いくたびかの破壊を繰返されたランスの町は禍《わざわい》である。市街は殆《ほとん》ど全滅といってもよい。ただ僅かに大通りに面した一部分が疎《まば》らに生き残っているばかりで、その他の建物は片端から破壊されてしまった。大火事か大地震のあとでも恐らくこうはなるまい、大火事ならば寧《むし》ろ綺麗に灰にしてしまうかも知れない。滅茶滅茶に叩き毀《こわ》された無残の形骸をなまじいに留めているだけに痛々しい。無論砲火に焼かれた場所もあるに相違ないが、なぜその火が更に大きく燃え拡《ひろ》がって、不幸な町の亡骸《なきがら》を火葬にしてしまわなかったか。形見こそ今は仇なれ、ランスの町の人たちもおそらく私と同感であろうと思われる。勿論、町民の大部分はどこへか立退《たちの》いてしまって、破壊された亡骸の跡始末をする者もないらしい。跡始末には巨額の費用を要する仕事であるから、去年の休戦以来、半年以上の時間をあだに過して、いたずらに雨や風や日光の下にその惨状を晒《さら》しているのであろう。敵国から償金をうけ取って一生懸命に仕事を急いでも、その回復は容易であるまい。

地理を知らない私は――ちっとぐらい知っていても、この場合には到底見当は付くまいと思われるが――自動車の行くままに運ばれて行くばかりで、どこがどうなったのかちっとも判らないが、ヴェスルとか、アシドリュウとか、アノウとかいう町々が、その惨状を最も多く描き出しているらしく見えた。大抵の家は四方の隅々だけを残して、建物全部がくずれ落ちている。なかには傾きかかったままで、破れた壁が辛《から》くも支えられているのもある。家の大部分が黒く焦げながら、不思議にその看板だけが綺麗に焼け残っているのは、かえって悲しい思いを誘い出された。ここらには人も見えない、犬も見えない。骸骨のように白っぽい破壊のあとが真昼の日の下にいよいよ白く横《よこた》わっているばかりである。この頽《くず》れた建物の下には、おじいさんが先祖伝来と誇っていた古い掛時計も埋められているかも知れない。若い娘の美しい嫁入衣裳も埋められているかも知れない。子供が大切にしていた可愛《かあい》らしい人形も埋められているかも知れない。それらに魂はありながら、みんな声さえも立てないで、静かに救い出される日を待っているのかも知れない。

乗合の人たちも黙っている。わたしも黙っている。案内者はもう馴れ切ったような口調で高々と説明しながら行く。幌のない自動車の上には暑い日が一面に照りつけて、眉のあたりには汗が滲んでくる。死んだ町には風すらも死んでいると見えて、きょうはそよりとも吹かない。散らばっている石や煉瓦を避けながら、狭い路を走ってゆく自動車の前後には白い砂烟《すなけむり》が舞いあがるので、どの人の帽子も肩のあたりも白く塗られてしまった。

市役所も劇場もその前づらだけを残して、内部はことごとく頽れ落ちている。大きい寺も伽藍堂《がらんどう》になってしまって、正面の塔に据え付けてあるクリストの像が欠けて傾いている。こうした古い寺には有名の壁画なども沢山保存されていたのであろうが、今はどうなったか判るまい。一羽の白い鳩がその旧蹟を守るように寺の門前に寂しくうずくまっているのを、みんなが珍しそうに指さしていた。町を通りぬけて郊外らしいところへ出ると、路の両側は仏蘭西特有のブルヴァーになって、大きい栗の木の並木がどこまでも続いている。栗の花はもう散り尽して、その青い葉が白い土のうえに黒い影を落している。木の下には雛芥子《ひなげし》の紅い小さい花がしおらしく咲いている。ここらへ来ると、時々は人通りがあって、青白い夏服をきた十四、五の少女が並木の下を俯向《うつむ》きながら歩いてゆく。かれは自動車の音におどろいたように顔をあげると、車上の人たちは帽子を振る。少女は嬉しそうに微笑《ほほえ》みながら、これも頻《しき》りにハンカチーフを振る。砂煙が舞い上《あが》って、少女の姿がおぼろになった頃に、自動車も広い野原のようなところに出た。

戦争前には畑になっていたらしいが、今では茫々たる野原である。原には大きい塹壕《ざんごう》のあとが幾重《いくえ》にも残っていて、ところどころには鉄条網も絡み合ったままで光っている。立木は殆どみえない。眼のとどく限りは雛芥子の花に占領されて、血を流したように一面に紅い。原に沿うた長い路をゆき抜けると、路はだんだんに登り坂になって、石の多い丘の裾についた。案内者はここが百八高地というのであると教えてくれた。自動車から卸《おろ》されて、思い思いに丘の方へ登ってゆくと、そこには絵葉書や果物など売る店が出ている。ここへ来る見物人を相手の商売らしい。同情も幾分か手伝って、どの人もあまり廉《やす》くない絵葉書や果物を買った。丘の上にも塹壕がおびただしく続いていて、そこらにも鉄条網や砲弾の破片が見出された。丘の上にも立木はない。石の間にはやはり雛芥子が一面に咲いている。戦争が始まってから四年の間、芥子の花は夏ごとに紅く咲いていたのであろう。敵も味方もこの花を友として、苦しい塹壕生活を続けていたのであろう。そうして、この優しい花を見て故郷の妻子を思い出したのもあろう。この花よりも紅い血を流して死んだのもあろう。ある者は生き、ある者はほろび、ある者は勝ち、ある者は敗れても、花は知らぬ顔をして今年の夏も咲いている。

これに対して、ある者を傷《いた》み、ある者を呪うべきではない。勿論、商船の無制限撃沈を試みたり、都市の空中攻撃を企てたりした責任者はある。しかしながら戦争そのものは自然の勢である。欧洲の大勢が行くべき道を歩んで、ゆくべき所へゆき着いたのである。その大勢に押流された人間は、敵も味方も悲惨である。野に咲く百合を見て、ソロモンの栄華を果敢《はか》なしと説いた神の子は、この芥子の花に対して何と考えるであろう。

坂を登るのでいよいよ汗になった我々は、干枯《ひから》びたオレンジで渇《かわき》を癒《いや》していると、汽車の時間が迫っているから早く自動車に乗れと催促される。二時間も延着した祟《たた》りで、ゆっくり落付いてはいられないと案内者が気の毒そうにいうのも無理はないので、どの人もおとなしく自動車に乗り込むと、車は待兼ねたように走り出したが、途中から方向をかえて、前に来た路とはまた違った町筋をめぐってゆく。路は変っても、やはり同じ破壊の跡である。プレース・ド・レパブリクの噴水池は涸《か》れ果てて、まん中に飾られた女神の像の生白い片腕がもがれている。

停車場へ戻って自動車を降りると、町の入口には露店をならべて、絵葉書や果物のたぐいを売っている男や女が五、六人見えた。砲弾の破片で作られた巻莨の灰皿や、独逸《ドイツ》兵のヘルメットを摸したインキ壺なども売っている。そのヘルメットは剣を突き刺したり、斧を打ち込んだりしてあるのが眼についた。摸造品ばかりでなく、ほん物の独逸将校や兵卒のヘルメットを売っているのもある。おそらく戦場で拾ったものであろう。その値をきいたら九十フランだといった。勿論、いい値で買う人はない。ある人は五十フランに値切って二つ買ったとか話していた。

「なにしろ暑い。」

異口同音に叫びながら、停車場のカフェーへ駆け込んで、一息にレモン水を二杯のんで、顔の汗とほこりを忙しそうに拭いていると、四時三十分の汽車がもう出るという。あわてて車内に転がり込むと、それがまた延着して、八時を過ぎる頃にようよう巴里に送り還された。

この紀行は大正八年の夏、巴里の客舎で書いたものである。その当時、かのランスの戦場のような、寧ろそれ以上のおそろしい大破壊を四年後の東京のまん中で見せ付けられようとは、思いも及ばないことであった。よそ事のように眺めて来た大破壊のあとが、今やありありと我が眼のまえに拡げられているではないか。わたしはまだ異国の夢が醒めないのではないかと、ときどきに自分を疑うことがある。（大正十二年十月、追記）

米国の松王《まつおう》劇

白人劇の忠臣蔵や菅原はかねて噂には聞いていましたが、今度米国へ渡って来て、あたかもそれを見物する機会を得ました。わたしがサンフランシスコを夜汽車で出発して、ロスアンゼルスの町に着いたのは三月の十九日で、ホテルに入って新聞を見ると、ハリーウードのコンムニチー・シェーターで松王劇を演じているが、それが非常の好評で一週間の日のべをされるという記事が眼に注《つ》きました。あたかもたずねて来てくれたホーム貯蓄銀行の清原君にその案内をたのむと、清原君はまだ一度も行って見たことはないが、ともかくも案内しようということで別れたのが午後二時頃でした。それからだんだん訊《き》いてみると、コンムニチー・シェーターというのは一種の会員組織のようなもので、突然に押蒐《おしか》けて行っても入場が出来るかどうだか判らないとのことでした。そうなるとなおなお見たいような気がするので、早々に夕飯を済ませて清原君の来るのを待っていると、清原君は八時頃に誘いに来て、生憎《あいにく》に降って来ましたという。降っても構わないからともかくも連れて行ってくださいと強請《せが》んで、伊坂君と一所《いっしょ》に宿を出ると、冷たい雨がびしょびしょ降っていました。ハリーウードというのは近頃ロスアンゼルスの市に編入された所で、市の中央からはかなりに距《はな》れています。電車で約三十分を費した後に、その劇場の前にゆき着くと、雨に濡れた自動車が路《みち》の両側に長い列を作っています。これではいよいよ入場がむずかしいかも知れないと危《あや》ぶみながら、入口の窓口へ行って訊いてみると、若い女が窓から首を出して、会員以外でも入場させないことはない、しかし今度の劇は十八日から二十四日まで一週間の予定であったのを、切符売切れのために更に三十一日まで一週間の日のべをした位であるから、二十五日以後でなければ入場券を差上げるわけには行かないと、気の毒そうに断るのです。実際我々ばかりでなく、おなじように断られて雨のなかをすごすご帰ってゆく婦人などが沢山あります。もう仕様がないと諦めかけると、清原君は俄《にわか》に智慧を出して、今夜ここに早川雪洲夫人が来ているかと訊くと、来ているという。それでは早川君に頼んでなんとかしてもらいたいと、清原君が名刺を出して頼むと、女は承知して奥に這《は》入りました。外ではまだ雨が降っています。そんな押問答をしているうちに、肝腎の松王劇が済んでしまっては詰まらないと思って、わたしは首を長くして内をのぞいていると、やがて女は再び出て来て、到底普通の椅子席はないが、立見同様でよければ案内して遣《や》るという。それで結構とすぐに案内されて這入ると、なるほど会員組織らしい小劇場で、二階もなんにもない、極めて質素な小さい建物でした。しかし立派な服装の人たちが一杯に席を埋めていました。

私たちは補助椅子といったようなものをあてがわれて、隅の方に小さく控えていると、第二の一幕物がもう終るところでした。プログラムを観ると第三が松王で、それが今度の呼物であるということが判りました。この松王は欧洲でも上場されたことがあり、米国では紐育《ニューヨーク》ではじめて上場されたのですが、その演出法が和洋折衷で面白くないというので不評であったそうです。今度はその当時とまったく違った俳優たちが純日本式のプロダクションを見せるという、それが観客の人気を呼んだらしいのです。登場者は活動写真の俳優として知られているヘンリー・ウォルサルやフランクリン・ホールの人たちで、それに大学の学生たちが加わっているのです。涎《よだれ》くりその他の寺子を呼出しにくる村の者は、すべて大学生であるということを後に聞きました。

幕があくと、御約束の寺子屋の舞台です。舞台が狭いのでよほど窮屈らしく見えましたが、ともかくも二重家体《にじゅうやたい》を飾って、うしろの出入口には障子が閉めてあります。菅秀才《かんしゅうさい》が上手《かみて》の机にむかって手習いをしている。下手《しもて》に涎くりとほかに三人の子供が机にむかっている。いずれも日本風の鬘《かつら》をかぶって、日本の衣裳を着ています。その衣裳に多少の無理は見えながらも、別におかしいと思うほどのこともありませんでした。

台詞《せりふ》は寺子屋の浄瑠璃の本文を殆《ほとん》ど逐字訳といっても好いくらいに英訳したもので、紐育で作られた台本を用いているのだと聞きました。涎くりが戸浪《となみ》に叱られて机の上に立たされて泣く。そこへ千代が小太郎をつれて来る。すべて本文とちっとも変えずに遣っていました。千代は型通りの黒紋付に前帯で、扇を持って出ます。戸浪はバルバラ・ガーネー、千代はヘレン・エデーという女優です。さすがに平舞台に坐るのは難儀とみえて、戸浪と千代との応対はすべて立身で遣っていました。戸浪は西洋風に手を動かす癖が眼立ちましたが、千代はおちついてしっとりと好く演じていました。千代が帰ろうとするのを小太郎が追ってゆく、千代はひき寄せて顔を見る。このしぐさが幾度も繰返されるので、ちと煩《うる》さいと思いましたが、外国の観客はこのくらいにして見せなければ満足しないかも知れません。あくる日の『タイムス』紙上を見ると、劇評家ウォーナック氏はこの一節を激賞して「この大悲劇中の見所は千代がわが子を残して去る一刹那《せつな》にして、エデー嬢は悲劇俳優として大《おお》いなる将来を有することを明《あきら》かに示せり」といっていました。ウォーナック氏はこの一幕に対して、かなりに長い劇評を試みていましたが、肝腎の首実検《くびじっけん》の件に就てはあまり多くいっていませんでした。やはり忠義ということよりも親子の情という方面に重きを置いているのでしょう。フランクリン・ホールの源蔵は、努めて日本人の癖を学ぼうとして前屈《まえかが》みになり過ぎるのが眼障《めざわ》りでしたが、小太郎を見て「オオ、グード、ボーイ」とじっとその顔を眺めるあたりは大芝居でした。戸浪と差向いになって身代りの思案を話すあいだも巧いものでした。勿論どの人も首ということは一言もいいません、いかなる場合にも単にスレイン(殺す)といっていたのは、外国人として無理ならぬことです。しかしどの人も努めて西洋劇にならない用心をしているのか、ひどく台詞を伸ばして静にいっているのが、わたしどもにはかえって異様にきこえました。春藤玄蕃《しゅんどうげんば》の出も、村の者の呼出しも、すべて型の通りで、涎くりが玄蕃に扇で打たれ、泣いて引込むと観客はどっと笑います。

私のおどろいたのは、主人公の松王を勤めたヘンリー・ウォルサルの立派なことです。病鉢巻《やまいはちまき》をして出て来たところは訥子《とっし》を大柄にしたようで、顔の作りなども好く出来ているので、ちょっと見ては、外国人とは思えないくらいでした。しかしこの人も台詞をひどく伸ばして、しかも抑揚の少い一本調子の英語で押通しているのが耳障りでした。例の「奥にはぱったり首打つ音」は、なんにも音を聞かせないで、単に松王がよろけるだけですが、それでも観客に得心させるように遣っていたのは巧いものです。首実検の時に手を顫《ふる》わせながら、懐紙《かいし》を口にくわえる仕種《しぐさ》などをひどく細かく見せて、団十郎式に刀をぬきました。ここでも首は見せません。首桶を少し擡《もた》げるだけでしたが、観客はみな恐れるように眼を伏せていました。

松王も千代も二度目の出には、やはり引抜いて白の着附になりましたが、松王は裃《かみしも》を着ていませんでした。それでも柄が立派なのでちっとも見そぼらしいとは思えませんでした。松王が身がわりの秘密を打明ける件《くだり》になると、婦人の観客のうちにはハンカチーフを眼にあてているのが沢山ありました。要するに観客は親子という方面にばかり注意していて、源蔵夫婦の苦心には重きを置かないらしく見えます。ウォーナック氏もこの夫婦に対しては殆ど何にもいっていませんでした。千代の口説《くぜつ》は至極《しごく》簡短になっていましたが、これは已《や》むを得ますまい。いろは送りも無論ありません。松王が「我子にあらず、菅秀才のおんなきがら」の件で幕になりましたが、とにもかくにもこれだけのものを、わたしたちが観ていてちっともおかしい点がないほどに遣り負《おお》せたのは偉いものです。これと反対に、日本人が外国の劇を上演した場合、外国の人たちがそれを見物して、今夜の私たちのように感心するかどうか、わたしは少からず危みながら表へ出ると、今夜の雨はまだ音を立てて降っていました。

この成功に気乗りがして、来月の試演には『先代萩』を上場するとか聞きましたが、どうなったか知りません。

（大正八年四月、紐育にて）

火に追われて

なんだか頭がまだほんとうに落ちつかないので、まとまったことは書けそうもない。

去年七十七歳で死んだわたしの母は、十歳の年に日本橋で安政の大地震に出逢ったそうで、子供の時からたびたびそのおそろしい昔話を聴かされた。それが幼い頭にしみ込んだせいか、わたしは今でも人一倍の地震ぎらいで、地震と風、この二つを最も恐れている。風の強く吹く日には仕事が出来ない。少し強い地震があると、またそのあとにゆり返しが来はしないかという予覚におびやかされて、やはりどうも落ちついていられない。

わたしが今まで経験したなかで、最も強い地震としていつまでも記憶に残っているのは、明治二十七年六月二十日の強震である。晴れた日の午後一時頃と記憶しているが、これも随分ひどい揺れ方で、市内に潰れ家も沢山あった。百六、七十人の死傷者もあった。それに伴って二、三ヵ所にボヤも起ったが、一軒焼けか二軒焼けぐらいで皆消し止めて、殆《ほとん》ど火事らしい火事はなかった。多少の軽いゆり返しもあったが、それも二、三日の後には鎮まった。三年まえの尾濃震災におびやかされている東京市内の人々は、一時仰山《ぎょうさん》におどろき騒いだが、一日二日と過ぎるうちにそれもおのずと鎮まった。勿論、安政度の大震とはまるで比較にならないくらいの小さいものではあったが、ともかくも東京としては安政以来の強震として伝えられた。わたしも生れてから初めてこれほどの強震に出逢ったので、その災禍のあとをたずねるために、当時すぐに銀座の大通りから上野へ出て、更に浅草へまわって、汗をふきながら夕方に帰って来た。そうして、しきりに地震の惨害を吹聴したのであった。その以来、わたしに取っては地震というものが、一層おそろしくなった。わたしはいよいよ地震ぎらいになった。したがって、去年四月の強震のときにも、わたしは書きかけていたペンを捨てて庭先へ逃げ出した。

こういう私がなんの予覚もなしに大正十二年九月一日を迎えたのであった。この朝は誰も知っている通り、二百十日前後に有勝《ありがち》の何となく穏かならない空模様で、驟雨《しゅうう》がおりおりに見舞って来た。広くもない家のなかは忌《いや》に蒸暑かった。二階の書斎には雨まじりの風が吹き込んで、硝子戸《ガラスど》をゆする音がさわがしいので、わたしは雨戸をしめ切って下座敷の八畳に降りて、二、三日まえから取りかかっている『週刊朝日』の原稿をかきつづけていた。庭の垣根から棚のうえに這《は》いあがった朝顔と糸瓜《へちま》の長い蔓《つる》や大きい葉が縺《もつ》れ合って、雨風にざわざわと乱れてそよいでいるのも、やがて襲ってくる暴風雨を予報するようにも見えて、わたしの心はなんだか落ちつかなかった。

勉強して書きつづけて、もう三、四枚で完結するかと思うところへ、図書刊行会の広谷君が雨を冒して来て、一時間ほど話して帰った。広谷君は私の家から遠くもない麴町《こうじまち》山元町に住んでいるのである。広谷君の帰る頃には雨もやんで、うす暗い雲の影は溶けるように消えて行った。茶の間で早い午飯をくっているうちに、空は青々と高く晴れて、初秋の強い日のひかりが庭一面にさし込んで来た。どこかで蟬も鳴き出した。

わたしは箸を措《お》いて起《た》った。天気が直ったらば、仕事場をいつもの書斎に変えようと思って、縁先へ出てまぶしい日を仰いだ。それから書きかけの原稿紙をつかんで、玄関の二畳から二階へ通っている階子段《はしごだん》を半分以上も昇りかけると、突然に大きい鳥が羽搏《はばた》きをするような音がきこえた。わたしは大風が吹き出したのかと思った。その途端にわたしの蹈んでいる階子がみりみりと鳴って動き出した。壁も襖《ふすま》も硝子窓も皆それぞれの音を立てて揺れはじめた。

勿論、わたしはすぐに引返して階子をかけ降りた。玄関の電灯は今にも振り落されそうに揺れている。天井から降ってくるらしい一種のほこりが私の眼鼻にしみた。

「地震だ、ひどい地震だ。早く逃ろ。」

妻や女中に注意をあたえながら、ありあわせた下駄を突っかけて、沓《くつ》ぬぎから硝子戸の外へ飛び出すと、碧桐《あおぎり》の枯葉がぱさぱさと落ちて来た。門の外へ出ると、妻もつづいて出て来た。女中も裏口から出て来た。震動はまだ止まない。わたしたちは真直に立っているに堪えられないで、門柱に身をよせて取り縋《すが》っていると、向うのA氏の家からも細君や娘さんや女中たちが逃げ出して来た。わたしの家の門構えは比較的堅固に出来ている上に、門の家根が大きくて瓦の墜落を避ける便宜があるので、A氏の家族は皆わたしの門前に集まって来た。となりのM氏の家族も来た。大勢が門柱にすがって揺られているうちに、第一回の震動はようやく鎮まった。ほっと一息ついて、わたしはともかくも内へ引返してみると、家内には何の被害もないらしかった。掛時計の針も止まらないで、十二時五分を指していた。二度のゆり返しを恐れながら、急いで二階へあがって窺《うかが》うと、棚一ぱいに飾ってある人形はみな無難であるらしかったが、ただ一つ博多人形の夜叉王《やしゃおう》がうつ向きに倒れて、その首が悼《いた》ましく砕けて落ちているのがわたしの心を寂しくさせた。

と思う間もなしに、第二回の烈震がまた起ったので、わたしは転げるように階子をかけ降りて再び門柱に取り縋った。それが止むと、少しく間を置いて更に第三第四の震動がくり返された。A氏の家根瓦がばらばらと揺れ落された。横町の角にある玉突場の高い家根から続いて震い落される瓦の黒い影が鴉《からす》の飛ぶようにみだれて見えた。

　こうして震動をくり返すからは、おそらく第一回以上の烈震はあるまいという安心と、我も人もいくらか震動に馴れて来たのと、震動がだんだんに長い間隔を置いて来たのとで、近所の人たちも少しくおちついたらしく、思い思いに椅子や床几《しょうぎ》や花莚などを持ち出して来て、門のまえに一時の避難所を作った。わたしの家でも床几を持ち出した。その時には、赤坂の方面に黒い煙がむくむくとうずまき颺《あが》っていた。三番町の方角にも煙がみえた。取分けて下町方面の青空に大きい入道雲のようなものが真白にあがっているのが私の注意をひいた。雲か煙か、晴天にこの一種の怪物の出現を仰ぎみた時に、わたしはいい知れない恐怖を感じた。

　そのうちに見舞の人たちがだんだんに駈けつけて来てくれた。その人たちの口から神田方面の焼けていることも聞いた。銀座通りの焼けていることも聞いた。警視庁が燃えあがって、その火先《ほさき》が今や帝劇を襲おうとしていることも聞いた。

「しかしここらは無難で仕合せでした。殆ど被害がないといってもいいくらいです」と、どの人もいった。まったくわたしの附近では、家根瓦をふるい落された家があるくらいのことで、著るしい損害はないらしかった。わたしの家でも眼に立つほどの被害は見出されなかった。番町方面の煙はまだ消えなかったが、そのあいだに相当の距離があるのと、こっちが風上に位しているのとで、誰もさほどの危険を感じていなかった。それでもこの場合、個々に分れているのは心さびしいので、近所の人たちは私の門前を中心として、椅子や床几や花むしろを一つところに寄せあつめた。ある家からは茶やビスケットを持出して来た。ビールやサイダーの罎《びん》を運び出すのもあった。わたしの家からも梨を持出した。一種の路上茶話会がここに開かれて、諸家の見舞人が続々齎《もた》らしてくる各種の報告に耳をかたむけていた。そのあいだにも大地の震動はいくたびか繰返された。わたしは花むしろのうえに坐って、『地震加藤《じしんかとう》』の舞台を考えたりしていた。

こうしているうちに、日はまったく暮れ切って、電灯のつかない町は暗くなった。あたりがだんだん暗くなるに連れて、一種の不安と恐怖とがめいめいの胸を強く圧して来た。各方面の夜の空が真紅にあぶられているのが鮮かにみえて、ときどきに凄まじい爆音もきこえた。南は赤坂から芝の方面、東は下町方面、北は番町方面、それからそれへとつづいてただ一面にあかく焼けていた。震動がようやく衰えてくると反対に、火の手はだんだんに燃えひろがってゆくらしく、わずかに剰《あま》すところは西口の四谷方面だけで、私たちの三方は猛火に囲まれているのである。茶話会の群のうちから若い人は一人起ち、ふたり起って、番町方面の状況を偵察に出かけた。しかしどの人の報告も火先が東にむかっているから、南の方の元園町《もとぞのちょう》方面はおそらく安全であろうということに一致していたので、どこの家でも避難の準備に取りかかろうとはしなかった。

　最後の見舞に来てくれたのは演芸画報社の市村君で、その住居は土手三番町であるが、火先がほかへ外《そ》れたので幸いに難をまぬかれた。京橋の本社は焼けたろうと思うが、とても近寄ることが出来ないとのことであった。市村君は一時間ほども話して帰った。番町方面の火勢《かせい》はすこし弱ったと伝えられた。

　十二時半頃になると、近所がまたさわがしくなって来て、火の手が再び熾《さかん》になったという。それでもまだまだと油断して、わたしの横町ではどこでも荷ごしらえをするらしい様子もみえなかった。午前一時頃、わたしは麹町の大通りに出てみると、電車道は押返されないような混雑で、自動車が走る、自転車が走る。荷車を押してくる、荷物をかついでくる。馬が駈ける、提灯《ちょうちん》が飛ぶ。色々のいでたちをした男や女が気ちがい眼でかけあるく。英国大使館まえの千鳥ヶ淵公園附近に逃げあつまっていた番町方面の避難者は、そこにも火の粉がふりかかって来るのにうろたえて、更に一方口の四谷方面にその逃げ路《みち》を求めようとするらしく、人なだれを打って押寄せてくる。うっかりしていると、突き倒され、蹈みにじられるのは知れているので、わたしは早々に引返して、更に町内の酒屋の角に立って見わたすと、番町の火は今や五味坂上の三井邸のうしろに迫って、怒濤のように暴れ狂う焰のなかに西洋館の高い建物がはっきりと浮き出して白くみえた。

迂回してゆけば格別、さし渡しにすれば私の家から一町《ちょう》あまりに過ぎない。風上であるの、風向きが違うのと、今まで多寡《たか》をくっていたのは油断であった。――こう思いながら私は無意識にそこにある長床几に腰をかけた。床几のまわりには酒屋の店の者や近所の人たちが大勢寄りあつまって、いずれも一心に火をながめていた。

「三井さんが焼け落ちれば、もういけない。」

あの高い建物が焼け落ちれば、火の粉はここまでかぶってくるに相違ない。わたしは床几をたちあがると、その眼のまえには広い青い草原が横《よこた》わっているのを見た。それは明治十年前後の元園町の姿であった。そこには疎《まば》らに人家が立っていた。わたしが今立っている酒屋のところにはお鉄牡丹餅《てつぼたもち》の店があった。そこらには茶畑もあった。草原にはところどころに小さい水が流れていた。五つ六つの男の児《こ》が肩もかくれるような夏草をかけ分けてしきりにばったを探していた。そういう少年時代の思い出がそれからそれへと活動写真のようにわたしの眼の前にあらわれた。

「旦那。もうあぶのうございますぜ。」

誰がいったのか知らないが、その声に気がついて、わたしはすぐに自分の家へ駆けて帰ると、横町の人たちももう危険の迫って来たのを覚ったらしく、路上の茶話会はいつか解散して、どこの家でも俄《にわか》に荷ごしらえを始め出した。わたしの家の暗いなかにも一本の蠟燭《ろうそく》の火が微《かすか》にゆれて、妻と女中と手つだいの人があわただしく荷作りをしていた。どの人も黙っていた。

万一の場合には紀尾井町のK君のところへ立退《たちの》くことに決めてあるので、私たちは差当りゆく先に迷うようなことはなかったが、そこへも火の手が追って来たらば、更にどこへ逃げてゆくか、そこまで考えている余裕はなかった。この際、いくら慾張ったところでどうにも仕様はないので、私たちはめいめいの両手に持ち得るだけの荷物を持ち出すことにした。わたしは『週刊朝日』の原稿をふところに捻じ込んで、バスケットに旅行用の鞄《かばん》とを引っさげて出ると、地面がまた大きく揺らいだ。

「火の粉が来るよう。」

どこかの暗い家根のうえで呼ぶ声が遠くきこえた。庭の隅にはこうろぎの声がさびしくきこえた。蠟燭をふき消した私の家のなかは闇になった。

わたしの横町一円が火に焼かれたのは、それから一時間の後であった。K君の家へゆき着いてから、わたしは『宇治拾遺物語』にあった絵仏師の話を思い出した。彼は芸術的満足を以て、わが家の焼けるのを笑いながらながめていたということである。わたしはその烟《けむり》さえも見ようとはしなかった。

島原の夢

『戯場訓蒙図彙《ぎじょうくんもうずい》』や『東都歳事記』や、さてはもろもろの浮世絵にみる江戸の歌舞伎の世界は、たといそれがいかばかり懐かしいものであっても、所詮《しょせん》は遠い昔の夢の夢であって、それに引かれ寄ろうとするにはあまりに縁が遠い。何かの架け橋がなければ渡ってゆかれないような気がする。その架け橋は三十年ほど前から殆《ほとん》ど断えたといってもいい位に、朽ちながら残っていた。それが今度の震災と共に、東京の人と悲しい別離をつげて、かけ橋はまったく断えてしまったらしい。

おなじ東京の名をよぶにも、今後はおそらく旧東京と新東京とに区別されるであろう。しかしその旧東京にもまた二つの時代が劃されていた。それは明治の初年から二十七、八年の日清戦争までと、その後の今年までとで、政治経済の方面から日常生活の風俗習慣にいたるまでが、おのずからに前期と後期とに分たれていた。

明治の初期にはいわゆる文明開化の風が吹きまくって、鉄道が敷かれ、瓦斯灯《ガスとう》がひかり、洋服や洋傘やトンビが流行しても、詮ずるにそれは形容ばかりの進化であって、その鉄道にのる人、瓦斯灯に照される人、洋服をきる人、トンビをきる人、その大多数はやはり江戸時代からはみ出して来た人たちである事を記憶しなければならない。わたしは明治になってから初めてこの世の風に吹かれた人間であるが、そういう人たちにはぐくまれ、そういう人たちに教えられて生長した。即ち旧東京の前期の人である。それだけに、遠い江戸歌舞伎の夢を追うにはいささか便りのよい架け橋を渡って来たともいい得られる。しかしその遠いむかしの夢の夢の世界は、単に自分のあこがれを満足させるにとどまって、他人にむかっては語るにも語られない夢幻の境地である。わたしはそれを語るべき詞《ことば》をしらない。

しかし、その夢の夢をはなれて、自分がたしかに踏み渡って来た世界の姿であるならば、たといそれがやはり一場の過去の夢にすぎないとしても、私はその夢の世界を明《あきら》かに語ることが出来る。老いさらばえた母をみて、おれはかつてこの母の乳を飲んだのかと怪しく思うようなことがあっても、その昔の乳の味はやはり忘れ得ないとおなじように、移り変った現在の歌舞伎の世界をみていながらも、わたしはやはり昔の歌舞伎の夢から醒め得ないのである。母の乳のぬくみを忘れ得ないのである。

その夢はいろいろの姿でわたしの眼の前に展開される。

劇場は日本一の新富座、グラント将軍が見物したという新富座、はじめて瓦斯灯を用いたという新富座、はじめて夜芝居を興行したという新富座、桟敷《さじき》五人詰一間の値四円五十銭で世間をおどろかした新富座――その劇場のまえに、十二、三歳の少年のすがたが見出される。少年は父と姉とに連れられている。かれらは紙捻《こよ》りでこしらえた太い鼻緒の草履《ぞうり》をはいている。

劇場の両側には六、七軒の芝居茶屋がならんでいる。そのあいだには芝居みやげの菓子や、辻占《つじうら》せんべいや、花かんざしなどを売る店もまじっている。向う側にも七、八軒の茶屋がならんでいる。どの茶屋も軒には新《あたらし》い花暖簾《はなのれん》をかけて、さるやとか菊岡とか梅《ばい》林《りん》とかいう家号を筆太に記るした提灯《ちょうちん》がかけつらねてある。劇場の木戸まえには座主や俳優に贈られた色々の幟《のぼり》が文字通りに林立している。その幟のあいだから幾枚の絵看板が見えがくれに仰がれて、木戸の前、茶屋のまえには、幟とおなじ種類の積物《つみもの》が往来へはみ出すように積み飾られている。

ここを新富町だの、新富座だのというものはない。一般に島原とか、島原の芝居とか呼んでいた。明治の初年、ここに新島原の遊廓が一時栄えた歴史を有《も》っているので、東京の人はその後も島原の名を忘れなかったのである。

築地の川は今よりも青くながれている。高い建物のすくない町のうえに紺青の空が大きく澄んで、秋の雲がその白いかげをゆらゆらと浮べている。河岸の柳は秋風にかるくなびいて、そこには釣《つり》をしている人もある。その人は俳優の配りものらしい浴衣《ゆかた》を着て、日よけの頬かむりをして粋な莨入《たばこい》れを腰にさげている。そこには笛をふいている飴屋もある。その飴屋の小さい屋台店の軒には、俳優の紋どころを墨や丹や藍で書いた庵看板《いおりかんばん》がかけてある。居附きの店で、今川焼を売るものも、稲荷鮓《いなりずし》を売るものも、そこの看板や障子や暖簾には、なにかの形式で歌舞伎の世界に縁のあるものをあらわしている。仔細に検査したら、そこらをあるいている女のかんざしも扇子《せんす》も、男の手拭も団扇《うちわ》も、みな歌舞伎に縁の離れないものであるかも知れない。

こうして、築地橋から北の大通りに亘《わた》るこの一町内はすべて歌舞伎の夢の世界で、いわゆる芝居町の空気につつまれている。勿論電車や自動車や自転車や、そうした騒雑な音響をたてて、ここの町の空気をかき乱すものは一切通過しない。たまたまここを過ぎる人力車があっても、それは徐《しず》かに無言で走ってゆく。あるものは車をとどめて、乗客も車夫もしばらくその絵看板をながめている。その頃の車夫にはなかなか芝居の消息を諳《そら》んじている者もあって、今度の新富チョウは評判がいいとか、猿若マチは景気がよくないとか、車上の客に説明しながら挽《ひ》いてゆくのをしばしばきいた。

秋の真昼の日かげはまだ暑いが、少年もその父も帽子をかぶっていない。姉は小さい扇を額にかざしている。かれらは幕のあいだに木戸の外を散歩しているのである。劇場内に運動場を持たないその頃の観客は、窮屈な土間に行儀好くかしこまっているか、茶屋へ戻って休息するか、往来をあるいているかの外はないので、天気のいい日にはぞろぞろとつながって往来に出る。帽子をかぶらずに、紙捻りの太い鼻緒の草履をはいているのは、芝居見物の人であることが証明されて、それが彼らの誇りでもあるらしい。少年も芝居へくるたびに必ず買うことに決めているらしい辻占せんべいと八橋との籠をぶら下げて、きわめて愉快そうに徘徊している。かれらにかぎらず、すべて幕間の遊歩に出ている彼らの群は、東京の大通りであるべき京橋区新富町の一部を自分たちの領分と心得ているらしく、すれ合い摺れちがって往来のまん中を悠々と散歩しているが、角の交番所を守っている巡査もその交通妨害を咎《とが》めないらしい。土地の人たちも決して彼らを邪魔者とは認めていないらしい。

やがて舞台の奥で木の音がきこえる。それが木戸の外まで冴えてひびき渡ると、遊歩の人々は牧童の笛をきいた小羊の群のように、皆ぞろぞろと繋がって帰ってゆく。茶屋の若い者や出方のうちでも、如才のないものは自分たちの客をさがしあるいて、もう幕があきますと触れてまわる。それに促されて、少年もその父もその姉もおなじく急いで帰ろうとする。少年はぶら下げていた煎餅《せんべい》の籠を投げ出すように姉に渡して、一番先に駈出してゆく。木の音はつづいてきこえるが、幕はなかなかあかない。最初からかしこまっていた観客は居ずまいを直し、外から戻って来た観客はようやく元の席に落ちついた頃になっても、舞台と客席とを遮る《さえぎ》華やかな大きい幕はなおいつまでも閉じられて、舞台の秘密を容易に観客に示そうとはしない。しかも観客は一人も忍耐力を失わないらしい。幽霊の出るまえの鐘の音、幕のあく前の拍子木の音、いずれも観客の気分を緊張させるべく不可思議の魅力をたくわえているのである。少年もその木の音の一つ一つを聴くたびに、胸を跳《おど》らせて正面をみつめている。

幕があく。『妹脊山婦女庭訓』、吉野川の場である。岩にせかれて咽《むせ》び落ちる山川を境にして、上の方の脊山にも、下の方の妹山にも、武家の屋形がある。川の岸には桜が咲きみだれている。妹山の家には古風な大きい雛段が飾られて、若い美しい姫が腰元どもと一所《いっしょ》にさびしくその雛にかしずいている。脊山の家には簾《す》がおろされてあったが、腰元のひとりが小石に封じ文をむすび付けて打ち込んだ水の音におどろかされて、簾がしずかに巻きあげられると、そこにはむらさきの小袖に茶苧《ちゃう》の袴をつけた美少年が殊勝げに経巻を読誦《ずしょう》している。高島屋とよぶ声がしきりに聞える。美少年は市川左団次の久我《こが》之助《のすけ》である。

姫は太宰の息女雛鳥《ひなどり》で、中村福助である。雛鳥が恋人のすがたを見つけて庭に降り立つと、これには新駒屋とよぶ声がしきりに浴《あび》せかけられたが、かれの姫はめずらしくない。左団次が前髪立《まえがみだて》の少年に扮して、しかも水の滴るように美しいというのが観客の眼を奪ったらしい。少年の父も唸るような吐息を洩しながら眺めていると、舞台の上の色や形はさまざまの美《うつくし》い錦絵をひろげてゆく。

脊山の方《かた》は大判司《だいはんじ》清澄《きよずみ》――チョボの太夫の力強い声によび出されて、仮花道《かりはなみち》にあらわれたのは織物の裃《かみしも》をきた立派な老人である。これこそほんとうに昔の錦絵からぬけ出して来たかと思われるような、いかにも役者らしい彼の顔、いかにも型に嵌《はま》ったような彼の姿、それは中村芝翫《しかん》である。同時に、本花道《ほんはなみち》からしずかにあゆみ出た切髪《きりかみ》の女は太宰の後室定高《さだか》で、眼の大きい、顔の輪廓のはっきりして、一種の気品を具《そな》えた男まさりの女、それは市川団十郎である。大判司に対して、成駒屋の声が盛んに湧くと、それを圧倒するように、定高に対して成田屋、親玉の声が三方からどっと起る。

大判司と定高は花道で向い合った。ふたりは桜の枝を手に持っている。

「畢竟《ひっきょう》、親の子のというは人間の私、ひろき天地より観るときは、おなじ世界に湧いた虫」と大判司は相手に負けないような眼をみはって空嘯《うそぶ》く。

「枝ぶり悪き桜木は、切って接ぎ木をいたさねば、太宰の家が立ちませぬ」と、定高は凛《りん》とした声でいい放つ。

観客はみな酔ってしまったらしく、誰ももう声を出す者もない。少年も酔ってしまった。かれは二時間にあまる長い一幕の終るまで身動きもしなかった。

その島原の名はもう東京の人から忘れられてしまった。周囲の世界もまったく変化した。妹脊山の舞台に立ったかの四人の歌舞伎俳優のうちで、三人はもう二十年も前に死んだ。わずかに生き残るものは福助の歌右衛門だけである。新富座も今度の震災で灰となってしまった。一切の過去は消滅した。

しかも、その当時の少年は依然として昔の夢をくり返して、ひとり楽《たのし》み、ひとり悲《かなし》んでいる。かれはおそらくその一生を終るまで、その夢から醒める時はないのであろう。

叔父と甥と
――甲字楼日記の一節――

大正九年十月九日、甥の石丸英一逝く。この夜はあたかも嫩会《ふたばかい》の若き人々わが家にあつまりて劇談会を催す例会の夕《ゆうべ》なりしかば、通知するまでもなく皆々来りあつまる。近親の人々もあつまりて回向《えこう》す。英一は画家として世に立つべき志あり。ことしの春に中学を卒《お》えたれば、あくる年の春には美術学校の入学試験をうけんといい、その準備のために川端画学校に通いいたるに、かりそめの感冒が大いなる禍《わざわい》の根を作りて、夏の盛りを三月あまりも病み臥《ふ》して、秋闌《たけなわ》ならんとする頃に遂に空しくなりぬ。今更ならねど、若き者の世を去るは一入《ひとしお》悲しきが常なり。殊《こと》に姉の児とはいいながら、七歳の頃よりわが手許《てもと》にありたるものが、今やたちまちに消えてゆく。取残されたる叔父の悲《かな》しみ、なかなかにいい尽すべくもあらず。小林蹴月《こばやししゅうげつ》君も訃音《ふいん》におどろかされて駈け付け、左の短《たん》尺《ざく》を霊前に供えられる。

今頃は三途の秋のスケッチか　蹴月
書きさしの墨絵の月やきり〴〵す　同
露ほろり茶の花ほろり零れけり　同

われも香の烟《けむり》に咽《むせ》びつつ、おなじく短尺の筆を取る。手はおののきて筆の運びも自在ならず。

寂しさは絵にもかかれず暮の秋
あきらめは紋切形の露の世や
絵を見れば絵も薄墨や秋の花

十二日、青山墓地にて埋葬のこと終る。この日は陰《くも》りて雨を催せり。

青山や花に樒に露時雨

十五日は初七日、原田春鈴君来りて、その庭に熟したりという枝柿を霊前に供えらる。

まざ〳〵と柿食うてゐる姿かな

この日、額田《ぬかだ》六福《ろっぷく》の郷里よりも霊前にとて松茸一籠を送り来る。

初七日や松茸飯に豆腐汁

家内の者ども打連れて青山へ墓参にゆく。この夕、眠られず。

こほろぎや人になかせて夜もすがら

　憎い奴め叔父を案山子に残せしよ

十六日、午後より青山へ墓参にゆく。うららかに晴れたる日なり。英一の墓前には大村嘉代子が美しき草花を供えてあり。その花の香を慕いて、弱れる蝶一つたよたよと飛ぶ。

　なくは我なかぬおのれや秋の蝶

十八日、英一の机本箱を整理す。書きさしの下絵などを見出すにつけて、また新しき涙を誘わる。形見としてその二つ三つを取納め、余は引き裂きて庭に持ち出で、涙の種をことごとく烟とす。

　かき寄せて焚くや紅絵の散紅葉

十九日、庭の立木に蟬の止まりて動かぬを見る。試みに手を触るればからからと音して地に墜ちたり。かれは已《すで》に殻ばかりとなりけるよと思うにつけて、英一の死のまた今更に悲しまる。

　地に墜ちて殻ばかりなり秋の蟬

二十四日、嫩会の人々打ちつれて青山へまいる。きょうも晴れたれど朝寒し。

　八人の額に秋の寒さかな

その帰途、人々と共に代々木の練兵場をゆきぬけて、浄水所の堤に出づ。ここらは英一が生前しばしば来りてスケッチなどしたる所なり。その踏み荒したる靴の跡はそこかここかと尋ぬるも甲斐《かい》なし。堤の秋草さびしく戦《そよ》ぎて、上水白く流れゆく。

足あとを何処にたづねん草紅葉

逝くものを堰き止め兼ねつ秋の水

二十五日、所用ありて上野までゆく。落葉をふみて公園をめぐるに、美術学校の生徒らしきが画架など携えてゆくを見る。英一も健《すこや》かならば、来年はかくあるべきものをと、またしても眼瞼《まぶた》の重きをおぼゆ。

払へども落葉の雨や袖の上

二十六日、今夜も眠られず。臥《ふ》しながら思うに、大正元年の秋、英一がまだ十歳なりける時、大西一外君に誘われて我と共に雑司《ぞうし》ケ谷《や》の鬼子母神《きしもじん》に詣でしことあり。その帰途、柳下孤村君の家を訪いしに、孤村君は英一のために庭に熟せる柿の実を取って遣《や》らんという。梢高ければ自ら登るは危しとて、店の小僧に命じて取らするに、小僧は猿のごとくにするすると梢まで攀《よ》じ登りて、孤村君が指図するままに、そこの枝かしこの枝を折りて樹の上よりばらばらと投げ落せば、英一よろこびて拾う。その時のありさま今もありありと眼に残れり。しかも主人の孤村君は今年八月の芙蓉咲く夕に先《ま》ず逝《ゆ》き、それより一月あまりにして英一もまたその跡を追う。今年の雑司ケ谷の秋やいかにと思いやれば、重き頭もいよいよ枕に痛む。

　柿の実の紅きもさびし雑司ヶ谷

二十九日、英一の三七日、家内の者ども墓参にゆくこと例のごとし。

　渡り鳥仰ぐに痛き瞳かな

白木の位牌を取り納めて、英一の戒名を過去帳に写す。戒名は一乗英峰信士、俗名石丸英一、十八歳、大正九年十月九日寂。書き終りて縁に立てば、午後より陰りかかりし秋の空の低く垂れたり。

　魂よばひ達かぬものか秋の空
　わが仏ひとり殖えたり神無月

この夕、少しく調ぶることありて、熊谷陣屋の浄瑠璃本をとり出して読む。十六年は一昔、ああ夢だ夢だの一節も今更のように身にしみてぞ覚ゆる。わが英一は熊谷の小次郎に二つましたる命なりき。

　十六年十八年や秋の露

三十日、所用ありて浅草の近所まで出《い》で行きたれど、混雑のなかに立ちまじるも楽しからねば公園へは立寄らずして帰る。その帰途、電車の中にてつくづく思うに、われは今日まで差したる不幸にも出で逢わず、よろず順調に過ぎゆきて、身の幸運を誇りいたるに、測らずも英一の死によりて限りなき苦痛を味うこととなりたり。あまりに女々しとは思いながらも、哀傷の情いまだ癒《い》えがたきを如何にすべきか。

　唐がらし鬼に食はせて涙かな

家に帰れば、留守の間に経師屋《きょうじや》来りて、障子を貼りかえてゆく。英一のありし部屋、俄《にわか》に明るくなりたるように見ゆるもかえって寂し。

　小春日や障子に人の影も無く

十一月二日、明治座の初日、わが作『小栗《おぐるす》栖の長兵衛』を上場するに付、午頃より見物にゆく。英一世にあらば、僕も立見に行こうなどいうならんかと思いやれば、門を出でんとしてまた俄に涙を催す。

　顔見世に又出して見る死絵かな

五日、英一の四七日、午後よりかさねて青山にまいる。哀慕の情いよいよ切なり。

　わが涙凝って流れず塚の霜

その帰途、青山通りの造花屋にて白菊一枝を買い来りて仏前にささぐ。まことの花にては、その散り際にまたもや亡き人の死を思い出ずるを恐れてなり。

　散るを忌みて造花の菊を供へけり

大阪の大西一外君と尾張の長谷川水陰君より遠く追悼の句を寄せらる。

行秋やそのまぼろしの絵を思ふ　一外
秋風や樹下に冷たき石一つ　同
虫は草に秋のゆくへをすだく哉　水陰

Ⅲ

（自選随筆集『猫やなぎ』より）

風呂を買うまで

わたしは入浴が好きで、大正八年の秋以来あさ湯の廃止されたのを悲しんでいる一人である。浅草千束町《せんぞくちょう》辺の湯屋では依然として朝湯を焚くという話をきいて、山の手から遠くそれを羨《うらや》んでいたのであるが、そこも震災後はどうなったか知らない。

わたしが多年ゆき馴れた麴町《こうじまち》の湯屋の主人は、あさ湯廃止、湯銭値上げなどという問題について、いつも真先に立って運動する一人であるという噂を聞いて、どうも好くない男だとわたしは自分勝手に彼を呪《のろ》っていたのであるが、呪われた彼も、呪ったわたしも、時をおなじゅうして震災の火に焼かれてしまった。その後わたしは目白に一旦立退《いったんたちの》いて、雑司《ぞうし》ケ谷《や》の鬼子母神《きしもじん》附近の湯屋にゆくことになった。震災後どこの湯屋も一週間乃至《ないし》十日間休業したが、各組合で申合せでもしたのか知れない、再び開業するときには大抵その初日と二日目とを無料入浴デーにしたのが多い。わたしも雑司ケ谷の御園湯という湯屋でその二日間無料の恩恵を蒙《こうむ》った。恩恵に浴すとはまったくこの事であろう。

それから十月の初めまで私は毎日この湯に通っていた。九月二十五日は旧暦の十五夜で、わたしはこの湯屋の前で薄《すすき》を持っている若い婦人に出逢った。その婦人もこの近所に避難している人であることを予《かね》て知っているので、薄ら寒い秋風に靡《なび》いているその薄の葉摺れが、わたしの暗いこころを一《ひ》としお寂しくさせたことを記憶している。

わたしはそれから河野義博君の世話で麻布の十番に近いところに貸家を見つけて、どうにか先《ま》ず新世帯を持つことになった。十番は平生でも繁昌している土地であるが、震災後の繁昌と混雑はまた一層甚だしいものであった。ここらにも避難者が沢山あつまっているので、どこの湯屋も少しおくれて行くと、芋を洗うような雑沓《ざっとう》で、入浴する方がかえって不潔ではないかと思われるくらいであったが、わたしはやはり毎日かかさずに入浴した。ここでは越の湯と日の出湯というのに通って、十二月二十二、二十三の両日は日の出湯で柚湯《ゆずゆ》に這入《はい》った。わたしは二十何年ぶりで、ほかの土地のゆず湯を浴びたのである。柚湯、菖蒲湯《しょうぶゆ》、なんとなく江戸らしいような気分を誘い出すもので、わたしは「本日ゆず湯」のビラをなつかしく眺めながら、湯屋の新しい硝子戸《ガラスど》をくぐった。

宿無しも今日はゆず湯の男哉

二十二日は寒い雨が降った。二十三日は日曜日で晴れていた。どの日もわたしは早く行ったので、風呂のなかはさのみに混雑していなかったが、ゆず湯というのは名ばかりで、湯に浮んでいる柚の数のあまりに少いのにやや失望させられた。それでも新しい湯にほんのりと匂う柚の香は、このごろとかくに尖り勝《がち》なわたしの神経を不思議に和《やわら》げて、震災以来初めてほんとうに入浴したような、安らかな爽かな気分になった。

麻布で今年の正月をむかえたわたしは、その十五日に再びかなりの強震に逢った。去年の大震で傷んでいる家屋が更に破損して、長く住むには堪えられなくなった。家主も建直したいというので、いよいよ三月なかばにここを立退いて、更に現在の大久保百人町に移転することになった。いわゆる東移西転、どこにどう落付くか判らない不安をいだきながら、ともかくもここを仮りの宿りと定めているうちに、庭の桜はあわただしく散って、ここらの躑躅《つつじ》の咲きほこる五月となった。その四日と五日は菖蒲湯である。ここでは都湯というのに毎日通っていたが、麻布のゆず湯とは違って、ここの菖蒲湯は風呂一杯に青い葉をうかべているのが見るから快かった。大かた子供たちの仕事であろうが、青々と湿《ぬ》れた菖蒲の幾束が小桶に挿してあったのも、なんとなく田舎めいて面白かった。四日も五日も生憎《あいにく》に陰《くも》っていたが、これで湯あがりに仰ぎ視《み》る大空も青々と晴れていたら、更に爽快であろうと思われた。

湯屋は大久保駅の近所にあって、わたしの家からは少し遠いので、真夏になってから困ることが出来た。日盛りに行っては往復がなにぶんにも暑い。ここらは勤人が多いので、夕方から夜にかけては湯屋がひどく混雑する。わたしの家に湯殿はあるが、据風呂がないので内湯を焚くわけに行かない。幸《さいわい》に井戸の水は良いので、七月からは湯殿で行水を使うことにした。大盥《おおたらい》に湯をなみなみと湛えさせて、遠慮なしにざぶざぶ浴びてみたが、どうも思うように行かない。行水――これも一種の俳味を帯びているものには相違ないので、わたしは行水に因《ちな》んだ古人の俳句をそれからそれへと繰出して、努めて俳味をよび起そうとした。わたしの家の畑には唐もろこしもある、小さい夕顔棚もある、虫の声もきこえる。月並ながらも行水というものに相当した季題の道具立は先ず一通り揃っているのであるが、どうも一向に俳味も俳趣も浮び出さない。

行水をつかって、唐もろこしの青い葉が夕風にほの白くみだれているのを見て、わたしは日露戦争の当時、満洲で野天風呂を浴びたことを思い出した。海城・遼陽その他の城内には支那人の湯屋があるが、城から遠い村落に湯屋というものはない。幸に大抵の民家には大きい甕《かめ》が一つ二つは据えてあるので、その甕を畑のなかへ持ち出して、高粱《こうりょう》を焚いて湯を沸かした。満洲の空は高い、月は鏡のように澄んでいる。畑には西瓜《すいか》や唐《とう》茄子《なす》が蔓《つる》を這《は》わせて転がっている。そのなかで甕から首を出して鼻唄を歌っていると、まるで狐に化かされたような形であるが、それも陣中の一興として、その愉快は今でも忘れない。甕は焼物であるから、湯があまりに沸き過ぎた時、迂闊《うかつ》にその縁などに手足を触れると、火傷をしそうな熱さで思わず飛びあがることもあった。

しかしそれは二十年のむかしである。今のわたしは野天風呂で鼻唄をうたっている勇気はない。行水も思ったほどに風流でない。狭くても窮屈でも、やはり据風呂を買おうかと思っている。そこでまた宿無しが一句うかんだ。

宿無しが風呂桶を買ふ暑さ哉

（大正十三年七月）

郊外生活の一年

大久保にて

震災以来、諸方を流転して、おちつかない日を送ること一年九ヵ月で、月並の文句ではあるが光陰流水の感に堪えない。大久保へ流れ込んで来たのは去年の三月で、もう一年以上になる。東京市内に生まれて、東京市内に生活して、郊外というところは友人の家をたずねるか、あるいは春秋の天気のいい日に散歩にでも出かける所であると思っていた者が、測らずも郊外生活一年の経験を積むことを得たのは、これも震災の賜物といっていいかも知れない。勿論、その賜物に対してかなりの高価を支払ってはいるが……。

はじめてここへ移って来たのは、三月の春寒がまだ去りやらない頃で、その月末の二十五、二十六、二十七の三日間は毎日つづいて寒い雨が降った。二十八日も朝から陰《くも》って、ときどきに雪を飛ばした。わたしの家の裏庭から北に見渡される戸山が原には、春らしい青い色はちっとも見えなかった。尾州侯の山荘以来の遺物かと思われる古木が、なんの風情もなしに大きい枯枝を突き出しているのと、陸軍科学研究所の四角張った赤煉瓦の建築と、東洋製菓会社の工場に聳《そび》えている大煙突と、風の吹く日には原一面に白く巻きあがる砂煙と、これだけの道具を列《なら》べただけでも大抵は想像が付くであろう、実に荒涼索莫、わたしは遠い昔にさまよい歩いた満洲の冬を思い出して、今年の春の寒さが一《ひ》としお身にしみるように感じた。

「郊外はいやですね」と、市内に住み馴れている家内の女たちはいった。

「むむ。どうも思ったほどに好くないな」と、わたしも少しく顔をしかめた。

省線電車や貨物列車のひびきも愉快ではなかった。陸軍の射的場のひびきも随分騒がしかった。戸山が原で夜間演習のときは、小銃を乱射するにも驚かされた。湯屋の遠いことや、買物の不便なことや、一々かぞえ立てたら色々あるので、わたしもここまで引込んで来たのを悔むような気にもなったが、馴れたらどうにかなるだろうと思っているうちに、郊外にも四月の春が来て、庭にある桜の大木二本が満開になった。枝は低い生垣を越えて往来へ高く突き出しているので、外から遠く見あげると、その花の下かげに小さく横たわっている私の家は絵のようにみえた。戸山が原にも春の草が萠え出して、その青々とした原の上に、市内ではこのごろ滅多《めった》に見られない大きい鳶《とび》が悠々と高く舞っていた。

「郊外も悪くないな」と、わたしはまた思い直した。

五月になると、大久保名物の躑躅《つつじ》の色がここら一円を俄《にわか》に明るくした。躑躅園は一軒も残っていないが、今もその名所のなごりを留めて、少しでも庭のあるところに躑躅の花を見ないことはない。元来の地味がこの花に適しているのであろうが、大きい木にも小さい株にも皆めざましい花を着けていた。わたしの庭にも紅白は勿論、むらさきや樺色の変り種も乱れて咲き出した。わたしは急に眼がさめたような心持になって、自分の庭のうちを散歩するばかりでなく、暇さえあれば近所をうろついて、そこらの家々の垣根のあいだを覗《のぞ》きあるいた。

庭の広いのと空地の多いのとを利用して、わたしも近所の人真似《ひとまね》に花壇や畑を作った。花壇には和洋の草花の種を滅茶苦茶にまいた。畑には唐蜀黍《とうもろこし》や夏大根の種をまき、茄子《なす》や瓜の苗を植えた。ゆうがおの種も播《ま》き、へちまの棚も作った。不精者のわたしに取っては、それらの世話がなかなかの面倒であったが、いやしくも郊外に住む以上、それが当然の仕事のようにも思われて、わたしは朝晩の泥いじりを厭《いと》わなかった。六月の梅雨のころになると、花壇や畑には茎や蔓《つる》がのび、葉や枝がひろがって、庭一面に濡れていた。

夏になって、わたしを少しく失望させたのは、蛙の一向に鳴かないことであった。筋向うの家の土手下の溝で、二、三度その鳴き声を聴いたことがあったが、そのほかには殆《ほとん》ど聞こえなかった。麹町《こうじまち》辺でも震災前には随分その声を聴いたものであるが、郊外のここらでどうして鳴かないのかと、わたしは案外に思った。蛍も飛ばなかった。よそから貰った蛍を庭に放したが、その光は一と晩ぎりで皆どこかへか消え失せてしまった。さみだれの夜に、しずかに蛙を聴き、ほたるを眺めようとしていた私の期待は裏切られた。その代りは犬は多い。飼犬と野良犬がしきりに吠えている。

幾月か住んでいるうちに、買い物の不便にも馴れた。電車や鉄砲の音にも驚かなくなった。湯屋が遠いので、自宅で風呂を焚くことにした。風呂の話は別に書いたが、ゆうぐれの涼しい風にみだれる唐蜀黍の花や葉をながめながら、小さい風呂にゆっくりと浸っているのも、いわゆる郊外気分というのであろうと、暢気《のんき》に悟るようにもなった。しかもそう暢気に構えてばかりもいられない時が来た。八月になると旱《ひでり》つづきで、さなきだに水に乏しいここら一帯の居住者は、水を憂いずにはいられなくなった。どこの家でも井戸の底を覗くようになって、わたしの家主の親類の家などでは、駅を越えた遠方から私の井戸の水を貰いに来た。この井戸は水の質も良く、水の量も比較的に多いので、覿面《てきめん》に苦しむほどのことはなかったが、一日のうちで二時間乃至《ないし》三時間は汲めないような日もあった。庭のまき水を倹約する日もあった。折角《せっかく》の風呂も休まなければならないような日もあった。わたしも一日に一度ずつは井戸をのぞきに行った。夏ばかりでなく、冬でも少しく照りつづくと、ここらは水切れに脅かされるのであると、土地の人は話した。

蛙や蛍とおなじように、ここでは虫の声もあまり多く聞かれなかった。全然鳴かないというのではないが、思ったほどには鳴かなかった。麴町にいたときには、秋の初めになると機織虫《はたおりむし》などが無暗《むやみ》に飛び込んで来たものであるが、ここではその鳴く声さえも聴いたことはなかった。庭も広く、草も深いのに、秋の虫が多く聴かれないのは、わたしの心を寂しくさせた。虫が少いと共に、藪蚊も案外に少かった。わたしの家で蚊やりを焚いたのは、前後二月に過ぎなかったように記憶している。

秋になっては、コスモスと紫苑《しおん》がわたしの庭を賑《にぎ》わした。夏の日ざかりに向日葵《ひまわり》が軒を越えるほど高く大きく咲いたのも愉快であったが、紫苑が枝や葉をひろげて高く咲き誇ったのも私をよろこばせた。紫苑といえば、いかにも秋らしい弱々しい姿をのみ描かれているが、それが十分に生長して、五株六株あるいは十株も叢をなしているときは、かの向日葵などと一様に、寧《むし》ろ男性的の雄大な趣を示すものである。薄むらさきの小さい花が一つにかたまって、青い大きい葉の蔭から雲のようにたなびき出《い》でているのを遠く眺めると、さながら松のあいだから桜を望むようにも感じられる。世間一般からはあまりに高く評価されない花ではあるが、ここへ来てから私はこの紫苑がひどく好きになった。どこへ行っても、わたしは紫苑を栽《う》えたいと思っている。

唐蜀黍もよく熟したが、その当時わたしは胃腸を害していたので、それを焼く煙をただながめているばかりであった。糸瓜《へちま》も大きいのが七、八本ぶら下って、そのなかには二尺を越えたのもあった。

郊外の冬はあわれである。山里は冬ぞ寂しさまさりけり——まさかにそれほどでもないが、庭のかれ芒《すすき》が木がらしを恐れるようになると、再びかの荒涼索莫がくり返されて、宵々ごとに一種の霜気《そうき》が屋を圧して来る。朝々ごとに庭の霜柱が深くなる。晴れた日にも珍しい小鳥が囀《さえ》ずって来ない。戸山が原は青い衣をはがれて、古木もその葉をふるい落すと、わずかに生き残った枯れ草が北風と砂煙に悼《いた》ましく咽《むせ》んで、かの科学研究所の煉瓦や製菓会社の煙突が再び眼立って来る。夜は火の廻りの柝《き》の音が絶えずきこえて、霜に吠える家々の犬の声が嶮《けわ》しくなる。朝夕の寒気は市内よりも確《たしか》に強いので、感冒にかかり易いわたしは大いに用心しなければならなかった。

郊外に盗難の多いのはしばしば聞くことであるが、ここらも用心のよい方ではない。わたしの横町にも二、三回の被害があって、その賊は密行の刑事巡査に捕えられたが、それから間もなく、わたしの家でも窃盗に見舞われた。夜が明けてから発見したのであるが、賊はなぜか一物をも奪い取らないで、新しいメリンスの覆面頭巾を残して立去った。一応それを届けて置くと、警察からは幾人の刑事巡査が来て叮嚀《ていねい》に現場を調べて行ったが、賊は不良青年の群で、その後に中野の町で捕われたように聞いた。わたしの家の女中のひとりが午後十時ごろに外から帰って来る途中、横町の暗いところで例の痴漢に襲われかかったが、折よく巡査が巡回して来たので救われた。とかくにこの種の痴漢が出没するから婦人の夜間外出は注意しろと、町内の組合からも謄写版の通知書をまわして来たことがある。わたしの住んでいる百人町には幸《さいわい》に火災はないが、淀橋辺には頻繁に火事沙汰がある。こうした事件は冬の初めが最も多い。

「郊外と市内と、どちらが好うございます。」

私はたびたびこう訊《き》かれることがある。それに対して、どちらも同じことですねと私は答えている。郊外生活と市内生活と、所詮は一長一短で、公平にいえば、どちらも住みにくいというのほかはない。その住みにくいのを忍ぶとすれば、郊外か市内か、おのおのその好むところに従えばよいのである。

（大正十四年四月）

九月四日

　久しぶりで麴町元園町《こうじまちもとぞのちょう》の旧宅地附近へ行って見た。九月四日、この朔日には震災一週年の握り飯を食わされたので、きょうは他の用達《ようた》しを兼ねてその焼跡を見て来たいような気になったのである。

　旧宅地の管理は同町内のO氏に依頼してあるので、去年以来わたしは滅多《めった》に見廻ったこともない。区劃整理はなかなか捗《はか》取りそうもないので、わざわざ見廻りにゆく必要もないのである。それでも震災から満一ヵ年後の今日、その辺はどんなに変ったかという一種の興味に釣られて出てゆくと、麴町の電車通りはバラックながらも昔馴染の商店が建ちつづいている。多少は看板の変っているのもあるが、大抵は昔のままであるのも何となく嬉しかった。

　しかもわたしの旧宅地附近は元来が住宅区域であったので、再築に取りかかった家は甚だ少い。筋向いのT氏は震災後まだ一月を経ないうちに、手早くバラックを建築してしまったので、これは勿論そのままに残っている。北隣のK氏は先頃から改築に着手して、これももう大抵は出来あがっている。わたしの横町附近でわたしの眼に這入《はい》ったものはこの二つの建物だけで、他はすべて茫々たる草原であるから、番町までが一目に見渡される。誰も草採りをする者もないので、名も知れない雑草は往来のまん中にまで遠慮なくはびこって、僅かに細い通路を残しているばかりであるが、それも半分は草に埋められて、路《みち》があるかないか判らない。誰がどこの土を運んで来て、なんのために積んだのか捨てたのか知らないが、そこらにはかつて見たこともない小さい丘のようなものが幾ヵ所も作られて、そこにも雑草がおどろに乱れている。まったく文字通りに荒涼たるありさまで、さながら武蔵野の縮図を見せられたようにも感じられた。

大かたこんなことであろうと予想してはいたものの、よくも思い切って荒れ果てたものである。夏草や兵者どもの夢の跡――わたしも芭蕉翁を気取って、しばらく黯然《あんぜん》たらざるを得なかった。まことに月並の感想であるが、この場合そう感じるのほかはなかったのである。

隣にK氏の新しい建物が立っているので、わたしの旧宅地もすぐに見出されたが、さもなければ容易にその見当が付き兼ねて、路に迷った旅人のように、この草原のなかを空しくさまよっている事になったかも知れない。わたしは自分の脊よりも高い草をかき分けて、ともかくも旧宅のあとへ踏み込んでみると、平地であったはずのところがあるいは高く、あるいは低く、なんだか陥《おと》し穽《あな》でもありそうに思われて迂濶《うかつ》には歩かれない。わたしの庭に芒《すすき》などは一株も栽《う》えていなかったのであるが、どこから種を吹き寄せて来たものか、高い芒がむやみに生いしげって、薄白い穂を真昼の風になびかせているのも寂しかった。虫もしきりに鳴いている。白い蝶や赤い蜻蛉もみだれ合って飛んでいる。わたしはここで十年のあいだに色々の原稿を書きつづけた。ここから母と甥との葬式を出した。そんなことをそれからそれへと考えると、まったく蕉翁のいわゆる「夢の跡」である。

いたずらに感傷的の気分に浸っていても仕様がないので、うるさく附き纏って来る藪蚊を袖で払いながら、わたしは早々にここを立退《たちの》いた。K氏の普請場に家の人は見えなかったので、挨拶もせずに帰った。

それから O 氏の家をたずねて、玄関先で十五分ばかり話して別れた後、足ついでに近所を一巡すると、途中でいくたびか知人に出逢った。男もあれば、女もある。その懐しい人々の口からその後の出来事について色々の報告を聞かされたが、特にわたしを驚かしたのは、死んだ人の多いことであった。

震災当時、麴町には殆《ほとん》ど数えるほどの死傷者もなかった。甲の主人、乙の細君、丙のおかみさん、その人々の死んだのは皆その以後のことである。勿論、死んだ人々は皆それぞれの寿命であって、震災とは何の関係もないのであるかも知れないが、わずかに一年を過ぎないあいだにこうも続々仆《たお》れたのは、やはりかの震災に何かの縁を引いているように思われてならない。その死因は脳充血とか心臓破裂とか急性腎臓炎とか大腸加答《カタ》児《ル》とかいうような、急性の病気が多かったらしい。それには罹《り》災《さい》後のよんどころない不摂生もあろう。罹災後の重なる心労もあろう。罹災者はいずれもその肉体上に、精神上に、多少の打撃を蒙《こうむ》らない者はない。その打撃の強かったもの、あるいはその打撃に堪え得られなかった者は、更に不幸の運命に導かれて行ったのではあるまいか。死んだ人々のうちに婦人の多いということも、注意に値すると思われた。

その当時、直《ただ》ちに梁《はり》に撃《う》たれ、直ちに火に焚《や》かれたものは、勿論悲惨の極みである。しかも一旦《いったん》は幸いにその危機を脱出し得ながら、その後更に肉体にも精神にも種々の艱《かん》苦《く》を嘗《な》めて、結局は死の手を免れ得なかった人々もまた悲惨である。畳の上で死なれたのが幸いであるといえばいうようなものの、前者と後者とのあいだに著るしい相違はないように思われる。特にわたしの近所ばかりでなく、不幸なる後者は到るところの罹災者のあいだにも見出されるのではあるまいか。また、その人々のうちには、あの時いっそ一《ひ》と思いに死んだ方が優《ま》しであったなどと思った人もないとはいえない。世に悼《いた》ましいことである。

番町辺へ行ってみると、荒涼のありさまは更にひどかった。ここらは比較的に大邸宅が多いので、慌ててバラックなどを建てるものはなく、区劃整理の決定するまでは皆そのままに打捨ててあるので、そこもここも一面の芒原である。そのなかに半分毀《こわ》れかかった家などが化物屋敷のように残っているのも物凄く見られた。日中は格別、日没後に婦人などは安心してここらを通行することは出来そうもない。

区劃整理はいつ決定するのか、東京市内の草原はいつ取除けられるのか。今のありさまではわたしも当分は古巣へ戻ることを許されぬであろう。先月以来照りつづいた空は青々と晴れている。地にも青い草が戦《そよ》いでいる。わたしは荒野を辿《たど》るような寂しい心持で、電車道の方へ引返した。

（大正十三年九月）

薬前薬後

草花と果物

盂蘭盆《うらぼん》の迎い火を焚くという七月十三日のゆう方に、わたしは突然に強い差込みに襲われて仆《たお》れた。急性の胃痙攣《いけいれん》である。医師の応急手当で痙攣の苦痛は比較的に早く救われたが、元来胃腸を害しているというので、それから引きつづいて薬を飲む、粥《かゆ》を啜《すす》る。おなじような養生法を半月以上も繰返して、八月の一日からともかくも病床をぬけ出すことになった。病人に好い時季というのもあるまいが、暑中の病人は一層難儀である。わたしはかなりに疲労してしまった。今でも机にむかって、まだ本当に物を書くほどの気力がない。

病臥《びょうが》中、はじめの一週間ほどは努めて安静を守っていたが、日がだんだんに経つに連れて、気分の好い日の朝晩には縁側へ出て小さい庭をながめることもある。わたしが現在住んでいるのは半蔵門に近いバラック建の二階家で、家も小さいが庭は更に小さく、わずかに八坪あまりのところへ一面に草花が栽《う》えている。

若い書生が勤勉に手入れをしてくれるので、わたしの病臥中にも花壇はちっとも狼藉《ろうぜき》たる姿をみせていない。夏の花、秋の草、みな恙《つつが》なく生長している。これほどの狭い庭に幾種の草花類が栽えられてあるかと試みに数えてみると、ダリヤ、カンナ、コスモス、百合、撫子《なでしこ》、石竹《せきちく》、桔梗《ききょう》、矢車草、風露草、金魚草、月見草、おいらん草、孔雀草、黄《おう》蜀葵《しょっき》、女郎花《おみなえし》、男郎花《おとこえし》、秋海棠《しゅうかいどう》、水引、雞頭《けいとう》、葉雞頭、白粉《おしろい》、鳳仙花《ほうせんか》、紫苑《しおん》、萩、芒《すすき》、日まわり、姫日まわり、夏菊と秋の菊数種、ほかに朝顔十四鉢――先《ま》ずザッとこんなもので、一種が一株というわけではなく、一種で十余株の多きに上っているのもあるから、いかに好く整理されていたところで、その枝や葉や花がそれからそれへと掩《おお》い重なって、歌によむ「八重《やえ》葎《むぐら》しげれる宿」といいそうな姿である。

そのほかにも桐や松や、柿や、椿、木犀《もくせい》、山茶花《さざんか》、八《や》つ手《で》、躑躅《つつじ》、山吹のたぐいも雑然と栽えてあるので草木繁茂、枝や葉をかき分けなければ歩くことは出来ない。

「狭いところへ好くも栽え込んだものだな」と、わたしは自分ながら感心した。狭い庭を藪にして、好んで藪蚊の棲み家を作っている自分の物好きを笑うよりも、こうして僅《わず》かに無趣味と殺風景から救われようと努めているバラック生活の寂しさを、今更のように考えさせられた。

わたしの家ばかりでなく、近所の住宅といわず、商店といわず、バラックの家々ではみな草花を栽えている。二尺か三尺の空地にもダリヤ、コスモス、日まわり、白粉のたぐいが必ず栽えてあるのは、震災以前にかつて見なかったことである。われわれはこうして救われるの外はないのであろうか。

わたしの現在の住宅は、麴町通《こうじまちどお》りの電車道に平行した北側の裏通りに面しているので、朝は五時頃から割引の電車が響く。夜は十二時半頃まで各方面から上って来る終電車の音がきこえる。それも勿論そうぞうしいには相違ないが、私の枕を最も強くゆすぶるものは貨物自動車と馬力である。これらの車は電車通りの比較的に狭いのを避けて、いずれもわたしの家の前の裏通りを通り抜けることにしているので、昼間はともあれ、夜はその車輪の音が枕の上に一層強く響いて来るのである。

病中不眠勝《がち》のわたしはこの頃その響きをいよいよ強く感じるようになった。夜も宵のあいだはまだ好い。終電車もみな通り過ぎてしまって、世間が初めてひっそりと鎮まって、いわゆる草木も眠るという午前二時三時の頃に、がたがたといい、がらがらという響きを立てて、殆《ほとん》ど絶間もなしに通り過ぎるトラックと馬力の音、殊《こと》に馬力は速力が遅く、かつは幾台も繫がって通るので、枕にひびいている時間が長い。

病中わたしに取って更に不幸というべきは、この夜半の馬力が暑いあいだ最も多く通行することである。なんでも多摩川のあたりから水蜜桃や梨などの果物の籠を満載して、神田の青物市場へ送って行くので、この時刻に積荷を運び込むと、あたかも朝市の間に合うのだそうである。その馬力が五台、七台、乃至《ないし》十余台も繋がって行くのは、途中で奪われない用心であるという。いずれにしても、それがこの頃のわたしを悩ますことは一通りでない。

「これほどに私を苦しめて行くあの果物が、どこの食卓を賑《にぎ》わして、誰の口に這入《はい》るか。」

わたしは寝ながらそんなことを考えた。それに付けて思い出されるのは、わたしが巴里《パリ》に滞在していた頃、夏のあかつきの深い靄《もや》が一面に鎖《とざ》している大きい並木の町に、馬の鈴の音がシャンシャン聞える。靄に隠されて、馬も人も車もみえない。ただ鈴の音が遠く近くきこえるばかりである。それは近在から野菜や果物を送って来る車で、このごろは桜ん坊が最も多いということであった。それ以来わたしは桜ん坊を食うたびに、並木の靄のうちに聞える鈴の音を思い出して、一種の詩情の湧いて来るのを禁じることが出来ない。

おなじ果物を運びながらも、東京の馬力では詩趣もない、詩情も起らない。いたずらに人の神経を苛立《いらだ》たせるばかりである。

雁と蝙蝠

七月二十四日。きのうの雷雨のせいか、きょうは土用に入ってから最も涼しい日であった。昼のうちは陰《くも》っていたが、宵には薄月のひかりが洩れて、涼しい夜風が簾《すだれ》越しにそよそよと枕元へ流れ込んで来る。

病気から例の神経衰弱を誘い出したのと、連日の暑気と、朝から晩まで寝て暮しているのとで、毎晩どうも安らかに眠られない。今夜は涼しいから眠られるかと、十時頃から蚊帳《かや》を釣らせることにしたが、窓をしめ、雨戸をしめると、やはり蒸暑い。十一時を過ぎ、十二時を過ぎて、電車の響きもやや絶え絶えになった頃から少しうとうととして、やがて再び眼をさますと、襟首には気味のわるい汗が滲んでいる。その汗を拭いて、床の上に起き直って団扇《うちわ》を使っていると、トタン葺の屋根に雨の音がはらはらときこえる。そのあいだに鳥の声が近くきこえた。

それは雁の鳴く声で、御堀の水の上から聞えて来ることを私はすぐに知った。御堀に雁の群が降りて来るのは珍しくないが、それには時候が早い。土用に入ってまだ幾日も過ぎないのに、雁の来るのはめずらしい。群に離れた孤雁が何かの途惑いをして迷って来たのかも知れないと思っていると、雁は雨のなかに二声三声つづけて叫んだ。

しずかにそれを聴いているうちに、私の眼のさきには昔の麹町《こうじまち》のすがたが浮び出した。そこには勿論自動車などは通らなかった。電車も通らなかった。スレート葺やトタン葺の家根も見えなかった。家根といえば瓦葺か板葺である。その家々の家根の上を秋風が高く吹いて、ゆう日のひかりが漸く薄れて来るころに、幾羽の雁の群が列をなして大空を高く低く渡ってゆく。巷《ちまた》に遊んでいる子供たちはそれを仰いで口々に呼ぶのである。

「あとの雁が先になったら、笄《こうがい》取らしょ。」

わたしも大きな口をあいて呼んだ。雁の行《つら》は正しいものであるが、時にはその声々に誘われたように後列の雁が翼を振って前列を追いぬけることがある。あるいは野に伏兵ありとでも思うのか、前列後列が俄《にわか》に行を乱して翔《かけ》りゆく時がある。空飛ぶ鳥が地上の人の号令を聞いたかのように感じられた時、子供たちは手を拍《う》って愉快を叫んだ。そうして、その鳥の群が遠くなるまで見送りながら立尽していると、秋のゆうぐれの寒さが襟にしみて来る。

秋になると、毎年それをくり返していたので、私に取っては忘れがたい少年時代の思い出の一つとなっているが、この頃では秋になっても東京の空を渡る雁の影も稀になった。まして往来のまん中に突っ立って、「笄取らしょ」などと声を嗄《か》らして叫んでいるような子供は一人もないらしい。

雁で思い出したが、蝙蝠も夏の宵の景物の一つであった。

江戸時代の錦絵には、柳の下に蝙蝠の飛んでいるさまを描いてあるのをしばしば見る。粋な芸妓などが柳橋あたりの河岸をあるいている、その背景には柳と蝙蝠を描くのが殆《ほとん》ど紋切形のようにもなっている。実際、むかしの江戸市中には沢山棲《す》んでいたそうで、外国や支那の話にもあるように、化物屋敷という空家を探険してみたらば、そこに年古《としふ》る蝙蝠が棲んでいるのを発見したというような実話がいくらも伝えられている。大きい奴になると、不意に飛びかかって人の生血を吸うのであるから、一種の吸血鬼といってもよい。相馬の古御所の破れた翠簾《すいれん》の外に大きい蝙蝠が飛んでいたなどは、確かに一段の鬼気を添えるもので、昔の画家の働きである。

しかし市中に飛んでいる小さい蝙蝠は、鬼気や妖気の問題を離れて、夏柳の下をゆく美人の影を追うに相応《ふさわ》しいものと見なされている。わたしたちも子供のときには蝙蝠を追いまわした。

夏のゆうぐれ、うす暗い家の奥からは蚊やりの煙がほの白く流れ出て、家の前には涼み台が持ち出される頃、どこからとも知らず、一匹か二匹の小さい蝙蝠が迷って来て、あるいは町を横切り、あるいは軒端を伝って飛ぶ。蚊喰い鳥という異名の通り、かれらは蚊を追っているのであろう。それをまた追いながら、子供たちは口々に叫ぶのである。

「こうもり、こうもり、山椒《さんしょう》食わしょ。」

前の雁とは違って、これは手のとどきそうな低いところを舞いあるいているから、何とかして捕えようというのが人情で、ある者は竹竿を持ち出して来るが、相手はひらひらと軽く飛び去って、容易に打ち落とすことは出来ない。蝙蝠を捕えるには泥草鞋《どろわらじ》を投げるがよいということになっているので、往来に落ちている草鞋や馬の沓《くつ》を拾って来て、「こうもり来い」と呼びながら投げ付ける。うまく中《あた》って地に落ちて来ることもあるが、またすぐに飛び揚がってしまって、十に一つも子供たちの手には捕えられない。たとい捕え得たところでどうなるものでもないのであるが、それでも夢中になって追いあるく。

その泥草鞋があやまって往来の人に打ちあたる場合は少くない。白地の帷子《かたびら》を着た紳士の胸や、白粉《おしろい》をつけた娘の横面などへ泥草鞋がぽんと飛んで行っても、相手が子供であるから腹も立てない。今日ならば明《あきら》かに交通妨害として、警官に叱られるところであろうが、昔のいわゆるお巡りさんは別にそれを咎《とが》めなかったので、わたしたちは泥草鞋をふりまわして夏のゆうぐれの町を騒がしてあるいた。

街路樹に柳を栽《う》えている町はあるが、その青い蔭にも今は蝙蝠の飛ぶを見ない。勿論、泥草鞋や馬の沓などを振りまわしているような馬鹿な子供はない。

こんなことを考えているうちに、例の馬力が魔の車とでもいいそうな響きを立てて、深夜の町を軋《きし》って来た。その昔、京の町を過ぎたという片輪車の怪談を、私は思い出した。

停車場の趣味

以前は人形や玩具に趣味を有《も》って、新古東西の瓦落多《がらくた》をかなりに蒐集《しゅうしゅう》していたが、震災にその全部を灰にしてしまってから、再び蒐集するほどの元気もなくなった。殊《こと》に人形や玩具については、これまで新聞雑誌に再三書いたこともあるから、今度は更に他の方面について少しく語りたい。

これは果して趣味というべきものかどうだか判らないが、とにかくわたしは汽車の停車場というものに就て頗《すこぶ》る興味を有っている。汽車旅行をして駅々の停車場に到着したときに、車窓からその停車場をながめる。それが頗る面白い。尊い寺は門から知れるというが、ある意味に於て停車場は土地その物の象徴といってよい。

そんな理窟はしばらく措《お》いて、停車場として最もわたしの興味をひくのは、小さい停車場か大きい停車場かの二つであって、どちら付かずの中ぐらいの停車場はあまり面白くない。殊に面白いのは、一《ひ》と列車に二、三人か五、六人ぐらいしか乗降りのないような、寂しい地方の小さい停車場である。そういう停車場はすぐに人家のある町や村へつづいていない所もある。降りても人力車一台もないようなところもある。停車場の建物も勿論小さい。しかもそこには案外に大きい桜や桃の木などがあって、春は一面に咲きみだれている。小さい建物、大きい桜、その上を越えて遠い近い山々が青く霞んでみえる。停車場の傍には粗末な竹垣などが結ってあって、汽車のひびきに馴れている鶏が平気で垣をくぐって出たり這入《はい》ったりしている。駅員が慰み半分に作っているらしい小さい菜畑なども見える。

夏から秋にかけては、こういう停車場には大きい百日紅《さるすべり》や大きい桐や柳などが眼につくことがある。真紅に咲いた百日紅のかげに小さい休み茶屋の見えるのもある。芒《すすき》の乱れているのもコスモスの繁っているのも、停車場というものを中心にして皆それぞれの画趣を作っている。駅の附近に草原や畑などが続いていて、停車している汽車の窓にも虫の声々が近く流れ込んで来ることもある。東海道五十三次をかいた広重が今生きていたらば、こうした駅々の停車場の姿を一々写生して、おそらく好個の風景画を作り出すであろう。

停車場はその土地の象徴であると、わたしは前にいったが、直接にはその駅長や駅員らの趣味もうかがわれる。ある駅ではその設備や風致に頗る注意を払っているらしいのもあるが、その注意があまりに人工的になって、わざとらしく曲りくねった松を栽《う》えたり、檜葉《ひば》をまん丸く刈り込んだりしてあるのは、折角《せっかく》ながらかえって面白くない。やはり周囲の野趣をそのまま取入れて、あくまでも自然に作った方が面白い。長い汽車旅行に疲れた乗客の眼もそれに因《よ》って如何《いか》に慰められるか判らない。汽車そのものが文明的の交通機関であるからといって、停車場の風致までを生半可な東京風などに作ろうとするのは考えものである。

大きい停車場は車窓から眺めるよりも、自分が構内の人となった方がよい。勿論、そこには地方の小停車場に見るような詩趣も画趣も見出せないのであるが、なんとなく一種の雄大な感が湧く。そうしてそこには単なる混雑以外に一種の活気が見出される。汽車に乗る人、降りる人、かならずしも活気のある人たちばかりでもあるまい。親や友達の死を聞いて帰る人もあろう、自分の病のために帰郷する人もあろう、地方で失敗して都会へ職業を求めに来た人もあろう。千差万別、もとより一概にはいえないのであるが、その人たちが大きい停車場の混雑した空気につつまれた時、誰も彼も一種の活気を帯びた人のように見られる。単に、あわただしいといってしまえばそれまでであるが、わたしはその間に生々した気分を感じて、いつも愉快に思う。

汽車の出たあとの静けさ、殊に夜汽車の汽笛のひびきが遠く消えて、見送りの人々などが静に帰ってゆく。その寂しいような心持もまたわるくない。わたしは麴町《こうじまち》に長く住んでいるので、秋の宵などには散歩ながら四谷の停車場へ出て行く。この停車場は大でもなく小でもなく、わたしにはあまり面白くない中位のところであるが、それでも汽車の出たあとの静かな気分を味わうことが出来る。堤の松の大樹の上に冴えた月のかかっている夜などは殊によい。若いときは格別、近年は甚だ出不精になって、旅行する機会もだんだんに少くなったが、停車場という乾燥無味のような言葉も、わたしの耳にはなつかしく聞えるのである。

（大正十五年八月）

温泉雑記

一

ことしの梅雨も明けて、温泉場繁昌の時節が来た。この頃では人の顔をみれば、この夏はどちらへお出《い》でになりますと尋ねたり、尋ねられたりするのが普通の挨拶になったようであるが、私たちの若い時――今から三、四十年前までは決してそんなことはなかった。

もちろん、むかしから湯治にゆく人があればこそ、どこの温泉場も繁昌していたのであるが、その繁昌の程度が今と昔とはまったく相違していた。各地の温泉場が近年著るしく繁昌するようになったのは、何といっても交通の便が開けたからである。

江戸時代には箱根の温泉まで行くにしても、第一日は早朝に品川を発《た》って程ケ谷か戸塚に泊る、第二日は小田原に泊る。そうして、第三日にはじめて箱根の湯本に着く。ただしそれは足の達者な人たちの旅で、病人や女や老人の足の弱い連れでは、第一日が神奈川泊り、第二日が藤沢、第三日が小田原、第四日に至って初めて箱根に入り込むというのであるから、往復だけでも七、八日はかかる。それに滞在の日数を加えると、どうしても半月以上に達するのであるから、金と暇とのある人々でなければ、湯治場めぐりなどは容易に出来るものではなかった。

江戸時代ばかりでなく、明治時代になって東海道線の汽車が開通するようになっても、先《ま》ず箱根まで行くには国府津《こうづ》で汽車に別れる。それから乗合いのガタ馬車にゆられて、小田原を経て湯本に着く。そこで、湯本泊りならば格別、更に山の上へ登ろうとすれば、人力車か山駕籠《やまかご》に乗るのほかはない。小田原電鉄が出来て、その不便がやや救われたが、それとても国府津、湯本間だけの交通に止まって、湯本以上の登山電車が開通するようになったのは大正のなかば頃からである。そんなわけであるから、一泊でもかなりに気忙《ぜわ》しい。いわんや日帰りに於てをやである。

それが今日では、一泊はおろか、日帰りでも悠々と箱根や熱海に遊んで来ることが出来るようになったのであるから、鉄道省その他の宣伝と相待《あいま》って、そこらへ浴客が続々吸収せらるるのも無理はない。それと同時に、浴客の心持も旅館の設備なども全く昔とは変ってしまった。

いつの世にも、温泉場に来るものは病人と限ったわけではない。健康の人間も遊山《ゆさん》がてらに来浴するのではあるが、原則としては温泉場は病を養うところと認められ、大体において病人の浴客が多かった。それであるから、入浴に来る以上、一泊や二泊で帰る客は先ず少い。短くても一週間、長ければ十五日、二十日、あるいは一月以上も滞在するのは珍しくない。私たちの若いときには、江戸以来の習慣で、一週間を一回《まわ》りといい、二週間を二回りといい、既に温泉場へゆく以上は、少くも一回りは滞在して来なければ、何のために行ったのだか判らないということになる。二回りか三回り入浴して来なければ、温泉の効目はないものと決められていた。

たとい健康の人間でも、往復の長い時間をかんがえると、一泊や二泊で引揚げて来ては、わざわざ行った甲斐《かい》がないということにもなるから、少くも四、五日や一週間は滞在するのが普通であった。

二

温泉宿へ一旦《いったん》踏み込んだ以上、客もすぐには帰らない。宿屋の方でも直《す》ぐには帰らないものと認めているから、双方ともに落着いた心持で、そこにおのずから暢《のび》やかな気分が作られていた。

座敷へ案内されて、まず自分の居どころが決まると、携帯の荷物をかたづけて、型のごとくに入浴する。そこで一息ついた後、宿の女中にむかって両隣の客はどんな人々であるかを訊《き》く。病人であるか、女づれであるか、子供がいるかを詮議した上で、両隣へ一応の挨拶にゆく。

「今日からお隣へ参りましたから、よろしく願います。」

宿の浴衣《ゆかた》を着たままで行く人もあるが、行儀の好い人は衣服をあらためて行く。単に言葉の挨拶ばかりでなく、なにかの土産《みやげ》を持参するのもある。前にもいう通り、滞在期間が長いから、大抵の客は甘納豆とか金米糖とかいうたぐいの干菓子をたずさえて来るので、それを半紙に乗せて盆の上に置き、御退屈でございましょうからといって、土産のしるしに差出すのである。

貰った方でもそのままには済まされないから、返礼のしるしとして自分が携帯の菓子類を贈る。携帯品のない場合には、その土地の羊羹《ようかん》か煎餅《せんべい》のたぐいを買って贈る。それが初対面の時ばかりでなく、日を経ていよいよ懇意になるにしたがって、時々に鮓《すし》や果物などの遣《や》り取りをすることもある。

わたしが若いときに箱根に滞在していると、両隣ともに東京の下町の家族づれで、ほとんど毎日のように色々の物をくれるので、頗《すこぶ》る有難迷惑に感じたことがある。交際好きの人になると、自分の両隣ばかりでなく、他の座敷の客といつの間にか懇意になって、そことも交際しているのがある。温泉場で懇意になったのが縁となって、帰京の後にも交際をつづけ、果《はて》は縁組みをして親類になったなどというのもある。

両隣りに挨拶するのも、土産ものを贈るのも、ここに長く滞在すると思えばこそで、一泊や二泊で立去ると思えば、たがいに面倒な挨拶もしないわけである。こんな挨拶や交際は、一面からいえば面倒に相違ないが、またその代りに、浴客同士のあいだに一種の親しみを生じて、風呂場で出逢っても、廊下で出逢っても、互いに打解けて挨拶をする。病人などに対しては容体をきく。要するに、一つ宿に滞在する客はみな友達であるという風で、なんとなく安らかな心持で昼夜を送ることが出来る。こうした湯治場気分は今日は求め得られない。

浴客同士のあいだに親しみがあると共に、また相当の遠慮も生じて来て、となりの座敷には病人がいるとか、隣の客は勉強しているとか思えば、あまりに酒を飲んで騒いだり、夜ふけまで碁を打ったりすることは先ず遠慮するようにもなる。おたがいの遠慮――この美徳はたしかに昔の人に多かったが、殊《こと》に前にいったような事情から、むかしの浴客同士のあいだには遠慮が多く、今日のような傍若無人の客は少かった。

三

しかしまた一方から考えると、今日の一般浴客が無遠慮になるというのも、所詮は一夜泊りのたぐいが多く、浴客同士のあいだに何の親しみもないからであろう。殊に東京近傍の温泉場は一泊または日帰りの客が多く、大きい革包《かばん》や行李《こうり》をさげて乗込んでくるから、せめて三日や四日は滞在するのかと思うと、きょう来て明日はもう立ち去るのがいくらもある。こうなると、温泉宿も普通の旅館と同様で、文字通りの温泉旅館であるから、それに対して昔の湯治場気分などを求めるのは、頭から間違っているかも知れない。

それにしても、今日の温泉旅館に宿泊する人たちは思い切ってサバサバしたものである。洗面所で逢っても、廊下で逢っても、風呂場で逢っても、お早うございますの挨拶さえもする人は少い。こちらで声をかけると、迷惑そうに、あるいは不思議そうな顔をして、しぶしぶながら返事をする人が多い。男はもちろん、女でさえも洗面所で顔をあわせて、お早うはおろか、黙礼さえもしないのが沢山ある。こういう人たちは外国のホテルに泊って、見識らぬ人たちからグード・モーニングなどを浴《あび》せかけられたら、びっくりして宿換えをするかも知れない。そんなことを考えて、私はときどきに可笑《おかし》くなることもある。

客の心持が変ると共に、温泉宿の姿も昔とはまったく変った。むかしの名所図会《めいしょずえ》や風景画を見た人はみな承知であろうが、大抵の温泉宿は茅葺屋根であった。明治以後は次第にその建築も改まって、東京近傍にはさすがに茅葺のあとを絶ったが、明治三十年頃までの温泉宿は、今から思えば実に粗末なものであった。

勿論、その時代には温泉宿にかぎらず、すべての宿屋が大抵古風なお粗末なもので、今日の下宿屋と大差なきものが多かったのであるが、その土地一流の温泉宿として世間にその名を知られている家でも、次の間つきの座敷を持っているのは極めて少い。そんな座敷があったとしても、それは僅《わずか》に二間か三間で、特別の客を入れる用心に過ぎず、普通はみな八畳か六畳か四畳半の一室で、甚だしきは三畳などという狭い部屋もある。

好い座敷には床の間、ちがい棚は設けてあるが、チャブ台もなければ、机もない。茶簞笥や茶道具なども備えつけていないのが多い。近来はどこの温泉旅館にも机、硯《すずり》、書《しょ》翰箋《かんせん》、封筒、電報用紙のたぐいは備えつけてあるが、そんなものは一切ない。

それであるから、こういう所へ来て私たちの最も困ったのは、机のないことであった。宿に頼んで何か机をかしてくれというと、大抵の家では迷惑そうな顔をする。やがて女中が運んでくるのは、物置の隅からでも引きずり出して来たような古机で、抽斗《ひきだし》の毀《こわ》れているのがある、脚の折れかかっているのがあるという始末。読むにも書くにも実に不便不愉快であるが、仕方がないから先ずそれで我慢するのほかはない。したがって、筆や硯にも碌《ろく》なものはない。それでも型ばかりの硯箱を違い棚に置いてある家はいいが、その都度に女中に頼んで硯箱を借りるような家もある。その用心のために、古風の矢立などを持参してゆく人もあった。わたしなども小さい硯や墨や筆をたずさえて行った。もちろん、万年筆などはない時代である。

こういう不便が多々ある代りに、むかしの温泉宿は病を養うに足るような、安らかな暢《の》びやかな気分に富んでいた。今の温泉宿は万事が便利である代りに、なんとなくがさついて落着きのない、一夜どまりの旅館式になってしまった。一利一害、まことに已《や》むを得ないのであろう。

四

万事の設備不完全なるは、一々数え立てるまでもないが、肝腎の風呂場とても今日のようなタイル張りや人造石の建築は見られない。どこの風呂場も板張りである。普通の銭湯とちがって温泉であるから、板の間がとかくにぬらぬらする。近来は千人風呂とかプールとか唱えて、競って浴槽を大きく作る傾きがあるが、むかしの浴槽はみな狭い。畢竟《ひっきょう》、浴客の少かったためでもあろうが、どこの浴槽も比較的に狭いので、多人数がこみ合った場合には頗る窮屈であった。

電灯のない時代はもちろん、その設備が出来てからでも、地方の電灯は電力が十分でないと見えて、夜の風呂場などは濛々《もうもう》たる湯気に鎖《とざ》されて、人の顔さえもよく見えないくらいである。まして電灯のない温泉場で、うす暗いランプの光をたよりに、夜ふけのふろなどに入っていると、山風の声、谷川の音、なんだか薄気味の悪いように感じられることもあった。今日でも地方の山奥の温泉場などへ行けば、こんなところがないでもないが、以前は東京近傍の温泉場も皆こんな有様であったのであるから、現在の繁華に比較して実に隔世の感に堪えない。したがって、昔から温泉場には怪談が多い。そのなかでやや異色のものを左に一つ紹介する。

柳里恭《りゅうりきょう》の『雲萍雑志《うんぴょうざっし》』のうちに、こんな話がある。

「有馬に湯あみせし時、日くれて湯桁《ゆげた》のうちに、耳目鼻のなき痩法師の、ひとりほと〳〵と入りたるを見て、余は大いに驚き、物かげよりうかゞふうち、早々湯あみして出でゆく姿、骸骨の絵にたがふところなし。狐狸《こり》どもの我をたぶらかすにやと、その夜は湯にもいらで臥《ふ》しぬ。夜あけて、この事を家あるじに語りければ、それこそ折ふしは来り給ふ人なり。かの女尼は大阪の唐物商人伏見屋てふ家のむすめにて、しかも美人の聞えありけれども、姑の病みておはせし時、隣より失火ありて、火の早く病床にせまりしかど、助け出さん人もなければ、かの尼とびいりて抱へ出しまゐらせしなり。そのとき焼けたゞれたる傷にて、目は豆粒ばかりに明きて物見え、口は五分ほどあれど食ふに事足り、今年はや七十歳ばかりと聞けりといへるに、いと有難き人とおもひて、後も折ふしは人に語りいでぬ。」

これは怪談どころか、一種の美談であるが、その事情をなんにも知らないで、暗い風呂場で突然こんな人物に出逢っては、さすがの柳沢権太夫もぎょっとしたに相違ない。元来、温泉は病人の入浴するところで、そのなかには右のごとき畸形や異形の人もまじっていたであろうから、それを誤り伝えて種々の怪談を生み出した例も少くないであろう。

五

次に記すのは、ほんとうの怪談らしい話である。

安政三年の初夏である。江戸番町の御厩谷《おんまやだに》に屋敷を持っている二百石の旗本根津民次郎は箱根へ湯治に行った。根津はその前年十月二日の夜、本所の知人の屋敷を訪問している際に、かのおそろしい大地震に出逢って、幸いに一命に別条はなかったが、左の脊から右の腰へかけて打撲傷を負った。

その当時は差したることでもないように思っていたが、翌年の春になっても痛みが本当に去らない。それが打身のようになって、暑さ寒さに祟《たた》られては困るというので、支配頭の許可を得て、箱根の温泉で一ヵ月ばかり療養することになったのである。旗本といっても小身《しょうしん》であるから、伊助という仲間《ちゅうげん》ひとりを連れて出た。

道中は別に変ったこともなく、根津の主従は箱根の湯本、塔の沢を通り過ぎて、山の中のある温泉宿に草鞋《わらじ》をぬいだ。その宿の名はわかっているが、今も引きつづいて立派に営業を継続しているから、ここには秘しておく。

宿は大きい家で、ほかにも五、六組の逗留客があった。根津は身体に痛み所があるので下座敷の一間を借りていた。着いて四日目の晩である。入梅に近いこの頃の空は曇り勝《がち》で、きょうも宵から小雨が降っていた。夜も四つ(午後十時)に近くなって、根津もそろそろ寝床に這入ろうかと思っていると、何か奥の方がさわがしいので、伊助に様子を見せに遣ると、やがて彼は帰って来て、こんなことを報告した。

「便所に化物が出たそうです。」

「化物が出た……」と、根津は笑った。「どんな物が出た。」

「その姿は見えないのですが……。」

「一体どうしたというのだ。」

その頃の宿屋には二階の便所はないので、逗留客はみな下の奥の便所へ行くことになっている。今夜も二階の女の客がその便所へ通って、そとから第一の便所の戸を開けようとしたが開かない。さらに第二の便所の戸を開けようとしたが、これも開かない。それればかりでなく、うちからは戸をこつこつと軽く叩いて、うちには人がいると知らせるのである。そこで、しばらく待っているうちに、他の客も二、三人来あわせた。いつまで待っても出て来ないので、その一人が待ちかねて戸を開けようとすると、やはり開かない。前とおなじように、うちからは戸を軽く叩くのである。しかも二つの便所とも同様であるので、人々もすこしく不思議を感じて来た。

かまわないから開けてみろというので、男二、三人が協力して無理に第一の戸をこじ開けると、内には誰もいなかった。第二の戸をあけた結果も同様であった。その騒ぎを聞きつけて、他の客もあつまって来た。宿の者も出て来た。

「なにぶん山の中でございますから、折々にこんなことがございます。」

宿の者はこういっただけで、その以上の説明を加えなかった。伊助の報告もそれで終った。

それ以来、逗留客は奥の客便所へゆくことを嫌って、宿の者の便所へ通うことにしたが、根津は血気盛りといい、かつは武士という身分の手前、自分だけは相変らず奥の便所へ通っていると、それから二日目の晩にまたもやその戸が開かなくなった。

「畜生、おぼえていろ。」

根津は自分の座敷から脇差を持ち出して再び便所へ行った。戸の板越しに突き透してやろうと思ったのである。彼は片手に脇差をぬき持って、片手で戸を引きあけると、第一の戸も第二の戸も仔細なしにするりと開いた。

「畜生、弱い奴だ」と、根津は笑った。

根津が箱根における化物話は、それからそれへと伝わった。本人も自慢らしく吹聴していたので、友達らは皆その話を知っていた。

それから十二年の後である。明治元年の七月、越後の長岡城が西軍のために攻め落された時、根津も江戸を脱走して城方に加わっていた。落城の前日、彼は一緒に脱走して来た友達に語った。

「ゆうべは不思議な夢をみたよ。君たちも知っている通り、大地震の翌年に僕は箱根へ湯治に行って宿屋で怪しいことに出逢ったが、ゆうべはそれと同じ夢をみた。場所も同じく、すべてがその通りであったが、ただ変っているのは——僕が思い切ってその便所の戸をあけると、中には人間の首が転がっていた。首は一つで、男の首であった。」

「その首はどんな顔をしていた」と、友達のひとりが訊いた。

根津はだまって答えなかった。その翌日、彼は城外で戦死した。

六

昔はめったになかったように聞いているが、温泉場に近年流行するのは心中沙汰である。とりわけて、東京近傍の温泉場は交通便利の関係から、ここに二人の死場所を択ぶのが多くなった。旅館の迷惑はいうに及ばず、警察もその取締りに苦心しているようであるが、容易にそれを予防し得ないらしい。

心中もその宿を出て、近所の海岸から入水するか、山や森へ入り込んで劇薬自殺を企てるたぐいは、旅館に迷惑をあたえる程度も比較的に軽いが、自分たちの座敷を最後の舞台に使用されると、旅館は少からぬ迷惑を蒙《こうむ》ることになる。

地名も旅館の名もしばらく秘しておくが、わたしがかつてある温泉旅館に投宿した時、すこし書き物をするのであるから、なるべく静かな座敷を貸してくれというと、二階の奥まった座敷へ案内され、となりへは当分お客を入れないはずであるから、ここは確かに閑静であるという。なるほどそれは好都合であると喜んでいると、三、四日の後、町の挽《ひ》き地物屋《じものや》へ買物に立寄った時、偶然にあることを聞き出した。一月ほど以前、わたしの旅館には若い男女の劇薬心中があって、それは二階の何番の座敷であるということがわかった。

その何番はわたしの隣室で、当分お客を入れないといったのも無理はない。そこは幽霊(?)に貸切りになっているらしい。宿へ帰ると、私はすぐに隣座敷をのぞきに行った。夏のことであるが、人のいない座敷の障子は閉めてある。その障子をあけて窺《うかが》ったが、別に眼につくような異状もなかった。

その日もやがて夜となって、夏の温泉場も大抵寝鎮まった午後十二時頃になると、隣の座敷で女の軽い咳の声がきこえる。もちろん、気のせいだとは思いながらも、私は起きてのぞきに行った。何事もないのを見さだめて帰って来ると、やがてまたその咳の声がきこえる。どうも気になるので、また行ってみた。三度目には座敷のまん中へ通って、暗い所にしばらく坐っていたが、やはり何事もなかった。

わたしが隣座敷へ夜中に再三出入したことを、どうしてか宿の者に覚られたらしい。その翌日は座敷の畳換えをするという口実の下に、わたしはことと全く没交渉の下座敷へ移されてしまった。何か詰まらないことをいい触らされては困ると思ったのであろう。しかし女中たちは私にむかって何にもいわなかった。私もいわなかった。

これは私の若い時のことである。それから三、四年の後に、「金色夜叉」の塩原温泉の件《くだり》が『読売新聞』紙上に掲げられた。それを読みながら、私はかんがえた。私がもし一ヵ月以前にかの旅館に投宿して、間貫一《はざまかんいち》とおなじように、隣座敷の心中の相談をぬすみ聴いたとしたらば、私はどんな処置を取ったであろうか。貫一のように何千円の金を無雑作に投げ出す力がないとすれば、所詮は宿の者に密告して、一先ず彼らの命をつなぐというような月並の手段を取るのほかはあるまい。貫一のような金持でなければ、ああいう立派な解決は附けられそうもない。

「金色夜叉」はやはり小説であると、わたしは思った。

三崎町の原

十一月の下旬の晴れた日に、所用あって神田の三崎町まで出かけた。電車道に面した町はしばしば往来しているが、奥の方へは震災以後一度も踏み込んだことがなかったので、久振りでぶらぶらあるいてみると、震災以前もここらは随分混雑しているところであったが、その以後は更に混雑して来た。区劃整理が成就した暁には、町の形がまたもや変ることであろう。

市内も開ける、郊外も開ける。その変化に今更おどろくのは甚だ迂闊《うかつ》であるが、わたしは今、三崎町三丁目の混雑の巷《ちまた》に立って、自動車やトラックに脅かされてうろうろしながら、周囲の情景のあまりに変化したのに驚かされずにはいられなかった。いわゆる隔世の感というのは、全くこの時の心持であった。

三崎町一、二丁目は早く開けていたが、三丁目は旧幕府の講武所、大名屋敷、旗本屋敷の跡で、明治の初年から陸軍の練兵場となっていた。それは一面の広い草原で、練兵中は通行を禁止されることもあったが、朝夕または日曜祭日には自由に通行を許された。しかも草刈りが十分に行き届かなかったとみえて、夏から秋にかけては高い草むらが到るところに見出された。北は水道橋に沿うた高い堤で、大樹が生い茂っていた。その堤の松には首縊《くびくく》りの松などという忌《いや》な名の附いていたのもあった。野犬が巣を作っていて、しばしば往来の人を咬《か》んだ。追《お》い剝《は》ぎも出た。明治二十四年二月、富士見町の玉子屋の小僧が懸取りに行った帰りに、ここで二人の賊に絞め殺された事件などは、新聞の三面記事として有名であった。

わたしは明治十八年から二十一年に至る四年間、即ちわたしが十四歳から十七歳に至るあいだ、毎月一度ずつは殆《ほとん》ど欠かさずに、この練兵場を通り抜けなければならなかった。その当時はもう練兵を止めてしまって、三菱に払い下げられたように聞いていたが、三菱の方でも直ぐにはそれを開こうともしないで、ただそのままの草原にしておいたので、普通にそれを三崎町の原と呼んでいた。わたしが毎月一度ずつ必ずその原を通り抜けたのは、本郷の春木座へゆくためであった。

春木座は今日の本郷座である。十八年の五月から大阪の鳥熊という男が、大阪から中通りの腕達者な俳優一座を連れて来て、値安興行をはじめた。土間は全部開放して大入場として、入場料は六銭というのである。しかも半札をくれるので、来月はその半札に三銭を添えて出せばいいのであるから、要するに金九銭を以て二度の芝居が観られるというわけである。ともかくも春木座はいわゆる檜舞台の大劇場であるのに、それが二回九銭で見物できるというのであるから、確《たし》に廉《やす》いに相違ない。それが大評判となって、毎月爪も立たないような大入りを占めた。

芝居狂の一少年がそれを見逃すはずがない。わたしは月初めの日曜ごとに春木座へ通うことを怠らなかったのである。ただ、困ることは開場が午前七時というのである。なにしろ非常の大入りである上に、日曜日などは殊《こと》に混雑するので、午前四時か遅くも五時頃までには劇場の前にゆき着いて、その開場を待っていなければならない。麹町《こうじまち》の元《もと》園町《そのちょう》から徒歩で本郷まで行くのであるから、午前三時頃から家を出てゆく覚悟でなければならない。わたしは午前二時頃に起きて、ゆうべの残りの冷飯を食って、腰弁当をたずさえて、小倉の袴の股立《ももだち》を取って、朴歯《ほおば》の下駄をはいて、本郷までゆく途中、どうしてもかの三崎町の原を通り抜けなければならない事になる。勿論、須田町の方から廻ってゆく道がないでもないが、それでは非常の迂回であるから、どうしても九段下から三崎町の原を横ぎって水道橋へ出ることになる。

その原は前にいう通りの次第であるから、午前四時五時の頃に人通りなどのあろうはずはない。そこは真暗な草原で、野犬の巣窟、追い剝ぎの稼ぎ場である。闇の奥で犬の声がきこえる、狐の声もきこえる。雨のふる時には容赦なく吹っかける、冬のあけ方には霜を吹く風が氷のように冷たい。その原をようように行き抜けて水道橋へ出ても、お茶の水の堤際はやはり真暗で人通りはない。いくらの小使い銭を持っているでもないから、追いはぎはさのみに恐れなかったが、犬に吠え付かれるには困った。あるときには五、六匹の大きい犬に取りまかれて、実に弱り切ったことがあった。そういう難儀も廉価の芝居見物には代えられないので、わたしは約四年間を根よく通いつづけた。その頃の大劇場は、一年に五、六回か三、四回しか開場しないのに、春木座だけは毎月必ず開場したので、わたしは四年間に随分数多くの芝居を見物することが出来た。

三崎町三丁目は明治二十二、三年頃からだんだんに開けて来たが、それでもかの小僧殺しのような事件は絶えなかった。二十四年六月には三崎座が出来た。殊に二十五年一月の神田の大火以来、俄《にわか》にここらが繁昌して、またたくうちに立派な町になってしまったのである。その当時はむかしの草原を知っている人もあったろうが、それから三十幾年を経過した今日では、現在その土地に住んでいる人たちでも、昔の草原の茫漠たる光景をよく知っている者は少いかも知れない。武蔵野の原に大江戸の町が開かれたことを思えば、このくらいの変遷は何でもないことかも知れないが、目前にその変遷をよく知っているわたしたちに取っては、一種の感慨がないでもない。殊にわたしなどは、かの春木座通いの思い出があるので、その感慨が一層深い。あの当時、ここらがこんなに開けていたらば、わたしはどんなに楽であったか。まして電車などがあったらば、どんなに助かったか。

暗い原中をたどってゆく少年の姿——それが幻のようにわたしの眼に泛《うか》んだ。

雪の一日

三月二十日、土曜日。午前八時ごろに寝床を離れると、昨夜から降り出した雪はまだ止まない。二階の窓をあけて見ると、半蔵門の堤は真白に塗られている。電車の停留場には傘の影がいくつも重なり合って白く揺《ゆらめ》いている。雪を載せたトラックが幾台もつづいて通る。雨具をつけて自転車を走らせてゆくのもある。紛々と降りしきる雪のなかに、往来の男や女はそれからそれへと続いてゆく。さすがは市中の雪の晨《あさ》である。

顔を洗いに降りてゆくと、台所には魚屋が雪だらけの盤台《はんだい》をおろしていて、彼岸に這《は》入《い》ってからこんなに降ることはめずらしいなどと話していた。その盤台の紅《あか》い鯛の上に白い雪が薄く散りかかっているのも、何となく春の雪らしい風情をみせていた。

私はこのごろ中耳炎にかかって、毎日医師通いをしているのであるが、何分にも雪が烈《はげ》しいのと、少しく感冒の気味でもあるのとで、今朝は出るのを見あわせて、熱い紅茶を一杯啜《すす》り終ると、再び二階へあがって書斎に閉じ籠ってしまった。東向きの肱《ひじ》かけ窓は硝子戸《ガラスど》になっているので、居ながらにして往来の電車路の一部が見える。窓にむかって読書、ときどきに往来の雪げしきを眺める。これで向う側に小学校の高い建物がなければ、堀端の眺望は一層好かろうなどと贅沢なことも考える。表に往来の絶え間はないようであるが、やはりこの雪を恐れたとみえて、きょうは朝から来客がない。弱虫は私ばかりでもないらしい。

午頃に雪もようよう小降りになって、空の色も薄明るくなったかと思うと、午後一時頃からまた強く降り出して来た。まったく彼岸中にこれほどの雪を見るのは近年めずらしいことで、天は暗く、地は白く、風も少し吹き加《くわわ》って、大綿小綿が一面にみだれて渦巻いている。こうなると、春の雪などという淡い気分ではなくなって来た。寒暖計をみると四十五度、正に寒中の温度である。北の窓をあけると、往来を隔てたK氏の邸は、建物も立木も白く沈んで、そのうしろの英国大使館の高い旗竿ばかりが吹雪の間に見えつ隠れつしている。寒い北風が鋭く吹き込んで来るので、私はあわてて窓の雨戸をしめ切って、再び机のまえに戻った。K氏は信州の人である。それから聯想して、信州あたりの雪は中々こんなことではあるまいと思っているうちに、更に信州のT氏のことを思い出した。

T氏は信州の日本アルプスに近い某村の小学校教員を勤めていて、土地の同好者をあつめて俳句会を組織しているので、私の所へもときどきに俳句の選をたのみに来る。去年の夏休みに上京したときに、この二階へもたずねて来て、二時間あまりも話して帰った。T氏は文学趣味のある人で、新刊の小説戯曲類も相当に読んでいるらしかったが、その話の末にこんなことをいった。

「御承知の通り、わたくし共の地方は冬が寒く、雪が多いので、冬から春へかけて四ヵ月ぐらいは冬籠りで、殆《ほと》どなんにも出来ません。俳句でも唸っているのが一つの楽《たの》しみです。それですから辺鄙《へんぴ》の土地の割合には読書が流行《はや》ります。勿論、むずかしい書物をよむ者もありますが、娯楽的の書物や雑誌もなかなか多く読まれています。あなたなぞもなるべく戯曲をお書きにならないで、小説風の読み物類をお書きくださいませんか。戯曲も結構ですが、なんといっても戯曲を読むものは少数で、大部分は小説を喜びますから、それらの人々を慰めてやるというお考えで、努めて多数をよろこばせるような物をお書きください。」

私はきょうの雪に対して、T氏のこの話を思い出したのである。信州にかぎらず、冬の寒い、雪の深い、交通不便の地方に住む人々に取って、かれらが炉辺の友となるものは、戯曲にあらずして文芸作品か大衆小説のたぐいであろう。なんといっても、戯曲には舞台が伴うものであるから、完全なる劇場をも持たない地方の人々の多数が、戯曲をよろこばないのは当然のことで、単に読むだけに止まるならば、戯曲よりも小説を読むであろう。大きい劇場が絶えず興行しているのは、東京以外、京阪その他幾ヵ所の大都会にかぎられている。したがって、観客の数も限られ、またその興行の時間も限られている。それらの事情から考えても、場所をかぎられ、時間を限られ、観客をかぎられている戯曲は、どうしても普遍的の物にはなり得ない。

それに反して、普遍的の読み物のたぐいは、場所をかぎらず、時を限らず、人を限らず、全国到るところで何人にも自由に読み得られる。単に内地ばかりでなく、朝鮮、満洲、台湾、琉球は勿論、上海、香港、新嘉坡《シンガポール》、印度、布哇《ハワイ》から桑港《サンフランシスコ》、シカゴ、紐育《ニューヨーク》に至るまで、わが同胞の住むところには、総てみな読まれるのである。寒い国の炉のほとりに、熱い国の青葉のかげに、多数の人々を慰め得るものは――勿論、戯曲もその幾分の役目を勤めるであろうが、その大部分は小説または読み物のたぐいでなければならない。筆を執《と》るものは眼前の華やかな仕事にのみ心を奪われて、東京その他の大都会以外にも多数の人々が住んでいることを忘れてはならない。またその大都会に住む人々のうちにも、いわゆるプレイ・ゴーアーなるものは案外に少数であることを記憶しなければならない。

先月初旬に某雑誌から探偵小説の寄稿をたのまれたが、私はなんだか気が進まないので、実はきょうまでそのままにしておいたのである。それを急に書く気になって、わたしは机の上に原稿紙をならべた。耳がまだ少しく痛む。身体にもすこしく熱があるようであるが、私は委細かまわずにペンを走らせて、夕方までに七、八枚を一気に書いた。

あたまの上の電灯が明るくなる頃になっても、表の雪はまだ降りつづけている。私もまだ書きつづけている。信州にも雪が降っているであろうか。T氏の村の人たちは炉を囲んで、今夜は何を読んでいるであろうか。

（大正十五年三月）

私の机

ある雑誌社から「あなたの机は」という問合せが来たので、こんな返事をかいて送る。
天神机――今はあと方《かた》もなくなってしまいましたが、私が子供の時代には、まだそれが一般に行われていて、手習をする子は皆それに向ったものです。わたしもその一人でした。今でも寺子屋の芝居をみると、何だか昔がなつかしいように思われます。

これも今はあまり流行《はや》らないようですが、以前は普通に用いる机は桐材が一番よいということになっていました。木肌が柔かなので、倚《よ》りかかる場合その他にも手あたりが柔かでよいというのでした。その代りに疵《きず》が附き易《やす》い。文鎮を落してもすぐに疵が附くというわけですから、少し不注意に取扱うと疵だらけになる。それが桐材の欠点で、自然に廃《すた》れて来たのでしょう。それから一貫張りの机が一時は流行しました。これも柔かでよいのと、軽くてよいのと、値段が割合に高くないのとで、一時は非常に持囃《もてはや》されましたが、何分にも紙を貼ったものであるから傷《いた》み易い。水などを零《こぼ》すと、すぐにぶくぶくと膨《ふく》れる。そんな欠点があるので、これもやがて廃れました。それでもまだ小机やチャブ台用としては幾分か残っているようです。

わたしは十五のときに一円五十銭で買った桐の机を多年使用していました。下宿屋を二、三度持ちあるいたり、三、四度も転居したりしたので、殆《ほとん》ど完膚《かんぷ》なしというほどに疵だらけになっていましたが、それが使い馴れていて工合がよいので、ついそのままに使いつづけていました。しかし十五の時に買った机ですから少し小さいのが何分不便で、大きな本など拡《ひろ》げる場合には、机の上を一々片付けてかからなければならない。とうとう我慢が出来なくなって、大正十二年の春、近所の家具屋に註文して大きい机を作らせました。木材はなんでもよいといったら、センで作って来たので、非常に重い上に実用専一のすこぶる殺風景なものが出来あがりました。その代り、机の上が俄《にわか》に広くなったので、仕事をする時に参考書などを幾冊も拡げて置くには便利になった。

さりとて、三十七、八年も親《したし》んでいた古机を古道具屋の手にわたすにも忍びないので、そのまま戸棚の奥に押込んでおくと、その年の九月が例の震災で、新旧の机とも灰となってしまいました。新の方に未練はなかったが、旧の方は久しい友達で、若いときからその机の上で色々のものを書いた思い出――誰でもそうであろうが、取分け我々のような者は机というものに対して色々の思い出が多いので、それが灰になってしまったということはかなりに私のこころを寂しくさせました。

震災の後、目白の額田《ぬかだ》六福《ろっぷく》の家に立退《たちの》いているあいだは、その小机を借りて使っていましたが、十月になって麻布へ移転する時、何を措《お》いても机はすぐに入用であるので、高田の四つ家町へ行って家具屋をあさり歩きました。勿論その当時のことであるから択り好みはいっていられない。なんでも机の形をしていれば好いぐらいの考えで、十二円五十銭の机を買って来た。これも木材はセンで、それにラックスを塗ったもので、頗《すこぶ》る頑丈に出来ているのです。もう少し体裁のよいのもあったのですが、私は脊が高いので机の脚も高くなければ困る。そういう都合で、脚の高いのを取得に先《ま》ずそれを買い込んで、そのまま今日まで使っているわけです。その後にいくらか優《ま》しの机を見つけないでもありませんが、震災以来、三度も居所を変えて、いまだに仮越しの不安定の生活をつづけているのですから、震災記念の安机が丁度相当かとも思って、現にこの原稿もその机の上で書いているような次第です。

わたしは近眼のせいもありましょうが、机は明るいところに据えなければ、読むことも書くことも出来ません。光線の強いのを嫌う人もありますが、わたしは薄暗いようなところでは何だか頼りないような気がして落着かれません。それですから、一日のうちに幾度も机の位置をかえることがあります。従って、あまりに重い机は持ち運ぶに困るのですが、机に向った感じをいえば、どうも重くて大きい方がドッシリとして落付かれるようです。チャブ台の上などで原稿をかく人がありますが、私には全然出来ません。それがために、旅行などをして困ることがあります。

もう一つ、これは年来の習慣でしょうが、わたしは自宅にいる場合、飯を食うときのほかは机の前を離れたことは殆どありません。読書するとか原稿を書くとかいうのでなく、ただぼんやりとしているときでも必ず机の前に坐っています。鳥でいえば一種の止り木とでもいうのでしょう。机の前を離れると、なんだかぐら付いているようで、自分のからだを持て余してしまうのです。妙な習慣が附いたものです。

（大正十四年一月）

亡びゆく花

からたちは普通に枳殻と書くが、大槻博士の『言海』によるとそれは誤りで、唐橘と書くべきだそうである。誰も知っている通り、トゲの多い一種の灌木で、生垣などに多く植えられている。別に風情もない植物で、あまり問題にもならないのであるが、春の末、夏の初めに五弁の白い花を着ける。暗緑色の葉のあいだにその白い花が夢の如くに開いて、夢の如くに散る。人に省みられない花だけに、なんとなく哀れにも眺められる。

市区改正や区劃整理で、からたちもだんだんに東京市内から影を隠して来たが、それでも場末の屋敷町や、新東京の住宅地などには、その生垣をしばしば見受ける。しかも文化式の新しい建物などで、からたちの垣を作っている家は殆《ほとん》どない。からたちの垣をめぐらしているのは、明治時代かあるいは大正時代の初期に作られたらしい旧式の建物に限るようである。さもなければ、寺である。寺も杉や柾木《まさき》やからたちをめぐらしているのは新しい建築でない。

要するにからたちは古家や古寺にふさわしいような、一種の幽暗な気分を醸し成す植物であるらしい。からたちの生垣のつづいているような場所は、昼でも往来が少い。まして夕方になるといよいよ寂しい。その薄暗い中に、からたちの花が白くぼんやりと開いている。どう考えても、さびしい花である。

俳句にもからたちの花という題があるが、あまり沢山の作例もなく、名句もないようである。からたちは木振りといい、葉といい、花といい、総ての感じが現代的でない。大東京出現と共にだんだんに亡びゆく植物のように思われて、いよいよ哀れに、いよいよ寂しく眺められる。前にいった場末の屋敷町や、新東京の住宅地などを通行して、その緑の葉が埃を浴びたように白っぽくなっているのを見ると、わたしはなんだか暗いような心持になる。これらのからたちもやがては抜き去られてトタン塀や煉瓦塀に変るのであろう。からたちで有名なのは、本郷竜岡町の麟祥院である。かの春日局の寺で、大きい寺域の周囲が総てからたちの生垣で包まれているので、俗にからたち寺と呼ばれていた。江戸以来の遺物として、東京市内にこれだけの生垣を見るのは珍しいといわれていたのであるが、明治二十四年の市区改正のために、その生垣の大部分を取除かれ、その後もだんだんに削り去られて、今は殆ど跡方《あとかた》もないようになってしまった。

からたちや春日局の寺の咲く

わたしは昔、こんな句を作ったことがあるが、そのからたち寺も名のみとなった。からたちや杉の生垣を作るのは、犬や盗賊の侵入を防ぐがためである。殊にからたちは茨のようなトゲを持っているので、それを掻《か》き分けるのは困難であると見做されていた。しかも今日のような時代となっては、犬は格別、盗賊はからたちのトゲぐらいを恐れないであろうから、かたがた以てからたちの需用は薄くなったわけである。説教強盗も犬を飼えと教えたが、からたちの垣を作れとはいわなかった。

わたしは昨日、所用あって目黒の奥まで出かけると、そこにからたちの生垣を見出した。家は古い茅葺家根である。新東京の目黒区となった以上、この茅葺家根も早晩取払われなければなるまい。それと同時に、このからたちの運命もどうなるかと、立ちどまって暫《しば》らく眺めていた。

家へ帰ると、ある雑誌社から郵書が来ていて、なにか随筆様のものを書けという。そこで、直《す》ぐにこんなことを書いたのである。

読書雑感

何といってもこの頃は読書子に取っては恵まれた時代である。円本は勿論、改造文庫、岩波文庫、春陽堂文庫のたぐい、二十銭か三十銭で自分の読みたい本が自由に読まれるというのは、どう考えても有難《ありがた》いことである。

趣味からいえば、廉価版の安っぽい書物は感じが悪いという。それも一応はもっともであるが、読書趣味の普及された時代、本を読みたくても金がないという人々に取っては、廉価版は確《たしか》に必要である。また、著者としても、豪華版を作って少数の人に読まれるよりも、廉価版を作って多数の人に読まれた方がよい。五百人六百人に読まれるよりも、一万人二万人に読まれた方が、著者としては本懐でなければならない。

それに付けても、わたしたちの若い時代に比べると、当世の若い人たちは確に恵まれていると思う。わたしは明治五年の生れで、十七、八歳即ち明治二十一、二年頃から、三十歳前後即ち明治三十四、五年頃までが、最も多くの書を読んだ時代であったが、その頃には勿論廉価版などというものはない。第一に古書の飜刻が甚だ少い。

したがって、古書を読もうとするには江戸時代の原本を尋ねなければならない。その原本は少い上に、価も廉《やす》くない。わたしは神田の三久(三河屋久兵衛)という古本屋へしばしばひやかしに行ったが、貧乏書生の悲しさ、読みたい本を見付けても容易に買うことが出来ないのであった。金さえあれば、おれも学者になれるのだと思ったが、それがどうにもならなかった。

わたしにかぎらず、原本は容易に獲られず、その価もまた廉くない関係から、その時代には書物の借覧ということが行われた。蔵書家に就てその蔵書を借り出して来るのである。ところが、蔵書家には門外不出を標榜している人が多く、自宅へ来て読むというならば読ませて遣《や》るが、貸出しは一切断るというのである。そうなると、その家を訪問して読ませてもらうのほかはない。

日曜日のほかに余暇のないわたしは、それからそれへと紹介を求めて諸家を訪問することになったが、それが随分難儀な仕事であった。由来、蔵書家というような人たちは、東京のまん中にあまり多く住んでいない。大抵は場末の不便なところに住んでいる。電車の便などのない時代に、本郷小石川や本所深川辺まで尋ねて行くことになると、その往復だけでも相当の時間を費してしまうので、肝腎の読書の時間が案外に少いことになるには頗《すこぶ》る困った。

なにしろ馴染《なじみ》の浅い家へ行って、悠々と坐り込んで書物を読んでいるのは心苦しいことである。蔵書家といっても、広い家に住んでいるとは限らないから、時には玄関の二畳ぐらいの処に坐って読まされる。時にはまた、立派な座敷へ通されて恐縮することもある。腰弁当で出かけても、碌々《ろくろく》に茶も飲ませてくれない家がある。そうかと思うと、茶や菓子を出して、おまけに鰻飯などを喰わせてくれる家がある。その待遇は千差万別で、冷遇はいささか不平であるが、優待もあまりに気の毒でたびたび出かけるのを遠慮するようにもなる。冷遇も困るが、優待も困る。そこの加減がどうもむずかしいのであった。

そのあいだには、上野の図書館へも通ったが、やはり特別の書物を読もうとすると、蔵書家をたずねる必要が生ずるので、わたしは前にいうような冷遇と優待を受けながら、根よく方々をたずね廻った。ただ読んでいるばかりでは済まない。時には抜き書きをすることもある。万年筆などのない時代であるから、矢立《やたて》と罫紙を持参で出かける。そうした思い出のある抜き書き類も、先年の震災でみな灰となってしまった。

そういう時代に、博文館から日本文学全書、温知叢書、帝国文庫等の飜刻物を出してくれたのは、我々に取って一種の福音であった。勿論、ありふれた物ばかりで、別に珍奇の書は見出されなかったが、それらの書物を自分の座右に備え付けておかれるというだけでも、確に有難いことであった。

その後、古書の飜刻も続々行われ、わたしの懐にも幾分の余裕が出来て、買いたい本はどうにか買えるようにもなったが、その昔の読書の苦しみは身にしみて覚えている。わたしはその経験があるだけに、書物の装幀などにはあまり重きを置かない。なんでも廉く買えて、それを自分の手もとに置くことの出来るのを第一義としている。

前にもいう通り、わたしが矢立と罫紙を持って、風雨を冒して郊外の蔵書家を訪問して、一生懸命に筆写して来た書物が、今日では何々文庫として二十銭か三十銭で容易に手に入れることが出来るのは、読書子に取って実に幸福であるといわなければならない。廉価版が善いの悪いのと贅沢をいうべきではない。

博文館以外にも、その当時に古書を飜刻してくれた人たちは、その目的が那辺にあろうとも、我々に取っては皆忘れ難い恩人であった。その人々も今は大かたこの世にいないであろう。その書物も次第に堙滅《いんめつ》して、今は古本屋の店頭にもその形をとどめなくなった。わたしもその飜刻書類を随分蒐集していたが、それもみな震災の犠牲になってしまったのは残り惜しい。

わたしは比較的に好運の人間で、これまでにあまりひどい目に逢ったこともなかったが、震災のために、多年の日記、雑記帳、原稿のたぐいから蔵書一切を焼き失ったのは、一生一度の償い難き災禍であった。この恨は綿々として尽きない。

Ⅳ

（自選随筆集『思ひ出草』より）

我家の園芸

目黒へ移ってから三年目の夏が来るので、彼岸過ぎから花壇の種蒔《たねま》きをはじめた。旧市外であるだけに、草花類の生育は悪くない。種をまいて相当の肥料をあたえておけば、先《ま》ず普通の花はさくので、我々のような素人《しろうと》でも苦労はないわけである。

そこで、毎年慾張って二十種乃至《ないし》三十種の種をまいて、庭一面を藪のようにしているのであるが、それでは藪蚊の棲家《すみか》を作る虞《おそ》れがあるので、今年はあまり多くを蒔かないことにした。それでもへちまと百日草だけは必ず栽《う》えようと思っている。

私はむかしの人間であるせいか、西洋種の草花はあまり好まない。チューリップ、カンナ、ダリアのたぐいも多少は栽えるが、それに広い地面を分譲しようとは思わない。日本の草花でも優しげな、なよなよしたものは面白くない。桔梗《ききょう》や女郎花《おみなえし》のたぐいはあまり愛らしくない。私の最も愛するのは、へちまと百日草と薄《すすき》、それに次いでは日まわりと鶏頭《けいとう》である。

こう列《なら》べたら、大抵の園芸家は大きな声で笑い出すであろう。岡本綺堂という奴はよくよくの素人で、とてもお話にはならないと相場を決められてしまうに相違ない。私もそれは万々承知しているが、心にもない嘘をつくわけには行かないから、正直に告白するのである。まあ、笑わないで聴いてもらいたい。

先ず第一には糸瓜《へちま》である。私はむかしからへちまを面白いものとして眺めていたが、自分の庭に栽えるようになったのは十年以来のことで、震災以後、大久保百人町に仮住《かりずま》居《い》をしている当時、庭のあき地を利用して、唐蜀黍《とうもろこし》の畑を作り、へちまの棚を作った。その棚は私自身が書生を相手にこしらえたもので、素人の作った棚が無事に保つかといささか不安を感じていたところが、棚はその秋の強い風雨にも恙《つつが》なく、へちまの蔓《つる》も葉も思うさま伸びて拡《ひろ》がって、大きい実が十五、六もぶらりと下ったので、私たちは子供のように手をたたいて嬉しがった。

その翌年の夏、銀座の天金の主人から、暑中見舞として式亭三馬自画讃の大色紙の複製を貰った。それはへちまでなく、夕顔の棚の下に農家の夫婦が涼んでいる図で、いわゆる夕顔棚の下涼みであろう。それに三馬自筆の狂歌が書き添えてある。

なりひさご、なりにかまはず、すゞむべい
　風のふくべの木蔭たづねて

これを見て、わたしは再びへちまの棚が恋しくなったが、その頃はもう麹町《こうじまち》の旧宅地へ戻っていたので、市内の庭にはへちまを栽えるほどの余地をあたえられなかった。そのまま幾年を送るうちに、一昨年から目黒へ移り住むことになったので、今度は本職の植木屋に頼んで相当の棚を作らせると、果してその年の成績はよかった。昨年の出来もよかった。

　私の家ばかりでなく、ここらには同好の人々が多いとみえて、所々に糸瓜を栽えている。棚を作っているのもあり、あるいは大木にからませているのもあり、軒から家根へ這《は》わせているのもあるが、皆それぞれに面白い。由来、へちまというものはぶらりと下っている姿が、何となく間が抜けて見えるので、とかくに軽蔑される傾きがあって、人を罵《ののし》る場合にも「へちま野郎」などというが、そのぶらりとした所に一種の俳味があり、一種の野趣があることを知らなければならない。その実ばかりでなく、大きい葉にも、黄《きいろ》い花にも野趣横溢、静にそれを眺めていると、まったく都会の塵の浮世を忘れるの感がある。糸瓜を軽蔑する人々こそかえって俗人ではあるまいかと思う。

　次は百日草で、これも野趣に富むがために、一部の人々からは安っぽく見られ易《やす》いものである。梅雨のあける頃から花をつけて、十一月の末まで咲きつづけるのであるから、実に百日以上である上に、紅、黄、白などの花が続々と咲き出すのは、なんとなく爽快の感がある。元来が強い草であるから、蒔きさえすれば生える、生えれば伸びる、伸びれば咲く。花壇などには及ばない、垣根の隅でも裏手の空地でも簇々《そうそう》として発生する。あまりに強く、あまりに多いために、ややもすれば軽蔑され勝《がち》の運命にあることは、かの鳳仙花《ほうせんか》などと同様であるが、私は彼を愛すること甚だ深い。

炎天の日盛りに、彼を見るのも好いが、秋の露がようやく繁く、こおろぎの声がいよいよ多くなる時、花もますますその色を増して、明るい日光の下に咲き誇っているのは、いかにも鮮かである。所詮は野人の籬落《りらく》に見るべき花で、富貴の庭に見るべきものではあるまいが、我々の荒庭には欠くべからざる草花の一種である。

その次は薄で、これには幾多の種類があるが、普通に見られるのは糸すすき、縞すすき、鷹の羽すすきに過ぎない。しかも私の最も愛好するのは、そこらに野生の薄である。これは宿根の多年草であるから、もとより種まきの世話もなく、年々歳々おい茂って行くばかりである。野生のすすきは到るところに繁茂しているので、ひと口にカヤと呼ばれて殆《ほと》ど園芸家には顧みられず、人家の庭に栽えるものではないとさえもいわれているが、絵画や俳句ではなかなか重要の題材と見なされている。

十郎の簑にや編まん青薄

これは角田竹冷翁の句であるが、まったく初夏の青すすきには優しい風情がある。それが夏を過ぎ、秋に入ると、殆ど傍若無人ともいうべき勢いで生い拡がってゆく有様、これも一種の爽快を感ぜずにはいられない。殊《こと》に尾花がようやく開いて、朝風の前になびき、夕月の下にみだれている姿は、あらゆる草花のうちで他にたぐいなき眺めである。

すすきは夏も好し、秋もよいが、冬の霜を帯びた枯すすきも十分の画趣と詩趣をそなえている。枯れかかると直ぐに刈り取って風呂の下に投げ込むような徒《やから》はともに語るに足らない。しかも商売人の植木屋とて油断はならない。現に去年の冬の初めにも、池のほとりの枯すすきを危く刈り取られようとするのを発見して、私があわてて制止したことがある。彼らもこの愛すべき薄を無名の雑草並に取扱っているらしい。

市内の狭い庭園は薄を栽えるに適しないので、私は箱根や湯河原などから持ち来って移植したが、いずれも年々に痩せて行くばかりであった。目黒に移ってから、近所の山や草原や川端をあさって、野生の大きい幾株を引抜いて来た。誰も知っていることであろうが、薄の根を掘るのはなかなかの骨折り仕事で、書生もわたしもがっかりしたが、それでもどうにか引摺って来て、池のほとり、垣根の隅、到るところに栽え込むと、ここらはさすがに旧郊外だけに、その生長はめざましく、あるものは七、八尺の高さに達して、それが白馬の尾髪をふり乱したような尾花をなびかせている姿は、わが家の庭に武蔵野の秋を見るここちである。あるものは小さい池の岸を掩《おお》って、水に浮かぶ鯉の影をかくしている。あるものは四つ目垣に乗りかかって、その下草を圧している。生きる力のこれほどに強大なのを眺めていると、自分までがおのずと心強いようにも感じられて来るではないか。

すすきに次いで雄姿堂々たる草花は、鶏頭と日まわりである。いずれも野生的であり、男性的であるこというまでもない。日まわりも震災直後はバラックの周囲に多く栽えられて一種の壮観を呈していたが、区劃整理のおいおい進捗すると共に、その姿を東京市内から消してしまって、わずかに場末の破れた垣根のあたりに、二、三本ぐらいずつ栽え残されているに過ぎなくなった。しかも盛夏の赫々《かくかく》たる烈日の下に、他の草花の凋《しお》れ返っているのをよそに見て、悠然とその大きい花輪をひろげているのを眺めると、暑い暑いなどと弱ってはいられないような気がする。

鶏頭も美しいものである。これにも種々あるらしいが、やはり普通の深紅色がよい。オレンジ色も美しい。これも初霜の洗礼を受けて、その濃い色を秋の日にかがやかしながら、見あぐるばかりに枝や葉を高く大きく拡げた姿は、まさに目ざましいと礼讃するのほかはない。わたしの庭ばかりでなく、近所の籬落には皆これを栽えているので、秋日散歩の節には諸方の庭をのぞいて歩く。それが私の一つの楽《たのし》みである。葉鶏頭は鶏頭に比してやや雄大の趣を欠くが、天然の錦を染め出した葉の色の美しさは、なんとも譬えようがない。しかもわたしの庭の葉鶏頭は、どういうわけか年々の成績がよろしくない。他から好い種を貰って来ても、あまり立派な生長を遂げない。私はこれのみを遺憾に思っている。

　わたしの庭の草花は勿論これに留まらないが、わたしの最も愛するものは以上の数種で、いずれも花壇に栽えられているものではない。それにつけても、考えられるのは自然の心である。自然は人の労力を費すこと少く、物質を費すこと少きものを択んで、最も面白く、最も美しく作っている。それは人間にあたえられる自然の恩恵である。人間はその恩恵にそむいて、無用の労力を費し、無用の時間を費し、無用の金銭を費して、他の変り種のような草花の栽培にうき身をやつしているのである。そうして自然の恩恵を無条件に受入れて楽むものを、あるいは素人といい、あるいは俗物と嘲《あざけ》っているのである。こういうのはあながちに私の負惜みではあるまい。

（昭和十年五月）

御堀端三題

一　柳のかげ

海に山に、涼風に浴した思い出も色々あるが、最も忘れ得ないのは少年時代の思い出である。今日の人はもちろん知るまいが、麹町《こうじまち》の桜田門外、地方裁判所の横手、後に府立第一中学の正門前になった所に、五、六株の大きい柳が繁っていた。

堀ばたの柳は半蔵門から日比谷まで続いているが、ここの柳はその反対の側に立っているのである。どういうわけでこれだけの柳が路《みち》ばたに取残されていたのか知らないが、往来のまん中よりもやや南寄りに青い蔭を作っていた。その当時の堀端は頗《すこぶ》る狭く、路幅は殆《ほとん》ど今日の三分の一にも過ぎなかったであろう。その狭い往来に五、六株の大樹が繁っているのであるから、邪魔といえば邪魔であるが、電車も自動車もない時代にはさのみの邪魔とも思われないばかりか、長い堀ばたを徒歩する人々に取っては、その地帯が一種のオアシスとなっていたのである。

冬はともあれ、夏の日盛りになると、往来の人々はこの柳のかげに立寄って、大抵は一休みをする。片肌ぬいで汗を拭いている男もある。蝙蝠傘《こうもりがさ》を杖にして小さい扇を使っている女もある。それらの人々を当込《あてこ》みに甘酒屋が荷をおろしている。小さい氷屋の車屋台が出ている。今日ではまったく見られない堀ばたの一風景であった。

それにつづく日比谷公園は長州屋敷の跡で、俗に長州原と呼ばれ、一面の広い草原となって取残されていた。三宅坂の方面から参謀本部の下に沿って流れ落ちる大溝は、裁判所の横手から長州原の外部に続いていて、昔は河獺《かわうそ》が出るとかいわれたそうであるが、その古い溝の石垣のあいだから鰻が釣れるので、うなぎ屋の印半纏《しるしばんてん》を着た男が小さい岡持をたずさえて穴釣りをしているのをしばしば見受けた。その穴釣りの鰻屋も、この柳のかげに寄って来て甘酒などを飲んでいることもあった。岡持にはかなり大きい鰻が四、五本ぐらい蜿《のた》くっているのを、私は見た。

そのほかには一種の軽子《かるこ》、いわゆる立ちン坊も四、五人ぐらいは常に集まっていた。下町から麴町四谷方面の山の手へ上るには、ここらから道路が爪先あがりになる。殊《こと》に眼の前には三宅坂がある。この坂も今よりは嶮《けわ》しかった。そこで、下町から重い荷車を挽いて来た者は、ここから後押しを頼むことになる。立ちン坊はその後押しを目あてに稼ぎに出ているのであるが、距離の遠近によって二銭三銭、あるいは四銭五銭、それを一日に数回も往復するので、その当時の彼らとしては優に生活が出来たらしい。その立ちン坊もここで氷水を飲み、あま酒を飲んでいた。

立ちン坊といっても、毎日おなじ顔が出ているのである。直《す》ぐ傍には桜田門外の派出所もある。したがって、彼らは他の人々に対して、無作法や不穏の言動を試みることはない。ここに休んでいる人々を相手に、いつも愉快に談笑しているのである。私もこの立ちン坊君を相手にして、しばしば語ったことがある。

私が最も多くこの柳の蔭に休息して、堀ばたの涼風の恩恵にあずかったのは、明治二十年から二十二年の頃、即ち私の十六歳から十八歳に至る頃であった。その当時、府立の一中は築地の河岸、今日の東京劇場所在地に移っていたので、麴町に住んでいる私は毎日この堀ばたを往来しなければならなかった。朝は登校を急ぐのと、まだそれほどに暑くもないので、この柳を横眼に見るだけで通り過ぎたが、帰り路は午後の日盛りになるので、築地から銀座を横ぎり、数寄屋橋見附を這入《はい》って有楽町を通り抜けて来ると、ここらが丁度休み場所である。

日蔭のない堀ばたの一本道を通って、例のうなぎ釣りなぞを覗《のぞ》きながら、この柳の下に辿《たど》り着くと、そこにはいつでも三、四人、多い時には七、八人が休んでいる。立ちン坊もまじっている。氷水も甘酒も一杯八厘、その一杯が実に甘露の味であった。

長い往来は強い日に白く光っている。堀ばたの柳には蟬の声がきこえる。重い革包《かばん》を柳の下枝にかけて、帽子をぬいで、洋服のボタンをはずして、額の汗をふきながら一杯八厘の甘露を啜《すす》っている時、どこから吹いて来るのか知らないが、一陣の涼風が青い蔭を揺《ゆる》がして颯《さっ》と通る。まったく文字通りに、涼味骨に透るのであった。

「涼しいなあ」と、私たちは思わず声をあげて喜んだ。時には跳《おど》りあがって喜んで、周囲の人々に笑われた。私たちばかりでなく、この柳のかげに立寄って、この涼風に救われた人々は、毎日何十人、あるいは何百人の多きに上ったであろう。幾人の立ちン坊もここを稼ぎ場とし、氷屋も甘酒屋もここで一日の生計を立てていたのである。いかに欝蒼というべき大樹であっても、わずかに五株か六株の柳の蔭がこれほどの功徳を施していようとは、交通機関の発達した現代の東京人には思いも及ばぬことであるに相違ない。その昔の江戸時代には、他にもこういうオアシスが沢山見出されたのであろう。

少年時代を通り過ぎて、私は銀座辺の新聞社に勤めるようになっても、やはりこの堀ばたを毎日往復した。しかも日が暮れてから帰宅するので、この柳のかげに休息して涼風に浴するの機会がなく、年ごとに繁ってゆく青い蔭をながめて、昔年の涼味を忍ぶに過ぎなかったが、我国に帝国議会というものが初めて開かれても、ここの柳は伐《き》られなかった。日清戦争が始まっても、ここの柳は伐られなかった。人は昔と違っているであろうが、氷屋や甘酒屋の店も依然として出ていた。立ちン坊も立っていた。

その懐かしい少年時代の夢を破る時が遂に来った。彼の長州原がいよいよ日比谷公園と改名する時代が近づいて、先《ま》ずその周囲の整理が行われることになった。鰻の釣れる溝の石垣が先ず破壊された。つづいてかの柳の大樹が次から次へと伐り倒された。それは明治三十四年の秋である。涼しい風が薄寒い秋風に変って、ここの柳の葉もそろそろ散り始める頃、むざんの斧や鋸がこの古木に祟《たた》って、浄瑠璃に聞き慣れている「三十三間堂棟由来」の悲劇をここに演出した。立ちン坊もどこかへ巣を換えた。氷屋も甘酒屋も影をかくした。

それから三年目の夏に日比谷公園は開かれた。その冬には半蔵門から数寄屋橋に至る市内電車が開通して、ここらの光景は一変した。その後いくたびの変遷を経て、今日は昔に三倍するの大道となった。街路樹も見ごとに植えられた。昔の涼風は今もその街路樹の梢に音づれているのであろうが、私に涼味を思い起させるのは、やはり昔の柳の風である。

二　怪　談

御堀端の夜歩きについて、ここに一種の怪談をかく。ただし本当の怪談ではないらしい。いや、本当でないに決まっている。

私が二十歳の九月はじめである。夜の九時ごろに銀座から麴町《こうじまち》の自宅へ帰る途中、日比谷の堀端にさしかかった。その頃は日比谷にも昔の見附の跡があって、今日の公園は一面の草原であった。電車などは勿論往来していない時代であるから、このあたりに灯の影の見えるのは桜田門外の派出所だけで、他は真暗である。夜に入っては往来も少い。時々に人力車の提灯《ちょうちん》が人魂《ひとだま》のように飛んで行く位である。

しかもその時は二百十日前後の天候不穏、風まじりの細雨の飛ぶ暗い夜であるから、午後七、八時を過ぎると殆《ほとん》ど人通りがない。私は重い雨傘をかたむけて、有楽町から日比谷見附を過ぎて堀端へ来かかると、俄《にわか》にうしろから足音がきこえた。足駄の音ではなく、草履《ぞうり》か草鞋《わらじ》であるらしい。その頃は草鞋もめずらしくないので、私も別に気に留めなかったが、それがあまりに私のうしろに接近して来るので、私は何ごころなく振返ると、直《す》ぐ後ろから一人の女があるいて来る。

傘を傾けているので、女の顔は見えないが、白地に桔梗《ききょう》を染め出した中形の単衣《ひとえ》を着ているのが暗いなかにもはっきりと見えたので、私は実にぎょっとした。右にも左にも灯のひかりのない堀端で、女の着物の染模様などが判ろうはずがない。幽霊か妖怪か、いずれただ者ではあるまいと私は思った。暗い中で姿の見えるものは妖怪であるという古来の伝説が、わたしを強く脅かしたのである。

まさかにきゃっと叫んで逃げるほどでもなかったが、わたしは再び振返る勇気もなく、ただ真直に足を早めてゆくと、女もわたしを追うように附いて来る。女の癖になかなか足がはやい。そうなると、私はいよいよ気味が悪くなった。江戸時代には三宅坂下の堀に河獺《かわうそ》が棲《す》んでいて、往来の人を嚇《おど》したなどという伝説がある。そんなことも今更に思い出されて、私はひどく臆病になった。

この場合、唯一の救いは桜田門外の派出所である。そこまで行き着けば灯の光があるから、私のあとを附けて来る怪しい女の正体も、ありありと照らし出されるに相違ない。私はいよいよ急いで派出所の前まで辿《たど》り着いた。ここで大胆に再び振返ると、女の顔は傘にかくされてやはり見えないが、その着物は確《たしか》に白地で、桔梗の中形にも見誤りはなかった。彼女は痩形の若い女であるらしかった。

正体は見とどけたが、不安はまだ消えない。私は黙って歩き出すと、女はやはり附いて来た。私は気味の悪い道連れ(?)を後ろに脊負いながら、とうとう三宅坂下まで辿り着いたが、女は河獺にもならなかった。坂上の道は二筋に分れて、隼町の大通りと半蔵門方面とに通じている。今夜の私は、灯の多い隼町の方角へ、女は半蔵門の方角へ、ここで初めて分れ分れになった。

先《ま》ずほッとして歩きながら、更に考え直すと、女は何者か知れないが、暗い夜道のひとり歩きがさびしいので、恐らく私のあとに附いて来たのであろう。足の早いのが少し不思議だが、私にはぐれまいとして、若い女が一生懸命に急いで来たのであろう。更に不思議なのは、彼女は雨の夜に足駄を穿かないで、素足に竹の皮の草履をはいていた事である。しかも着物の裾をも引き揚げないで、湿《ぬ》れるがままにびちゃびちゃと歩いていた。誰かと喧嘩《けんか》して、台所からでも飛び出して来たのかも知れない。

もう一つの問題は、女の着物が暗い中ではッきりと見えたことであるが、これは私の眼のせいかも知れない。幻覚や錯覚と違って、本当の姿がそのままに見えたのであるから、私の頭が怪しいという理窟になる。わたしは女を怪《あや》しむよりも、自分を怪まなければならない事になった。

それを友達に話すと、君は精神病者になるなぞと嚇された。しかもそんな例は後にも先にもただ一度で、爾来四十余年、幸いに蘆原将軍の部下にも編入されずにいる。

三　三宅坂

次は怪談でなく、一種の遭難談である。読者にはあまり面白くないかも知れない。

話はかなりに遠い昔、明治三十年五月一日、私が二十六歳の初夏の出来事である。その日の午前九時ごろ、私は人力車に乗って、半蔵門外の堀端を通った。去年の秋、京橋に住む知人の家に男の児《こ》が生まれて、この五月は初の節句であるというので、私は祝物の人形をとどけに行くのであった。私は金太郎の人形と飾り馬との二箱を風呂敷につつんで抱えていた。

わたしの車の前を一台の車が走って行く。それには陸軍の軍医が乗っていた。今日の人はあまり気の附かないことであるが、人力車の多い時代には、客を乗せた車夫がとかくに自分の前をゆく車のあとに附いて走る習慣があった。前の車のあとに附いてゆけば、前方の危険を避ける心配がないからである。しかもそれがために、かえって危険を招く虞《おそ》れがある。私の車などもその一例であった。

前は軍医、後は私、二台の車が前後して走るうちに、三宅坂上の陸軍衛戍《えいじゅ》病院の前に来かかった時、前の車夫は突然に梶棒を右へ向けた。軍医は病院の門に入るのである。今日と違って、その当時の衛戍病院の入口は、往来よりも少しく高い所にあって、差したる勾配でもないが一種の坂路をなしていた。

その坂路にかかって、車夫が梶棒を急転したために、車はずるりと後戻りをして、そのあとに附いて来た私の車の右側に衝突すると、はずみは怖ろしいもので、双方の車は忽《たちま》ち顛覆《てんぷく》した。軍医殿も私も地上に投げ出された。

ぞっとしたのは、その一刹那《せつな》である。単に投げ出されただけならば、まだしも災難が軽いのであるが、私の車のまたあとから外国人を乗せた二頭立の馬車が走って来たのである。軍医殿は幸いに反対の方へ落ちたが、私は地上に落ちると共に、その馬車が乗りかかって来た。私ははっと思った。それを見た往来の人たちも思わずあっと叫んだ。私のからだは完全に馬車の下敷になったのである。

馬車に乗っていたのは若い外国婦人で、これも帛《きぬ》を裂くような声をあげた。私を轢《ひ》いたと思ったからである。私も無論に轢かれるものと覚悟した。馬車の馬丁もあわてて手綱をひき留めようとしたが、走りつづけて来た二頭の馬は急に止まることが出来ないで、私の上をズルズルと通り過ぎてしまった。馬車がようよう止まると、馬丁は馭者台《ぎょしゃだい》から飛び降りて来た。外国婦人も降りて来た。私たちの車夫も駈け寄った。往来の人もあつまって来た。

誰の考えにも、私は轢かれたと思ったのであろう。しかも天佑《てんゆう》というのか、好運というのか、私は無事に起き上ったので、人々はまたおどろいた。私は馬にも踏まれず、車輪にも触れず、身には微傷だも負わなかったのである。その仔細は、私のからだが縦に倒れたからで、もし横に倒れたならば、首か胸か足かを車輪に轢かれたに相違なかった。私が縦に倒れた上を馬車が真直に通過したのみならず、馬の蹄《ひづめ》も私を踏まずに飛び越えたので、何事もなしに済んだのである。奇蹟的というほどではないかも知れないが、私は我ながら不思議に感じた。他の人々も「運が好かったなあ」と口々にいった。

この当時のことを追想すると、私は今でもぞっとする。このごろの新聞紙上で交通事故の多いのを知るごとに、私は三十数年前の出来事を想い起さずにはいられない。支那にこんな話がある。大勢の集まったところで虎の話が始まると、その中の一人がひどく顔の色を変えた。聞いてみると、その人はかつて虎に出逢って危うくも逃れた経験を有していたのである。私も馬車に轢かれそうになった経験があるので、交通事故には人一倍のショックを感じられてならない。

そのとき私のからだは無事であったが、抱えていた五月人形の箱は無論投げ出されて、金太郎も飾り馬もメチャメチャに毀《こわ》れた。よんどころなく銀座へ行って、再び同じような物を買って持参したが、先方へ行っては途中の出来事を話さなかった。初の節句の祝い物が途中で毀れたなどといっては、先方の人たちが心持を悪くするかも知れないと思ったからである。その男の児は成人に到らずして死んだ。

正月の思い出

ある雑誌から「正月の思い出」という質問を受けた。一年一度のお正月、若い時から色々の面白い思い出がないでもないが、最も記憶に残っているのは、お正月として甚だお目出たくない、暗い思い出であることを正直に答えなければならない。

明治二十八年の正月、その前年の七月から日清戦争が開かれている。すなわち軍国の新年である。海陸ともに連戦連捷《れんしょう》、旧冬の十二月九日には上野公園で東京祝捷会が盛大に挙行され、もう戦争の山も見えたというので、戦時とはいいながら歳末の東京市中は例年以上の賑《にぎ》わしさで、歳の市の売物も「負けた、負けた」といっては買手がないので、いずれも「勝った、買った」と呶鳴《どな》る勢いで、その勝った勝ったの戦捷気分が新年に持越して、それに屠蘇《とそ》気分が加わったのであるから、去年の下半季の不景気に引きかえて、こんなに景気のよい新年は未曾有《みぞう》であるといわれた。

その輝かしい初春を寂しく迎えた一家がある。それは私の叔父の家で、その当時、麴《こうじ》町《まち》の一番町に住んでいたが、叔父は秋のはじめからの患《わずら》いで、歳末三十日の夜に世を去った。明くれば大晦日、わたしたちは柩《ひつぎ》を守って歳を送らなければならないことになったのである。こういう経験を持った人々は他に沢山あろう。しかもそれが戦捷の年であるだけに、私たちにはまた一《ひと》しおの寂しさが感ぜられた。

二、三日前に立てた門松も外してしまった。床の間に掛けてある松竹梅の掛物も取除けられた。特別に親しいところへは電報を打ったが、他へは一々通知する方法がない。大晦日に印刷所へ頼みに行っても、死亡通知の葉書などを引き受けてくれるところはない。電報を受け取って駆けつけて来た人々も大晦日では長居は出来ない、一通りの悔みを述べて早々に立去る。遺族と近親あわせて七、八人が柩の前にさびしい一夜をあかした。晴れてはいるが霜の白い夜で、お濠の雁や鴨も寒そうに鳴いていた。

さて困ったのは、一夜明けた元旦である。近所の人はすでに知っているが、他の人々は何にも知らないので、早朝から続々年始に来る。今日と違って、年賀郵便などのない時代であるから、本人または代理の人が直接に回礼に来る。一々それに対して「実は……」と打ち明けなければならない。祝儀と悔みがごっちゃになって、来た人も迷惑、こちらも難儀、その応対には実に困った。

二日の午前十時、青山墓地で葬儀を営むことになった。途中葬列を廃さないのがその当時の習慣であるから、私たちは番町から青山まで徒歩で送って行く。新年早々であるから、碌々《ろくろく》に会葬者もあるまいと予期していたが、それでも近所の人々その他を合わせて五、六十人が送ってくれた。

旧冬以来、幸いに日和つづきであったが、その日も快晴で、朝からそよとの風も吹かない。前にもいう通り、戦捷の新年である。しかもこの好天気であるから、市中の賑わいはまた格別で、表通りには年始まわりの人々が袖をつらねて往来する。家々の国旗、殊にこの春は新調したのが多いとみえて、旗の色がみな新しく鮮やかであるのも、新年の町を明るく華やかに彩《いろど》っていた。松飾りも例年よりは張り込んだのが多く、緑のアーチに「祝戦捷」などの文字も見えた。

交通の取締が厳重でないので、往来で紙鳶《たこ》をあげている子供、羽根をついている娘、これも例年よりは威勢よく見える。取りわけて例年より多いのは酔っ払いで、「唐の大将あやまらせ」などと呶鳴って通るのもある。

青々と晴れた大空の下に、この新年の絵巻が展《ひろ》げられている。その混雑の間を潜《くぐ》りぬけて、私たちは亡き人の柩を送って行くのである。世間の春にくらべて、私たちの春はあまりに寂しかった。私は始終うつむき勝ちで、麴町の大通りを横に切れ、弁慶橋を渡って赤坂へさしかかると、ここは花柳界に近いだけに、春着の芸者が往来している。酔っ払いもまた多い。見るもの、聞くもの、戦捷の新年風景ならざるはない。

かゝる夜の月も見にけり野辺送り

これは俳人去来が中秋名月の夜に、甥の柩を送った時の句である。私も叔父の野辺送りに、かかる新年の風景を見るかと思うと、なんだか足が進まないように思われた。

ここにまた一つの思い出がある。葬式を終って、会葬者は思い思いに退散する。私たちは少し後れて、新しい墓の前を立ち去ろうとする時、若い陸軍少尉が十四、五人の兵士を連れて通りかかった。彼は私が中学生時代の同期生吉田君で、一年志願兵の少尉であるが、去年の九月以来召集されている。その吉田君に偶然ここで出逢ったのは意外であったが、叔父の死を聞いて、彼も気の毒そうに顔をしかめた。

「葬式に好い時節というのはないが、新年早々は何ともいいようがない。」

いずれお目にかかりますといって別れたが、私はその後再び吉田君に逢う機会がなかった。吉田君は台湾鎮定に出征して、その年の七月十四日、桃仔園で戦死を遂げた。青山墓地の別れがこの世の別れであった。同じ日に二つの思い出、人の世には暗い思い出が多い。

年賀郵便

新年の東京を見わたして、著るしく寂しいように感じられるのは、回礼者の減少である。もちろん今でも多少の回礼者を見ないことはないが、それは平日よりも幾分か人通りが多いぐらいの程度で、明治時代の十分の一、ないし二十分の一にも過ぎない。

江戸時代のことは、故老の話に聴くだけであるが、自分の眼で視《み》た明治の東京――その新年の賑《にぎわ》いを今から振返ってみると、文字通りに隔世の感がある。三ケ日は勿論であるが、七草を過ぎ、十日を過ぎる頃までの東京は、回礼者の往来で実に賑やかなものであった。

明治の中頃までは、年賀郵便を発送するものはなかった。恭賀新年の郵便を送る先は、主に地方の親戚知人で、府下でもよほど辺鄙な不便な所に住んでいない限りは、郵便で回礼の義理を済ませるということはなかった。まして市内に住んでいる人々に対して、郵便で年頭の礼を述べるなどは、あるまじき事になっていたのであるから、総ての回礼者は下町から山の手、あるいは郡部にかけて、知人の戸別訪問をしなければならない。市内電車が初めて開通したのは明治三十六年の十一月であるが、それも半蔵門から数寄屋橋見附までと、神田美土代町《みとしろちょう》から数寄屋橋までの二線に過ぎず、市内の全線が今日のように完備したのは大正の初年である。

それであるから、人力車に乗れば格別、さもなければ徒歩のほかはない。正月は車代が高いのみならず、全市の車台の数も限られているのであるから、大抵の者は車に乗ることは出来ない。男も女も、老いたるも若きも、殆《ほとん》どみな徒歩である。今日ほどに人口が多くなかったにもせよ、東京に住むほどの者は一戸に少くも一人、多くは四人も五人も一度に出動するのであるから、往来の混雑は想像されるであろう。平生は人通りの少い屋敷町のようなところでも、春の初めには回礼者が袖をつらねてぞろぞろと通る。それが一種の奇観でもあり、また春らしい景色でもあった。

日清戦争は明治二十七、八年であるが、二十八年の正月は戦時という遠慮から、回礼を年賀ハガキに換える者があった。それらが例になって、年賀ハガキがだんだんに行われて来た。明治三十三年十月から私製絵ハガキが許されて、年賀ハガキに種々の意匠を加えることが出来るようになったのも、年賀郵便の流行を助けることになって、年賀を郵便に換えるのを怪まなくなった。それがまた、明治三十七、八年の日露戦争以来いよいよ激増して、松の内の各郵便局は年賀郵便の整理に忙殺され、他の郵便事務は殆ど抛《ほう》擲《てき》されてしまうような始末を招来したので、その混雑を防ぐために、明治三十九年の年末から年賀郵便特別扱いということを始めたのである。

その以来、年賀郵便は年々に増加する。それに比例して回礼者は年々に減少した。それでも明治の末年までは昔の名残りをとどめて、新年の巷《ちまた》に回礼者のすがたを相当に見受けたのであるが、大正以後はめっきり廃《すた》れて、年末の郵便局には年賀郵便の山を築くことになった。

電車が初めて開通した当時は、新年の各電車ことごとく満員で、女や子供は容易に乗れない位であったが、近年は元日二日の電車でも満員は少い。回礼の著るしく減少したことは、各劇場が元日から開場しているのを見ても知られる。前にいったようなわけで、男は回礼に出る、女はその回礼客に応接するので、内外多忙、とても元日早々から芝居見物にゆくような余裕はないので、大劇場はみな七草以後から開場するのが明治時代の習いであった。それが近年は元日開場の各劇場満員、新年の市中寂寥たるも無理はないのである。

忙がしい世の人に多大の便利をあたえるのは、年賀郵便である。それと同時に、人生に一種の寂寥を感ぜしむるのも、年賀郵便であろう。

はなしの話

七月四日、アメリカ合衆国の独立記念日、それとは何の関係もなしに、左の上の奥歯二枚が俄《にわか》に痛み出した。歯の悪いのは年来のことであるが、今度もかなりに痛む。おまけに六日は三十四度という大暑、それやこれやに悩まされて、ひどく弱った。

九日は帝国芸術院会員が初度の顔合せというので、私も文相からの案内を受けて、一旦《いったん》は出席の返事を出しておきながら、更にそれを取消して、当夜はついに失礼することになった。歯はいよいよ痛んで、ゆるぎ出して、十一日には二枚ながら抜けてしまった。

私の母は歯が丈夫で、七十七歳で世を終るまで一枚も欠損せず、硬い煎餅《せんべい》でも何でもバリバリと齧《かじ》った。それと反対に、父は歯が悪かった。ややもすれば歯痛に苦《くるし》められて、上下に幾枚の義歯を嵌《は》め込んでいた。その義歯は柘植《つげ》の木で作られていたように記憶している。私は父の系統をひいて、子供の時から齲歯《むしば》の患者であった。

思えば六十余年の間、私はむしい歯のために如何ばかり苦められたかわからない。むしい歯は自然に抜けたのもあり、医師の手によって抜かれたのもあり、年々に脱落して、現在あます所は上歯二枚と下歯六枚、他はことごとく入歯である。その上歯二枚が一度に抜けたのであるから、上顎《うわあご》は完全に歯なしとなって、総入歯のほかはない。

世に総入歯の人はいくらもある。現にわたしの親戚知人のうちにも幾人かを見出すのであるが、たとい一枚でも二枚でも自分の生歯があって、それに義歯を取つけている中《うち》は、いささか気丈夫であるが、それがことごとく失われたとなると、一種の寂寥を覚えずにはいられない。大きくいえば、部下全滅の将軍と同様の感がある。

馬琴も歯が悪かった。『八犬伝』の終りに記されたのによると「逆上口痛の患ひ起りしより、年五十に至りては、歯はみな年々にぬけて一枚もあらずなりぬ」とある。馬琴はその原因を読書執筆の過労に帰しているが、単に過労のためばかりでなく、生来が歯質の弱い人であったものと察せられる。五十にして総入歯になった江戸時代の文豪にくらべれば、私などはまだ仕合せの方であるかも知れないと、心ひそかに慰めるの外はない。殊《こと》に江戸時代と違って、歯科の技術も大いに進歩している今日に生れ合せたのは、更に仕合せであると思わなければならない。それにしても、前にいう通り、一種寂寥の感は消えない。

私をさんざん苦めた後に、だんだんに私を見捨てて行く上歯と下歯の数々、その脱落の歴史については、また数々の思い出がある。それを一々語ってもいられず、聞いてくれる人もあるまいが、そのなかで最も深く私の記憶に残っているのは、奥歯の上一枚と下一枚の抜け落ちた時である。いずれも右であった。

北支事変の風雲急なる折柄、殊にその記憶がまざまざと甦《よみがえ》って来るのである。

明治三十七年、日露戦争の当時、わたしは従軍新聞記者として満洲の戦地へ派遣されていた。遼陽陥落の後、私たちの一行六人は北門外の大紙房《ターシーファン》という村に移って、劉という家の一室に止宿《ししゅく》していたが、一室といっても別棟の広い建物で、満洲普通の農家ではあるが、比較的清浄に出来ているので、私たちは喜んでそこに一月ほどを送った。

先年の震災で当時の陣中日記を焼失してしまったので、正確にその日をいい得ないが、なんでも九月の二十日前後とおぼえている。四十歳ぐらいの主人がにこにこしながら這《は》入《い》って来て、今夜は中秋であるから皆さんを招待したいという。私たちは勿論承知して、今夜の宴に招かれることになった。

山中ばかりでなく、陣中にも暦日がない。まして陰暦の中秋などは我々の関知する所でなかったが、二、三日前から宿の雇人らが遼陽城内へしばしば買物に出てゆく。それが中秋の月を祭る用意であることを知って、もう十五夜が来るのかと私たちも初めて気がついた。それがいよいよ今夜となって、私たちはその御馳走に呼ばれたのである。この家は家族五人のほかに雇人六人も使っていて、先《ま》ず相当の農家であるらしいので、今夜は定めて御馳走があるだろうなどと、私たちはすこぶる嬉しがって、日の暮れるのを待ち構えていた。

きょうは朝から快晴で、満洲の空は高く澄んでいる。まことに申分のない中秋である。午後六時を過ぎた頃に、明月が東の空に大きく昇った。ここらの月は銀色でなく、銅色である。それは大陸の空気が澄んでいるためであると説明する人もあったが、うそか本当か判らない。いずれにしても、銀盤とか玉盤とか形容するよりも、銅盤とか銅鏡とかいう方が当っているらしい。それが高く濶《ひろ》い碧空《あおぞら》に大きく輝いているのである。

この家の主人夫婦、男の児《こ》、女の児、主人の弟、そのほかに幾人の雇人らが袖をつらねて門前に出た。彼らは形を正して、その月を拝していた。それから私たちを母屋へ招じ入れて、中秋の宴を開くことになったが、案の如くに種々の御馳走が出た。豚、羊、鶏、魚、野菜のたぐい、あわせて十種ほどの鉢や皿が順々に運び出されて、私たちは大いに満腹した。そうしてお世辞半分に「好々的《ホーホーデー》」などと叫んだ。

宴会は八時半頃に終って、私たちは愉快にこの席を辞して去った。中には酩酊して、自分たちの室へ帰ると直《す》ぐに高鼾《たかいびき》で寝てしまった者もあった。あるいは満腹だから少し散歩して来るという者もあった。私も容易に眠られなかった。それは満腹のためばかりでなく、右の奥の下歯が俄に痛み出したのである。久し振りで種々の御馳走にあずかって、いわゆる餓虎の肉を争うが如く、遠慮もお辞儀もなしに貪《むさぼ》り食らった祟《たた》りが忽《たちま》ちにあらわれ来ったものと知られたが、軍医部は少し離れているので、薬をもらいに行くことも出来ない。持合せの宝丹を塗ったぐらいでは間に合わない。私はアンペラの敷物の上にころがって苦しんだ。

歯はいよいよ痛む。いっそ夜風に吹かれたら好いかも知れないと思って、私はよほど腫《は》れて来たらしい右の頰をおさえながら、どこを的ともなしに門外まで迷い出ると、月の色はますます明るく、門前の小川の水はきらきらと輝いて、堤の柳の葉は霜をおびたように白く光っていた。

わたしは夜なかまでそこらを歩きまわって、二度も歩哨《ほしょう》の兵士にとがめられた。宿へ帰って、午前三時頃から疲れて眠って、あくる朝の六時頃、洗面器を裏手の畑へ持ち出して、寝足らない顔を洗っていると、昨夜来わたしを苦しめていた下歯一枚がぽろりと抜け落ちた。私は直ぐにそれを摘《つま》んで白菜《パイサイ》の畑のなかに投げ込んだ。そうして、ほっとしたように見あげると、今朝の空も紺青に高く晴れていた。

もう一つの思い出は、右の奥の上歯一枚である。

大正八年八月、わたしが欧洲から帰航の途中、三日ばかりは例のモンスーンに悩まされて、かなり難儀の航海をつづけた後、風雨もすっかり収まって、明日はインドのコロムボに着くという日の午後である。

私はモンスーン以来痛みつづけていた右の奥歯のことを忘れたように、熱田丸の甲板を愉快に歩いていた。船医の治療を受けて、きょうの午頃から歯の痛みも全く去ったからである。食堂の午飯も今日は旨く食べられた。暑いのは印度洋であるから仕方がない。それでも空は青々と晴れて、海の風がそよそよと吹いて来る。暑さに茹《ゆだ》って昼寝でもしているのか、甲板に散歩の人影も多くない。

モンスーンが去ったのと歯の痛みが去ったのと、あしたは印度へ着くという楽しみとで、私は何か大きい声で歌いたいような心持で、甲板をしばらく横行濶歩していると、偶然に右の奥の上歯が揺ぐように感じた。今朝まで痛みつづけた歯である。指で摘んで軽く揺すってみると、案外に安々と抜けた。

なぜか知らないが、その時の私はひどく感傷的になった。何十年の間、甘い物も食った。まずい物も食った。八百善の料理も食った。家台店のおでんも食った。その色々の思い出がこの歯一枚をめぐって、廻り灯籠のように私の頭のなかに閃《ひらめ》いて通った。

私はその歯を把《と》って海へ投げ込んだ時、あたかも二尾の大きい鱶《ふか》が蒼黒い脊をあらわして、船を追うように近づいて来た。私の歯はこの魚腹に葬られるかと見ていると、鱶はこんな物を呑むべくあまりに大きい口をあいて、厨から投げあたえる食い残りの魚肉を猟《あさ》っていた。私の歯はそのまま千尋の底へ沈んで行ったらしい。わたしはまだ暮れ切らない大洋の浪のうねりを眺めながら、暫《しばら》くそこに立尽していた。

前の下歯と後の上歯と、いずれもそれが異郷の出来事であったために、記憶に深く刻まれているのであろうが、こういう思い出はとかくにさびしい。残る下歯六枚については、あまり多くの思い出を作りたくないものである。

（昭和十二年七月）

十番雑記

昭和十二年八月三十一日、火曜日。午前は陰《くもり》、午後は晴れて暑い。

虫干しながらの書庫の整理も、連日の秋暑に疲れ勝ちでとかくに捗取《はかど》らない。いよいよ晦日《みそか》であるから、思い切って今日中に片附けてしまおうと、汗をふきながら整理をつづけていると、手文庫の中から書きさしの原稿類を相当に見出した。いずれも書き捨ての反古《ほご》同様のものであったが、その中に「十番雑記」というのがある。私は大正十二年の震災に麴町《こうじまち》の家を焼かれて、その十月から来年の三月まで麻布の十番に仮寓していた。ただ今見出したのは、その当時の雑記である。

私は麻布にある間に『十番随筆』という随筆集を発表している。その後にも『猫柳』という随筆集を出した。しかも「十番雑記」の一文はどれにも編入されていない。傾きかかった古家の薄暗い窓の下で、師走の夜の寒さに竦みながら、当時の所懐と所見とを書き捨てたままで別にそれを発表しようとも思わず、文庫の底に押込んでしまったのであろう。自分も今まで全く忘れていたのを、十四年後の今日偶然に発見して、いわゆる懐旧の情に堪えなかった。それと同時に、今更のように思い浮んだのは震災十四週年の当日である。

「あしたは九月一日だ。」

その前日に、その当時の形見ともいうべき「十番雑記」を発見したのは、偶然とはいいながら一種の因縁がないでもないように思われて、なんだか捨て難い気にもなったので、その夜の灯の下で再読、この随筆集に挿入することにした。

一　仮住居

十月十二日の時雨《しぐれ》ふる朝に、わたしたちは目白の額田《ぬかだ》方を立退《たちの》いて、麻布宮村町へ引移ることになった。日蓮宗の寺の門前で、玄関が三畳、茶の間が六畳、座敷が六畳、書斎が四畳半、女中部屋が二畳で、家賃四十五円の貸家である。裏は高い崖になっていて、南向きの庭には崖の裾の草堤が斜めに押寄せていた。

崖下の家はあまり嬉しくないなどと贅沢《ぜいたく》をいっている場合でない。なにしろ大震災の後、どこにも滅多《めった》に空家のあろうはずはなく、さんざん探し抜いた揚句の果に、河野義博君の紹介でようようここに落付くことになったのは、まだしもの幸いであるといわなければなるまい。これでともかくも一時の居どころは定まったが、心はまだ本当に定まらない。文字通りに、箸一つ持たない丸焼けの一家族であるから、たとい仮住居にしても一戸を持つとなれば、何かと面倒なことが多い。ふだんでも冬の設けに忙がしい時節であるのに、新世帯持の我々はいよいよ心ぜわしい日を送らなければならなかった。

今度の家は元来が新しい建物でない上に、震災以来殆《ほとん》どそのままになっていたので、壁はところどころ崩れ落ちていた。障子も破れていた。襖《ふすま》も傷《いた》んでいた。庭には秋草が一面に生いしげっていた。移転の日に若い人たちがあつまって、庭の草はどうにか綺麗に刈り取ってくれた。壁の崩れたところも一部分は貼ってくれた。襖だけは家主から経師《きょうじ》屋の職人をよこして応急の修繕をしてくれたが、それも一度ぎりで姿をみせないので、家内総がかりで貼り残しの壁を貼ることにした。幸いに女中が器用なので、先《ま》ず日本紙で下貼りをして、その上を新聞紙で貼りつめて、更に壁紙で上貼りをして、これもどうにかこうにか見苦しくないようになった。そのあくる日には障子も貼りかえた。

その傍《かたわ》らに、わたしは自分の机や書棚やインクスタンドや原稿紙のたぐいを買いあいた。妻や女中は火鉢や盥《たらい》やバケツや七輪のたぐいを毎日買いあるいた。これで先ず不完全ながらも文房具や世帯道具が一通り整うと、今度は冬の近いのに脅かされなければならなかった。一枚の冬着さえ持たない我々は、どんな粗末なものでも好いから寒さを防ぐ準備をしなければならない。夜具の類は出来合いを買って間にあわせることにしたが、一家内の者の羽織や綿入れや襦袢《じゅばん》や、その針仕事に女たちはまた忙がしく追い使われた。

目白に避難の当時、それぞれに見舞いの品を贈ってくれた人もあった。ここに移転してからも、わざわざ祝いに来てくれた人もあった。それらの人々に対して、妻とわたしとが代る代るに答礼に行かなければならなかった。市内の電車は車台の多数を焼失したので、運転系統が色々に変更して、以前ならば一直線にゆかれたところも、今では飛んでもない方角を迂回して行かなければならない。十分か二十分でゆかれたところも三十分五十分を要することになる。勿論どの電車も満員で容易に乗ることは出来ない。市内の電車がこのありさまであるから、それに連れて省線の電車がまた未曾有の混雑を来《きた》している。それらの不便のために、一日苛々《いらいら》しながら駈けあるいても、わずかに二軒か三軒しか廻り切れないような時もある。またそのあいだには旧宅の焼跡の整理もしなければならない。震災に因《よ》って生じた諸々の事件の始末も付けなければならない。こうして私も妻も女中らも無暗《むやみ》にあわただしい日を送っているうちに、大正十二年も暮れて行くのである。

「こんな年は早く過ぎてしまう方がいい。」

まあ、こんなことでもいうより外はない。なにしろよほどの老人でない限りは、生まれて初めてこんな目に出逢ったのであるから、狼狽《ろうばい》混乱、どうにもしようのないのが当りまえであるかも知れないが、罹災《りさい》以来そのあと始末に四ヵ月を費して、まだほんとうに落付かないのは、まったく困ったことである。年があらたまったといって、すぐに世のなかが改まるわけでないのは判り切っているが、それでも年があらたまったらば、心持だけでも何とか新しくなり得るかと思うが故に、こんな不祥な年は早く送ってしまいたいというのも普通の人情かも知れない。

今はまだ十二年の末であるから、新しい十三年がどんな年で現れてくるか判らない。元旦も晴か雨か、風か雪か、それすらもまだ判らない位であるから、今から何にもいうことは出来ないが、いずれにしても私はこの仮住居で新しい年を迎えなければならない。それでもバラックに住む人たちのことを思えば何でもない。たとい家を焼かれても、家財と蔵書一切をうしなっても、わたしの一家は他に比較してまだまだ幸福であるといわなければならない。わたしは今までにも奢侈の生活を送っていなかったのであるから、今後も特に節約をしようとも思わない。しかし今度の震災のために直接間接に多大の損害をうけているから、その幾分を回復するべく大いに働かなければならない。先ず第一に書庫の復興を計らなければならない。

父祖の代から伝わっている刊本写本五十余種、その大部分は回収の見込みはない。父が晩年の日記十二冊、わたし自身が十七歳の春から書きはじめた日記三十五冊、これらは勿論あきらめるより外はない。そのほかにも私が随時に記入していた雑記帳、随筆、書き抜き帳、おぼえ帳のたぐい三十余冊、これも自分としては頗《すこぶ》る大切なものであるが、今更悔むのは愚痴である。せめてはその他の刊本写本だけでもだんだんに買い戻したいと念じているが、その三分の一も容易に回収は覚束《おぼつか》なそうである。この頃になって書棚の寂しいのがひどく眼についてならない。諸君が汲々として帝都復興の策を講じているあいだに、わたしも勉強して書庫の復興を計らなければならない。それがやはり何らかの意義、何らかの形式に於て、帝都復興の上にも貢献するところがあろうと信じている。

わたしの家ではこれまでもあまり正月らしい設備をしたこともないのであるから、この際とても特に例年と変ったことはない。年賀状は廃するつもりであったが、さりとて平生懇親にしている人々に対して全然無沙汰で打過ぎるのも何だか心苦しいので、震災後まだほんとうに一身一家の安定を得ないので歳末年始の礼を欠くことを葉書にしたためて、年内に発送することにした。その外には、春に対する準備もない。

わたしの庭には大きい紅梅がある。家主の話によると、非常に美事な花をつけるということであるが、元日までには恐らく咲くまい。

（大正十二年十二月二十日）

二　箙《えびら》の梅

狸坂くらやみ坂や秋の暮

これは私がここへ移転当時の句である。わたしの門前は東西に通ずる横町の細路で、その両端には南へ登る長い坂がある。東の坂はくらやみ坂、西の坂は狸坂と呼ばれている。今でもかなりに高い、薄暗いような坂路であるから、昔はさこそと推量《おしはか》られて、狸坂くらやみ坂の名も偶然でないことを思わせた。時は晩秋、今のわたしの身に取っては、この二つの坂の名が一層幽暗の感を深うしたのであった。

坂の名ばかりでなく、土地の売物にも狸羊羹《ようかん》、狸せんべいなどがある。カフェー・たぬきというのも出来た。子供たちも「麻布十番狸が通る」などと歌っている。狸はここらの名物であるらしい。地形から考えても、今は格別、むかしは狐や狸の巣窟であったらしく思われる。私もここに長く住むようならば、綺堂をあらためて狸堂とか狐堂とかいわなければなるまいかなどとも考える。それと同時に、「狐に穴あり、人の子は枕する所なし」が、今の場合まったく痛切に感じられた。

しかし私の横町にも人家が軒ならびに建ち続いているばかりか、横町から一歩ふみ出せば、麻布第一の繁華の地と称せらるる十番の大通りが眼の前に拡《ひろ》がっている。ここらは震災の被害も少く、勿論火災にも逢わなかったのであるから、この頃は私たちのような避難者がおびただしく流れ込んで来て、平常よりも更に幾層の繁昌をましている。殊に歳の暮に押詰まって、ここらの繁昌と混雑は一通りでない。あまり広くもない往来の両側に、居附きの商店と大道の露店とが二重に隙間もなく列《なら》んでいるあいだを、大勢の人が押合って通る。またそのなかを自動車、自転車、人力車、荷車が絶えず往来するのであるから、油断をすれば車輪に轢《ひ》かれるか、路《みち》ばたの大溝へでも転げ落ちないとも限らない。実に物凄いほどの混雑で、麻布十番狸が通るなどは正に数百年のむかしの夢である。

「震災を無事に逃れた者が、ここへ来て怪我をしては詰まらないから、気をつけろ」と、わたしは家内の者に向って注意している。

そうはいっても、買い物が種々あるというので、家内の者はたびたび出てゆく。わたしもやはり出て行く。そうして、何かしら買って帰るのである。震災に懲《こ》りたのと、経済上の都合とで、無用の品物は一切買い込まないことに決めているのであるが、それでも当然買わなければ済まないような必要品が次から次へと現れて来て、いつまで経っても果てしがないように思われる。一口に我楽多《がらくた》というが、その我楽多道具をよほど沢山に貯えなければ、人間の家一戸を支えて行かれないものであるということを、この頃になってつくづく悟った。私たちばかりでなく、総ての罹災者は皆どこかでこの失費と面倒とを繰返しているのであろう。どう考えても、怖るべき禍《わざわい》であった。

その欝憤をここに洩らすわけではないが、十番の大通りはひどく路の悪い所である。震災以後、路普請なども何分手廻り兼ねるのであろうが、雨が降ったが最後、そこらは見渡す限り一面のぬかるみで、殆《ほと》んど足の蹈みどころもないといってよい。その泥濘《ぬかるみ》のなかにも露店が出る、買い物の人も出る。売る人も、買う人も、足下《あしもと》の悪いなどには頓着していられないのであろうが、私のような気の弱い者はその泥濘におびやかされて、途中から空しく引返して来ることがしばしばある。

しかも今夜は勇気をふるい起して、そのぬかるみを蹈み、その混雑を冒《おか》して、やや無用に類するものを買って来た。わたしの外套《がいとう》の袖の下に忍ばせている梅の枝と寒菊の花がそれである。移転以来、花を生けて眺めるという気分にもなれず、花を生けるような物も具えていないので、先ごろの天長祝日に町内の青年団から避難者に対して戸ごとに菊の花を分配してくれた時にも、その厚意を感謝しながらも、花束のままで庭の土に挿し込んでおくに過ぎなかった。それがどういう気まぐれか、二、三日前に古道具屋の店さきで徳利のような花瓶を見つけて、ふとそれを買い込んで来たのが始まりで、急に花を生けて見たくなったのである。

庭の紅梅はまだなかなか咲きそうもないので、灯ともし頃にようやく書き終った原稿をポストに入れながら、夜の七時半頃に十番の通りへ出てゆくと、きのう一日降り暮らした後であるから、予想以上に路が悪い。師走もだんだんに数え日に迫ったので、混雑もまた予想以上である。そのあいだをどうにかこうにか潜《くぐ》りぬけて、夜店の切花屋で梅と寒菊とを買うには買ったが、それを無事に保護して帰るのが頗《すこぶ》る困難であった。甲の男のかかえて来るチャブ台に突き当るやら、乙の女の提《さ》げてくる風呂敷づつみに擦れ合うやら、ようようのことで安田銀行支店の角まで帰り着いて、人通りのやや少いところで袖の下からかの花を把《と》り出して、電灯のひかりに照らしてみると、寒菊は先ず無難であったが、梅は小枝の折れたのもあるばかりか、花も蕾もかなりに傷《いた》められて、梶原源太が箙の梅という形になっていた。

「こんなことなら、明日の朝にすればよかった。」

この源太は二度の駈《かけり》をする勇気もないので、寒菊の無難をせめてもの幸いに、箙の梅をたずさえて今夜はそのまま帰ってくると、家には中嶋が来て待っていた。

「渋谷の道玄坂辺は大変な繁昌で、どうして、どうして、この辺どころじゃありませんよ」と、彼はいった。

「なんといっても、焼けない土地は仕合せだな。」

こういいながら、わたしは梅と寒菊とを書斎の花瓶にさした。底冷えのする宵である。

（十二月二十三日）

三　明治座

この二、三日は馬鹿に寒い。今朝は手水鉢《ちょうずばち》に厚い氷を見た。

午前八時頃に十番の通りへ出てみると、末広座の前にはアーチを作っている。劇場の内にも大勢の職人が忙がしそうに働いている。震災以来、破損のままで捨て置かれたのであるが、来年の一月からは明治座と改称して松竹合名社の手で開場し、左団次一座が出演することになったので、俄《にわか》に修繕工事に取りかかったのである。今までは繁華の町のまん中に、死んだ物のように寂寞《じゃくまく》として横《よこた》わっていた建物が、急に生き返って動き出したかとも見えて、あたりが明るくなったように活気を生じた。焚火の烟《けむり》が威勢よく舞いあがっている前に、ゆうべは夜明しであったと笑いながら話している職人もある。立ち停まって珍らしそうにそれを眺めている人たちもある。

足場をかけてある座の正面には、正月二日開場の口上《こうじょう》看板がもう揚《あ》がっている。二部興行で、昼の部は『忠信の道行』、『躄《いざり》の仇討』、『鳥辺山心中』、夜の部は『信長記《しんちょうき》』、『浪花の春雨』、『双面《ふたおもて》』という番組も大きく貼り出してある。左団次一座が麻布の劇場に出勤するのは今度が始めである上に、震災以後東京で興行するのもこれが始めであるから、その前景気は甚だ盛で、麻布十番の繁昌にまた一層の光彩を添えた観がある。どの人も浮かれたような心持で、劇場の前に群れ集まって来て、なにを見るともなしにたたずんでいるのである。

私もその一人であるが、浮かれたような心持は他の人々に倍していることを自覚していた。明治座が開場のことも、左団次一座が出演のことも、またその上演の番組のことも、わたしはとうから承知しているのではあるが、今やこの小さい新装の劇場の前に立った時に、復興とか復活とかいうような、新しく勇ましい心持が胸一杯に漲《みなぎ》るのを覚えた。

わたしの脚本が舞台に上演されたのは、東京だけでも已《すで》に百数十回に上っているのと、もう一つには私自身の性格の然らしむる所とで、わたしは従来自分の作物の上演ということに就てはあまりに敏感でない方である。勿論、不愉快なことではないが、またさのみに愉快とも感じていないのであった。それが今日にかぎって一種の亢奮《こうふん》を感じるように覚えるのは、単にその上演目録のうちに『鳥辺山心中』と、『信長記』と、『浪花の春雨』と、わたしの作物が三種までも加わっているというばかりでなく、震災のために自分の物一切を失ったように感じていた私に取って、自分はやはり何物かを失わずにいたということを心強く感じさせたからである。以上の三種が自分の作として、得意の物であるか不得意の物であるかを考えている暇はない。わたしは焼跡の灰の中から自分の財を拾い出したように感じたのであった。

「お正月から芝居がはじまる……。左団次が出る……」と、そこらに群がっている人の口々から、一種の待つある如きさざめきが伝えられている。

わたしは愉快にそれを聴いた。わたしもそれを待っているのである。少年時代のむかしに復《かえ》って、春を待つという若やいだ心がわたしの胸に浮き立った。幸か不幸か、これも震災の賜物《たまもの》である。

「いや、まだほかにもある。」

こう気が注《つ》いて、わたしは劇場の前を離れた。横町はまだ滑りそうに凍っているその細い路を、わたしの下駄はかちかちと踏んで急いだ。家へ帰ると、すぐに書斎の戸棚から古いバスケットを取出した。

震災の当時、蔵書も原稿もみな焼かれてしまったのであるが、それでもいよいよ立退《たちの》くという間際に、書斎の戸棚の片隅に押込んである雑誌や新聞の切抜きを手あたり次第にバスケットへつかみ込んで出た。それから紀尾井町、目白、麻布と転々する間に、そのバスケットの底を叮嚀《ていねい》に調べてみる気も起らなかったが、麻布に一先《ひとま》ず落ちついて、はじめてそれを検査すると、幾束かの切抜きがあらわれた。それは何かの参考のために諸新聞や雑誌を切抜いて保存しておいたもので、自分自身の書いたものは二束に過ぎないばかりか、戯曲や小説のたぐいは一つもない、すべてが随筆めいた雑文ばかりである。その随筆も勿論全部ではない、おそらく三分の一か四分の一ぐらいでもあろうかと思われた。

それだけでも掴《つか》み出して来たのは、せめてもの幸いであったと思うにつけて、一種の記念としてそれらを一冊に纏《まと》めてみようかと思い立ったが、何かと多忙に取りまぎれて、きょうまでそのままになっていたのである。これも失われずに残されている物であると思うと、わたしは急になつかしくなって、その切抜きを一々にひろげて読みかえした。

わたしは今まで随分沢山の雑文をかいている。その全部のなかから選み出したらば、いくらか見られるものも出来るかと思うのであるが、前にもいう通り、手当り次第にバスケットへつかみ込んで来たのであるから、なかには書き捨ての反古《ほご》同様なものもある。その反古も今のわたしにはまた捨て難い形見のようにも思われるので、何でもかまわずに掻《か》きあつめることにした。

こうなると、急に気ぜわしくなって、すぐにその整理に取りかかると、冬の日は短い。おまけに午後には二、三人の来客があったので、一向に仕事は捗取《はかど》らず、どうにかこうにか片附いたのは夜の九時頃である。それでも門前には往来の足音が忙がしそうに聞える。北の窓をあけて見ると、大通りの空は灯のひかりで一面に明るい。明治座は今夜も夜業をしているのであろうなどとも思った。

さて纏まったこの雑文集の名をなんといっていいか判らない。今の仮住居の地名をそのままに、仮に『十番随筆』ということにしておいた。これもまた記念の意味に外ならない。

（十二月二十五日）

寄席と芝居と(抄)

一　高坐の牡丹灯籠

明治時代の落語家と一口にいっても、その真打株の中で、いわゆる落語を得意とする人と、人情話を得意とする人との二種がある。前者は三遊亭円遊、三遊亭遊三、禽語楼小さんのたぐいで、後者は三遊亭円朝、柳亭燕枝、春錦亭柳桜のたぐいであるが、前者は劇に関係が少い。ここに語るのは後者の人情話一派である。

人情話の畑では前記の円朝、燕枝、柳桜が代表的の落語家と認められている。就中《なかんずく》、円朝が近代の名人と称せられているのは周知の事実である。円朝は明治三十三年八月、六十二歳を以て世を去ったのであるから、私は高坐におけるこの人をよく識っている。例の『牡丹灯籠』や『累《かさね》ケ淵《ふち》』や『塩原多助』も聴いている。別項「明治時代の寄席」にも書いておいたが、私の十七、八歳の頃、即ち明治二十一、二年の頃までは、大抵の寄席の木戸銭(入場料などとはいわない)は三銭か三銭五厘であったが、円朝の出る席は四銭の木戸銭を取る。僅《わず》かに五厘の相違であるが、「円朝は偉い、四銭の木戸を取る」といわれていた。

さてその芸談であるが、落語家の芸を語るのは、俳優の芸を語るよりも更にむずかしい。俳優の技芸は刹那《せつな》に消えるものといいながら、その扮装の写真等によって舞台のおもかげを幾分か彷彿させることも出来るが、落語家に至ってはどうすることも出来ない。したがって、ここで何とも説明することは不可能であるが、早くいえば円朝の話し口は、柔かな、しんみりとした、いわゆる「締めてかかる」というたぐいであった。もし人情話も落語の一種であるというならば、円朝の話し口は少しく勝手違いの感があるべきであるが、自然に聴衆を惹き付けて、常に一時間内外の長丁場をツナギ続けたのは、確《たし》かにその話術の妙に因《よ》るのであった。

私は円朝の若い時代を知らないが、江戸時代の彼は道具入りの芝居話を得意とし、赤い襦袢《じゅばん》の袖などをひらつかせて娘子供の人気を博し、かなりに気障《きざ》な芸人であったらしい。しかも明治以後の彼は芝居話を廃して人情話を専門とし、一般聴衆ばかりでなく、知識階級のあいだにもその技倆を認めらるるに至ったのである。彼はその当時の寄席芸人に似合わず、文学絵画の素養あり、風采もよろしく、人物も温厚着実であるので、同業者間にも大師匠として尊敬されていた。

明治十七、八年の頃とおぼえている。速記術というものが次第に行われるようになって、三遊亭円朝口演、若林坩蔵《わかばやしかんぞう》速記の『怪談牡丹灯籠』が発行された。後には種々の製本が出来たが、最初に現われたのは半紙十枚ぐらいを一冊の仮綴にした活版本で、完結までには十冊以上を続刊したのであった。これが講談落語の速記本の嚆矢《こうし》であろうと思われるが、その当時には珍しいので非常に流行した。それが円朝の名声をいよいよ高からしめ、あわせて『牡丹灯籠』を有名ならしめ、更に速記術というものを世間に汎《ひろ》く紹介する事にもなったのである。

私は『牡丹灯籠』の速記本を近所の人から借りて読んだ。その当時、わたしは十三、四歳であったが、一編の眼目とする牡丹灯籠の怪談の件《くだり》を読んでも、さのみに怖いとも感じなかった。どうしてこの話がそんなに有名であるのかと、いささか不思議にも思う位であった。それから半年ほどの後、円朝が近所（麴町《こうじまち》区山元町）の万長亭という寄席へ出て、彼の『牡丹灯籠』を口演するというので、私はその怪談の夜を選んで聴きに行った。作り事のようであるが、あたかもその夜は初秋の雨が昼間から降りつづいて、怪談を聴くには全くお誂《あつら》え向きの宵であった。

「お前、怪談を聴きに行くのかえ」と、母は嚇《おど》すようにいった。

「なに、牡丹灯籠なんか怖くありませんよ。」

速記の活版本で多寡《たか》をくくっていた私は、平気で威張って出て行った。ところが、いけない。円朝がいよいよ高坐にあらわれて、燭台の前でその怪談を話し始めると、私はだんだんに一種の妖気を感じて来た。満場の聴衆はみな息を嚥《の》んで聴きすましている。伴蔵とその女房の対話が進行するに随って、私の頸《くび》のあたりは何だか冷たくなって来た。周囲に大勢の聴衆がぎっしりと詰めかけているにもかかわらず、私はこの話の舞台となっている根津のあたりの暗い小さい古家のなかに坐って、自分ひとりで怪談を聴かされているように思われて、ときどきに左右を見返った。今日と違って、その頃の寄席はランプの灯が暗い。高坐の蠟燭《ろうそく》の火も薄暗い。外には雨の音が聞える。それらのことも怪談気分を作るべく恰好《かっこう》の条件になっていたには相違ないが、いずれにしても私がこの怪談におびやかされたのは事実で、席の刎《は》ねたのは十時頃、雨はまだ降りしきっている。私は暗い夜道を逃げるように帰った。

この時に、私は円朝の話術の妙ということをつくづく覚った。速記本で読まされては、それほどに凄くも怖ろしくも感じられない怪談が、高坐に持ち出されて円朝の口に上ると、人を悸《おび》えさせるような凄味を帯びて来るのは、実に偉いものだと感服した。時は欧化主義の全盛時代で、いわゆる文明開化の風が盛《さかん》に吹き捲《まく》っている。学校に通う生徒などは、勿論怪談のたぐいを信じないように教育されている。その時代にこの怪談を売物にして、東京中の人気を殆《ほとん》ど独占していたのは、怖い物見たさ聴きたさが人間の本能であるとはいえ、確に円朝の技倆に因るものであると、今でも私は信じている。

春陽堂発行の円朝全集のうちに『怪談牡丹灯籠覚書』というものがある。これは円朝自身が初めてこの話を作った時に、心おぼえのためにその筋書を自筆で記しておいたのであるという。自分の心覚えであるから簡単な筋書に過ぎないが、それを見ても円朝が相当の文才を所有していたことが窺《うかが》い知られる。円朝は塩原多助を作るときにも、その事蹟を調査するために、上州沼田その他に旅行して、『上野下野道の記』と題する紀行文を書いているが、それには狂歌や俳句などをも加えて、なかなか面白く書かれてある。実に立派な紀行文である。

『牡丹灯籠』の原本が『剪灯新話《せんとうしんわ》』の牡丹灯記であるとは誰も知っているが、全体から観れば、牡丹灯籠の怪談はその一部分に過ぎないのであって、飯島の家来孝助の復讐と、萩原の下人《げにん》伴蔵の悪事とを組み合わせた物のようにも思われる。飯島家の一条は、江戸の旗本戸田平左衛門の屋敷に起った事実をそのまま取入れたもので、それに牡丹灯籠の怪談を結び附けたのである。伴蔵の一条だけが円朝の創意であるらしく思われるが、これにも何か粉本《ふんぽん》があるかも知れない。ともかくもこうした種々の材料を巧みに組み合せて、毎晩の聴衆を倦《う》ませないように、一晩ごとに必ず一つの山を作って行くのであるから、一面に於て彼は立派な創作家であったともいい得る。

前にもいう通り、話術の妙をここに説くことは出来ないが、たとえばかの孝助が主人の妾お国の密夫源次郎を突こうとして、誤って主人飯島平左衛門を傷《きず》つけ、それから屋敷をぬけ出して、将来の舅《しゅうと》たるべき相川新五兵衛の屋敷へ駈け付けて訴える件《くだり》など、その前半は今晩の山であるから面白いに相違ないが、後半の相川屋敷は単に筋を売るに過ぎないであまり面白くもない所である。速記本などで読めば、軽々に看過《みすご》されてしまう所である。ところが、それを高坐で聴かされると、息もつけぬほどに面白い。孝助が誤って主人を突いたという話を聴き、相手の新五兵衛が歯ぎしりして「なぜ源次郎……と声をかけて突かないのだ」と叱る。文字に書けばただ一句であるが、その一句のうちに、一方には一大事出来《しゅったい》に驚き、一方には孝助の不注意を責め、また一方には孝助を愛しているという、三様の意味がはっきりと現れて、新五兵衛という老武士の風貌を躍如たらしめる所など、その息の巧さ、今も私の耳に残っている。団十郎もうまい、菊五郎も巧い。しかも俳優はその人らしい扮装をして、その場らしい舞台に立って演じるのであるが、円朝は単に扇一本を以て、その情景をこれほどに活動させるのであるから、実に話術の妙を竭《つく》したものといってよい。名人は畏《おそ》るべきである。

そこで考えられるのは、今日もし円朝のような人物が現存していたならば、寄席はどうなるかということである。一般聴衆は名人円朝のために征服せられて、寄席は依然として旧時の状態を継続しているであろうか。さすがの円朝も時勢には対抗し得ずして、寄席はやはり漫談や漫才の舞台となるであろうか。私は恐らく後者であろうかと推察する。円朝は円朝の出ずべき時に出たのであって、円朝の出ずべからざる時に円朝は出ない。たとい円朝が出ても、円朝としての技倆を発揮することを許されないで終るであろう。

田村成義翁の『続々歌舞伎年代記』には、どういうわけか、明治二十年度に於ける春木座の記事を全部省略してあるが、私の記憶によれば、かの『牡丹灯籠』が初めて劇化されたのは、春木座の明治二十年八月興行であったと思う。春木座は本郷座の前身である。狂言は『怪談牡丹灯籠』の通しで、中幕の『鎌倉三代記』に市川九蔵（後の団蔵）が出勤して佐々木高綱を勤めていたが、他は俗に鳥熊の芝居という大阪俳優の一座で、その役割は萩原新三郎（中村竹三郎）、飯島の娘お露（大谷友吉）、飯島の下女お米、宮野辺源次郎（中村芝鶴）、飯島平左衛門（嵐鱗昇）、飯島の妾お国（市川福之丞）、飯島の中間《ちゅうげん》孝助、山本志丈（中村駒之助）、伴蔵（市川駒三郎）、伴蔵女房おみね（中村梅太郎）等であった。更に註すれば、右の中村芝鶴は後の伝九郎で、現在の芝鶴の父である。市川福之丞は後の門之助で、現在の男女蔵の父である。市川駒三郎は後に団十郎の門に入って、宗三郎と改名した。中村梅太郎は後の富十郎で、現在の市川団右衛門の父である。この通し狂言の脚色者は何人であるかを知らなかったが、後に聞けばそれは座附の佐橋五湖という上方作者の筆に成ったのであった。

その当時、私は十六歳、八月は学校の暑中休みであるから、初日を待兼ねて春木座を見物した。一日の午前四時、前夜から買い込んでおいた食パンをかかえて私は麴町の家を出た。

二　舞台の牡丹灯籠

その当時、春木座で興行をつづけていた鳥熊の芝居のことは、かつて他にも書いたので、ここでは詳しく説明しないが、なにしろ団十郎も出勤した大劇場が桟敷と高土間《たかどま》と平《ひら》土間の三分ぐらいを除いて、他はことごとく大入場《おおいりば》として開放したのである。木戸銭は六銭、しかも午前七時までの入場者には半札をくれる。その半札を持参すれば、来月の芝居は半額の三銭で見られる。我々のような貧乏書生に取っては、まことに有難いわけであった。

芝居は午前八時から開演するのであるが、そういうわけであるから木戸前は夜の明けないうちから大混雑、観客はぎっしり詰め掛けている。どうしても午前五時頃までに行き着いていなければ、好い場所へは這入《はい》られない。私などは大抵四時頃から麹町《こうじまち》の家を出るのを例としていた。夏は好いが、冬は少しく難儀であった。御茶の水の堤に暁の霜白く、どこかで狐が啼《な》いている。今から考えると、まったく嘘のようである。

しかしこの『牡丹灯籠』の時は、八月初めの暑中であるから大いに威勢が好い。いわゆる朝涼に乗じて、朴歯《ほおば》の下駄をからから蹈み鳴らしながら行った。十六歳の少年、懐中の蟇口《がまぐち》には三十銭位しか持っていないのであるから、泥坊などは一向に恐れなかったが、暗い途中で犬に取巻かれるのに困った。今日のように野犬撲殺が励行されていないので、寂しい所には野犬の群が横行する。春木座へ行く時には、私は必ず竹切れか木の枝を持って出た。武器携帯で芝居見物に出るなどは、恐らく現代人の思い及ばない所であろう。この朝も途中で二、三度、野犬と闘ったことを記憶している。

余談は措《お》いて、さてその芝居の話であるが、春木座の『牡丹灯籠』は面白かった。殆《ほとん》ど原作の通りで、序幕には飯島平左衛門が黒川孝助の父を斬る件《くだり》を叮嚀《ていねい》に見せていた。この発端を見せる方が、一般の観客には狂言の筋がよく判る。灯籠の件も悪くはなかったが、円朝の高坐で聴いたような凄味は感じられなかった。やはり円朝は巧いと、ここでも更に感心させられた。一座が上方俳優であるから、こうした江戸の世話狂言には、台詞《せりふ》が粘って聴き苦しいのは已《や》むを得ない欠点で、駒三郎と梅太郎の伴蔵夫婦などは最も困った。中幕の『三代記』は駒之助の三浦、梅太郎の時姫、九蔵の佐々木であったが、この中幕よりも通し狂言の『牡丹灯籠』の方が大体に於て面白かった。

私は先月の半札を持参したから、木戸銭は三銭。弁当は携帯の食パン二銭、帰途に水道橋際の氷屋で氷水一杯一銭。あわせて六銭の費用で、午前八時から午後五時頃まで一日の芝居を見物したのである。金の値に古今の差はあるが、それにしても廉《やす》いものであったと思う。

その後、どこかの小芝居で『牡丹灯籠』を上演したかどうだか知らないが、大劇場で上演したのは春木座の鳥熊芝居から五年の後、即ち明治二十五年七月の歌舞伎座である。歌舞伎座ではその年の正月興行に、やはり円朝物の『塩原多助一代記』を菊五郎が上演して、非常の大入りを取ったので、その盆興行に重ねて円朝物の『牡丹灯籠』を出すことになったのである。脚色者は福地《ふくち》桜痴《おうち》居士であったが、居士はこうした世話狂言を得意としないので、更に三代目河竹新七と竹柴其水とが補筆して一日の通し狂言に作りあげた。初演の年月からいえば、春木座の方が五年の前であるが、それは已《すで》に忘れられて、『牡丹灯籠』の芝居といえば、一般にこの歌舞伎座を初演と認めるようになってしまった。

歌舞伎座初演の役割は、宮野辺源次郎(市川八百蔵、後の中車)、萩原新三郎(尾上菊

之助)、飯島の娘お露(尾上栄三郎、後の梅幸)、飯島平左衛門、山本志丈(尾上松助)、飯島の妾お国、伴蔵の女房おみね(坂東秀調《しゅうちょう》)、若党孝助、根津の伴蔵、飯島の下女お米(尾上菊五郎)等で、これも殆ど原作の通りに脚色されていたが、孝助の役が原作では中間《ちゅうげん》になっているのを、中間ではあまりに安っぽいというので若党に改めた。若党までも使う屋敷で、用人その他の見えないのは如何という批評もあったが、これは原作にも無理があるのだから致方《いたしかた》がない。単に旗本というばかりで身分を明かさず、大身《たいしん》かと思えば小身《しょうしん》のようでもあり、話の都合で曖昧に拵《こしら》えてある。桜痴居士らも無論にそれを承知していたはずであるが、これも芝居として先《ま》ず都合の好いように拵えておいたのであろう。

舞台の成績が春木座の比でないことはいうまでもない。配役も適材適所である。八百蔵は寧《むし》ろ平左衛門に廻るべきであったが、配役の都合で源次郎に廻ったので、旗本の次男の道楽者という柄には嵌《はま》らなかったが、同優はそのころ売出し盛りであったので、さのみの不評をも蒙《こうむ》らずに終った。松助の平左衛門もどうかと危《あやぶ》まれたのであるが、これは案外に人品《じんぴん》もよろしく、旗本の殿様らしく見えたという好評であった。

この時、わたしの感心したのは、菊五郎の伴蔵が秀調の女房にむかって、『牡丹灯籠』の幽霊の話をする件《くだり》が、円朝の高坐とはまた違った味で一種の凄気《せいき》を感じさせた事であった。高坐の芸、舞台の芸、それぞれに違った味を持っていながら、その妙所に到ればおのずから共通の点がある。名人同士はこういうものかと、私は今更のように発明した。秀調は先代で、女形としては容貌も悪く、調子も悪かったが、こういう役は不思議に巧かった。

春木座の時にもこの狂言に因《ちな》んだ『牡丹灯籠』をかけたが、それは劇場の近傍と木戸前だけに留まっていた。歌舞伎座の時にはその時代にめずらしい大宣伝を試みて、劇場附近は勿論、東京市中の各氷屋に灯籠をかけさせた。牡丹の造花を添えた鼠色の大きい盆灯籠で、その垂れに歌舞伎座、牡丹灯籠などと記してあった。盆興行であるので、十五と十六の両日は藪入りの観客に牡丹灯籠を画いた団扇《うちわ》を配った。同月二十三日の川開きには、牡丹灯籠二千個を大川に流した。こうした宣伝が效を奏して、この興行は大好評の大入りを占め、芝居を観ると観ざるとを問わず、東京市中に『牡丹灯籠』の名が喧伝された。今日ではどんなに大入りの芝居があっても、これほどの大評判にはなり得ない。

その原因をかんがえるに、第一は社会がその当時よりも多忙で複雑になったためであろう。第二は東京が広くなったためであろう。第三は各劇場の興行回数が多くなったためであろう。この『牡丹灯籠』を上演した明治二十五年の歌舞伎座は、一月、三月、五月、七月、九月、十月の六回興行に過ぎなかった。今日では一年十二回の興行である。

たとえば黙阿弥作の『十六夜清心』や『弁天小僧』のたぐい、江戸時代にはただ一回しか上演されないにもかかわらず、明治以後に至るまでその名は世間に知られていた。今日では、去年の狂言も今年は大抵忘れられてしまうのである。毎月休みなしの興行にあわただしく追い立てられて、観客の観賞力も記憶力も麻痺してしまうのであろう。

劇場側ばかりでなく、世態もまた著るしく変った。明治時代、前記の『牡丹灯籠』上演の頃までは、市中の氷屋、湯屋、理髪店などのように諸人の集まる場所では、芝居の噂がよく出たものである。その噂をする客が多いために、湯屋の亭主や理髪店の親方も商売の都合上、新聞の演芸記事や世間の評判に注意していて、客を相手に芝居話などを流行《はや》らせたものである。したがって「湯屋髪結床の噂」なるものが、芝居の興行成績にも直接間接の影響を及ぼしたのであるが、現今は殆どそんなことはない。湯屋や理髪店で野球や映画や相撲の噂をする客はあっても、芝居の噂をする客は極めて少ない。その相手になる亭主や親方も、自分が特に芝居好きでない限りは、芝居の話などをする者はない。

紐育《ニューヨーク》や倫敦《ロンドン》で理髪店へゆくと、こっちが日本人で世間話の種がないせいでもあろうが、芝居を観たかと必ず訊《き》かれる。外国では「湯屋髪結床の噂」がやはり流行するらしい。巴里《パリ》にはバジン・テアトル(芝居風呂)などと洒落《しゃ》れた名前を附けた湯屋もある。

V

（単行本未収録の随筆）

銀座の朝

夏の日の朝まだきに、瓜の皮、竹の皮、巻烟草《まきたばこ》の吸殻さては紙屑なんどの狼籍《ろうぜき》たるを踏みて、眠れる銀座の大通にたたずめば、ここが首府《みやこ》の中央かと疑わるるばかりに、一種荒涼の感を覚うれど、夜の衣《ころも》の次第にうすくかつ剝《は》げて、曙《あけぼの》の光の東より開くと共に、万物《ばんぶつ》皆生きて動き出ずるを見ん。

車道と人道の境界《さかい》に垂れたる幾株の柳は、今や夢より醒めたらんように、吹くともなき風にゆらぎ初《そ》めて、涼しき暁の露をほろほろと、黹《こぼ》せば、その葉かげに瞬目《またたき》するかと見ゆる瓦斯灯《がすとう》の光の一つ消え、二つ消えてあさ霧絶え絶えの間《ひま》より人の顔おぼろに覗《のぞ》かるる頃となれば、派出所の前にいかめしく佇立《たたず》める、巡査の服の白きが先《ま》ず眼に立ちぬ。新ばしの袂《たもと》に夜あかしの車夫が、寝の足らぬ眼を擦《こす》りつ驚くばかりの大欠《おおあくび》して身を起せば、乞食か立ん坊かと見ゆる風体《ふうてい》怪しの男が、酔えるように踉蹌《よろめ》き来りて、わが足下《あしもと》に転がりたる西瓜《すいか》の皮をいくたびか見返りつつ行過ぎし後《のち》、とある小《お》ぐらき路次《ろじ》の奥より、紙屑籠背負いたる十二、三の小僧が鷹のようなる眼を光らせて衝《つ》と出《い》でぬ、罪のかげはこの児《こ》の上を掩《おお》えるように思われて、その行末の何とやらん心許《こころもと》なく物悲しく覚えらるるなり、早き牛乳配達と遅れたる新聞配達は、相前後して忙《せわ》しげに人道を行違う、時はいま午前三時。

築地海岸にむかえる空は仄白《ほのしろ》く薄紅《うすあか》くなりて、服部の大時計の針が今や五時を指すと読まるる頃には、眠れる街も次第に醒めて、何処《いずく》ともなく聞ゆる人の声、物の音は朝の寂静《しずけさ》を破りて、商家の小僧が短夜《みじかよ》恨めしげに店の大戸をがらがらと明《あ》くれば、寝衣姿《ねまきすがた》媚《なまめ》きてしどけなき若き娘が今朝の早起を誇顔《ほこりがお》に、露ふくめる朝顔の鉢二つ三つ軒下に持出でて眼の醒むるばかりに咲揃いたる紅白瑠璃《るり》の花を現《うつつ》ともなく見入れるさま、画に描《か》かばやと思う図なり。あなたの二階の硝子窓《がらすまど》おのずから明るくなれば、青簾《あおすだれ》の波紋《なみ》うつ朝風に虫籠ゆらぎて、思い出したるように啼出《なきだ》す蟋蟀《きりぎりす》の一声、いずれも涼し。

六時をすぎて七時となれば、見わたす街は再び昼の熱閙《ねっとう》と繁劇に復《かえ》りて、軒をつらねたる商家の店は都《すべ》て大道《だいどう》に向って開かれぬ。狼籍《ろうぜき》たりし竹の皮も紙屑も何時《いつ》の間にか掃《は》き去《さ》られて、水うちたる煉瓦の赤きが上に、青海波《せいかいは》を描きたる箒目《ほうきめ》の痕《あと》清く、店の日除《ひよけ》や、路ゆく人の浴衣《ゆかた》や、見るもの悉《ことごと》く白きが中へ、紅き石竹《せきちく》や紫の桔梗《ききょう》を一荷《いっか》に担《かた》げて売に来る、花売爺《はなうりおやじ》の笠の檐《のき》に旭日《あさひ》の光かがやきて、乾きもあえぬ花の露鮮《あざ》やかに見らるるも嬉し。鉄道馬車は今より轟《とどろ》き初《そ》めて、朝詣《あさまいり》の美人を乗せたる人力車が斜めに線路を横ぎるも危うく、活《い》きたる小鯵《こあじ》うる魚商《さかなや》が盤台《はんだい》おもげに威勢よく走り来れば、月琴《げっきん》かかえたる法界節の二人連《づれ》がきょうの収入《みいり》を占いつつ急ぎ来て、北へ往《ゆ》くも南へ向うも、朝の人は都《すべ》て希望と活気を帯びて動ける中に、小さき弁当箱携えて小走りに行く十七、八の娘、その風俗と色の蒼《あお》ざめたるとを見れば某《ある》活版所の女工なるべし、花は盛の今の年頃を日々の塵埃《ほこり》と煤《すす》にうずめて、あわれ彼女《かれ》はいかなる希望を持てる、老《おい》たる親を養わんとにや。わが嫁入の衣裳《いしょう》の料《しろ》を造らんとにや。

八時をすぐれば街はいよいよ熱閙の巷《ちまた》となりて、田舎者を待って偽物《いかもの》を売る古道具《ふるどうぐや》商、女客を招いて恋を占う売卜者《ばいぼくしゃ》、小児《こども》を呼ぶ金魚商《きんぎょや》、労働者を迎うる氷水商《こおりみずや》、おもいおもいに露店を列《なら》べて賑《にぎ》わしく、生活のために社会と戦う人の右へ走り左へ馳《は》せて、さなきだに熱き日のいよいよ熱く苦しく覚うる頃となれば、水撒人足《みずまきにんそく》の車の行すぎたる跡より、大路《おおじ》の砂は見る見る乾きてあさ露を翻《こぼ》し尽したる路傍《みちばた》の柳は、修羅の巷の戦を見るに堪えざらんように、再び万丈の塵を浴びて枝も葉も力なげに垂れたり。

父の墓

都は花落ちて、春漸く暮れなんとする四月二十日、森青く雲青く草青く、見渡すかぎり蒼茫《そうぼう》たる青山の共同墓地に入《い》りて、わか葉《ば》の扇骨木籬《かなめがき》まだ新らしく、墓標の墨の痕《あと》乾きもあえぬ父の墓前に跪《ひざまず》きぬ。父はこの月の七日《なぬか》、春雨さむき朝《あした》、逝水《せいすい》落花のあわれを示し給いて、おなじく九日の曇れる朝、季叔《すえのおじ》の墓碑と相隣れる処《ところ》を長《とこし》えに住むべき家と定め給《たま》いつ。数うれば早し、きょうはその二七日《ふたなぬか》なり。

初七日《しょなぬか》に詣《もう》でし折には、半破《なかばや》れたる白張《しらはり》の提灯《ちょうちん》さびしく立ちて、生花《いけばな》の桜の色なく萎《しぼ》めるを見たりしが、それもこれも今日は残《のこり》なく取捨られつ、ただ白木の位牌と香炉のみありのままに据えてあり。この位牌は過ぎし九日送葬の朝、わが痩せたる手に捧げ来りてここに置据《おきす》えたるもの、今や重ねてこれを見て我はそも何とかいわん、胸先ず塞《ふさ》がりて墓標の前に蹲《うずく》まれば、父が世に在《あ》りし頃親しく往来《ゆきかい》せし二、三の人、きょうも我より先に詣で来りて、山吹の黄なる一枝を手向《たむ》けて去りたる所志《こころざし》しみじみ嬉しく、われも携え来りし紫の草花に水と涙をそそぎて捧げぬ。きのうの春雨の名残《なごり》にや、父の墓標も濡れて在《おわ》しき。

父は五人兄弟の第三人にして、前後四人は已《すで》に世を去りぬ、随って我も四人の叔《おじ》を失いぬ。第一の叔は遠く奥州の雪ふかき山に埋《うず》まれ給いしかば、その当時まだ幼稚《いとけな》き我は送葬の列に加わらざりしも、他の三人の叔は後《おく》れ先《さきだ》ちて、いずれもこの青山の草露《そうろ》しげき塚の主《ぬし》となり給いつ、その間に一人《いちにん》の叔母と一人の姪をも併《あわ》せてここに葬りたれば、われは実に前後五度《たび》、泣いてこの墓地へ柩《ひつぎ》を送り来りしなり。人生漸く半《なかば》を過ぎたるに、已に四人の叔に離れ、更に一人の叔母と姪を失いぬ。仏氏《ぶっし》のいわゆる生者必滅《しょうじゃひつめつ》の道理、今更おどろくは愚痴に似たれど、夜雨孤灯《やうことう》の下《もと》、飜って半生幾多《いくた》の不幸を数え来れば、おのずから心細くうら寂しく、世に頼《たより》なく思わるる折もありき。されど、わが家には幸に老《おい》たる父母ありて存すれば、これに依って立ち、これに依って我意を強うしたるに、測らざりき今またその父に捨てられて、闇夜に灯火《ともしび》を失うの愁《うれい》を来《きた》さむとは。悲《かなし》い哉《かな》。

風樹《ふうじゅ》の嘆は何人といえども免れ難からんも、就中《なかんずく》われに於て最も多し。父は一度われをして医師たらしめんと謀《はか》りしが、思う所ありてこれを廃し、更に書を学ばしめたるも成らず、更に画を学ばしめたるもまた成らず、果《はて》は匙を投げて我が心の向う所に任せぬ。かくて我は何の学ぶ所もなく、何の能もなく、名もなく家もなく、瓢然《ひょうぜん》たる一種の道楽息子と成果てつ、家に在《あっ》ては父母を養うの資力なく、世に立《たっ》ては父母を顕《あら》わすの名声なし、思えば我は実に不幸の子なりき。泉下《せんか》の父よ、幸に我を容《ゆる》せと、地に伏して瞑目合掌すること多時、頭《かしら》をあぐれば一縷《いちる》の線香は消えて灰となりぬ。

低徊去《い》るに忍びず、墓門に立尽して見るともなしに見渡せば、其処《そこ》ここに散《ちり》のこる遅《おそ》桜《ざくら》の青葉がくれに白きも寂しく、あなたの草原には野を焼く烟《けむり》のかげ、おぼろおぼろに低く這《は》い高く迷いて、近き碑を包み遠き雲を掠《かす》めつ、その蒼《あお》く白き烟の末に渋谷、代々木、角筈《つのはず》の森は静に眠りて、暮るるを惜む春の日も漸くその樹梢《こずえ》に低く懸れば、黄昏《たそがれ》ちかき野山は夕靄《ゆうもや》にかくれて次第にほの闇《くら》く蒼黒く、何処《いずく》よりとも知れぬ蛙《かわず》の声断続《きれぎれ》に聞えて、さびしき墓地の春のゆうぐれ、最《いと》ど静に寂しく暮れてゆく。

思い出《い》ずれば古年《こぞ》の霜月の末、姉の児《こ》の柩《ひつぎ》を送りてここへ来りし日は、枯野に吠ゆる冬の風すさまじく、大粒の霰はらはらと袖にたばしりて、満目荒涼、闇《くら》く寒く物すごき日なりき。この凄じき厳冬の日、姪の墓前に涙《なんだ》をそそぎし我は、翌《あく》る今年の長閑《のどか》に静なる暮春のこの夕《ゆうべ》、更にここに来りて父の墓に哭《こく》せんとは、人事畢竟《ひっきょう》夢の如し。誰《たれ》か寒き冬を嫌いて、暖き春を喜ぶものぞ、詮《せん》ずれば果敢《はか》なき蝴蝶の夢なり。

然れども思え、いたずらに哭して慟《どう》して、墓前の花に灑《そそ》ぎ尽したる我が千行《せんこう》の涙《なんだ》、果して慈父が泉下の心に協《かな》うべきか、いわゆる「父の菩提《ぼだい》」を弔《とむら》い得べきか。墓標は動かず、物いわねど、花筒《はなづつ》の草葉にそよぐ夕風の声、否《いな》とわが耳に囁《ささや》くように聞ゆ。これあるいは父の声にあらずや。

遊《ゆ》く水は再び還《かえ》らず、魯《ろ》陽《よう》の戈《ほこ》は落日を招き還《かえ》しぬと聞きたれど、何人も死者を泉下より呼起《よびおこ》すべき術《すべ》を知らぬ限《かぎり》は、われも徒爾《いたずら》に帰らぬ人を慕うの女々《めめ》しく愚痴なるを知る、知って猶《なお》慕うは自然の情《じょう》なり。されど、われは徒爾に哭して慟する者にあらず、女《おんな》児《こども》のすなる仏いじりに日を泣暮《なきくら》す者にあらず。われは罪なき父の霊の、恵《めぐみ》ふかき上帝《かみ》の御側《みそば》に救い取られしを信じて疑わず、後世《ごせ》安楽を信じて惑わず、更に起《た》って我一身のため、わが一家のため、奮って世と戦わんとするものなり。哀悼《あいとう》愁傷、号泣慟哭、一枝《し》の花に涙を灑《そそ》ぎ、一縷《る》の香に魂《こん》を招く、これ必ずしも先人に奉ずるの道にあらざるべし。五尺の男子、空しく児女の啼《てい》を為《な》すとも、父の霊豈懌《あによろこ》び給わんや。あるいは恐る、日ごろ心猛《たけ》かりし父の、地下より跳《おど》り出《い》でて我を笞《むちう》つこと三百、声を励まして我が意気地《いくじ》なきを責め、わが腑甲斐《ふがい》なきを懲《こら》し給わんか。

孔子いわずや、四《し》海《かい》皆兄弟《けいてい》なりと、人誰か兄弟なきを憂いん。基督《クリスト》いわずや、わが天に在《いま》す父の旨《むね》を行う者はこれわが兄弟わが姉妹わが母なりと、人誰か父母なきを憂いん。ましてわれは今やこの父を失えるも、家に残れる母あり、出でて嫁げる姉あり、親戚あり、朋友あるに、何ぞ俄《にわか》に杖を失いし盲者の如く、水を離れし魚の如く、空しく慌て空しく悲むべき。父よ、冀《こいねがわ》くは我を扶《たす》けわれを導いて、進んで世と戦うの勇者たらしめよ、哀《かなし》んで傷《やぶ》らざるの孝子たらしめよ。窃《ひそ》かにかく念じて、われは漸く墓門を出でたり。出ずるに臨みてまたおのずから涙あり。湿《うる》める眼をしばたたきて見かえれば、そよ吹く風に誘われて、花筒に挿《はさ》みたる黄と紫の花相乱れて落ちぬ。鴉《からす》一羽、悲しげに唖々《ああ》と啼《なき》過《す》ぐれば、あなたの兵営に喇叭《らっぱ》の声遠く聞ゆ。

おぼつかなくも籬《かき》に沿い、樹間《このま》をくぐりて辿《たど》りゆけばここにも墓標新らしき塚の前に、一群《ひとむれ》の男女《なんにょ》が花をささげて回向《えこう》するを見つ、これも親を失える人か、あるいは妻を失えるか、子を失えるか、誠にうき世は一人《いちにん》のうき世ならず、家々の涙を運ぶこの青山の墓地、芳草《ほうそう》年々緑なる春ごとに、われも人も尽きぬ涙を墓前に灑ぐべきか。噫《ああ》。

当今の劇壇をこのままに

今の劇壇、それはこのままでいいと思う。旧臘《きゅうろう》私は小山内《おさない》君の自由劇場の演劇を見た、仲々上手だった、然しあれを今の劇壇に直にまた持って来る事も出来ないでしょうし、文士劇でも勿論あるまい。

医師が薬を盛る時に、甚しく苦い薬であると、患者は「これは非常によく利《き》く」といわれても、飲むのを嫌がる、男はそれでも我慢をして飲みもするが、婦人などは「死んでも妾《わたし》は飲まない」などと随分と強硬なのがある。生命《いのち》と取換えの事がそれである。どっちかといえば、見ても見ないでもいい芝居を、いくら良《い》いものでも、苦かったら見まいと思う。医師は患者に苦い薬を飲ませる場合に最中やオムラートに包んで服用させる、患者はそれで利くと段々と信じ、かつ馴《な》れて苦い薬も飲むようになるのである。

今の劇壇はこのままでいいとは、急激な苦い薬を飲ませずに、最中やオムラートで包んで飲ませようの謂《いい》である、私は常にそう思う。芝居の見物は幼稚である、進まないといわれるが、なるほど批評家や脚本作家から見れば幼稚でもあり、進まないであろうが随分と進んでは来ている、昨年、歌舞伎座と市村座で骨寄《こつよ》せの岩藤を演じたが、先代菊五郎の演《や》った一昔の前には見物は喜んで見ていたのが、今では骨《こつ》が寄るのを見ると、いずれも見物は笑った。今の方が遥《はるか》に道具も工夫も巧妙であるでしょうに、見物は笑った。して見ると見物は進んで行く、このままで行っても十年後には随分自由劇場も儲《もう》かる事になるでしょう。私は外国へ行った事はないが、外国《あちら》でも一般の見物にはイブセンやマアテルリングなどは受けないのだそうですな、それで自由劇場のような団隊《だんたい》が沢山あるが、それも思わしい決算《けっさん》を見ないで行悩《ゆきなや》み勝ちだという。

私は見物は進んで行くし乳がなくても子は育つ、一年経てば一つになる、外国《あちら》でも見物は甘いものだ、といって、現状に満足するものでは決してないが、ただ急激な変動を見物に与えたくはない、苦い薬を飲ましたため、患者が懲《こ》りてしまって、その医師が流行《はや》らなくなるのは、本意ではない、新しい進んだ今の見物にはチト面倒だというものをオムラートで包んで見せるのが私の用意である、一つの方法として歌舞伎座の田村氏などもよくいうのです「一幕位はズバヌケて新しいものを出して御覧なさい、見物は相応に見て、苦情もいわないでしょう」と。

今の俳優の中で延《の》そうという者も見当らないが、先《ま》ず宗之助《そうのすけ》であろう、あの人は女役《おやま》が適当であると自信して、かなりいい立役が附いても喜ばぬ風《ふう》であるが、とにかく年は若し、最も有望なんであろう。菊五郎吉右衛門も、今と大差なしで固《かたま》ってしまうだろうし、歌舞伎座幹部連もいずれも年配で、先が見えている、大器晩成と顧客《ひいき》がいう栄三郎もチト怪しいものである。もっとも今の羽左衛門が家橘《かきつ》といった頃は拙《へた》さ加減はお話になったものでなく、私は到底今のようになろうとは思わなかった、私が明治三十五年頃、歌舞伎座へ『柿木金助《かきのききんすけ》』という新作物を書いた、筋は名古屋の金のしゃちほこを凧《たこ》に乗って盗むというのだが、その金助の役を八百蔵に書き下したところ、芝居では家橘にやらそうというので、私は「あんな下手な人は御免だ」と断った事がある(とうとう家橘が演じたが)。それほどであったので、到底今の羽左衛門とは思いも依らなかった。団十郎も三十歳までは大根の頭梁であったというから栄三郎またどうなるか分らぬが先ず先ず怪しいものである。さて高麗蔵《こまぞう》とてどうだか?　団子《だんご》は気はあるようだが柄で難かしく、挙げ来れば左団次であろう、あの人が歌舞伎式で成功するとは決していわぬ、新しいもので行ったらばと思うのである。左団次に扈従《こじゅう》している左升は旧劇物では駄目だが、新しいものだと仲々よくなる、新作物にちょっと巧い俳優であるが、然しこの位の俳優ならばいくらもあるのである。さて俳優にもまた人がない。

修禅寺物語

——明治座五月興行——

この脚本は『文芸倶楽部《ぶんげいくらぶ》』の一月号に掲載せられたもので、相変らず甘いお芝居。頼家が伊豆の修禅寺で討れたという事実は、誰も知っていることですが、この脚本に現われたる事実は全部嘘です。第一に、主人公の夜叉王《やしゃおう》という人物からして作者が勝手に作り設けたのです。

一昨々年《さきおととし》の九月、修禅寺の温泉に一週間ばかり遊んでいる間に、一日《あるひ》修禅寺に参詣《さんけい》して、宝物を見せてもらったところが、その中に頼家の仮面《めん》というものがある。頗《すこぶ》る大《おお》きいもので、恐《おそ》く舞楽の面《おもて》かとも思われる。頼家の仮面《めん》というのは、頼家所蔵の面《おもて》という意味か、あるいは頼家その人に肖《に》せたる仮面《めん》か、それは判然《はっきり》解らぬが、多分前者であろうと察せられる。私が滞在していた新井の主人の話に拠《よ》ると、鎌倉では頼家を毒殺せんと企て、窃《ひそか》に怪しい薬を侑《すす》めた結果、頼家の顔はさながら癩病患者のように爛《ただ》れた。その顔を仮面《めん》に作らせて、頼家はかくの通りでござると、鎌倉へ注進させたものだという説があるそうですけれども、これは信じられません。

とにかく、その仮面《めん》を覧《み》て、寺を出ると、秋の日はもう暮近い。私は虎渓橋《こけいきょう》の袂《たもと》に立って、桂川の水を眺めていました。岸には芒《すすき》が一面に伸びている。私は例の仮面《めん》の由来に就て種々《いろいろ》考えてみましたが、前にもいう通り、頼家所蔵の舞楽の面《おもて》というの他には、取止めた鑑定も付きません。

頼家は悲劇の俳優《やくしゃ》です。悲劇と仮面《めん》……私は希臘《ギリシャ》の悲劇の神などを聯想しながら、ただ茫然《ぼんやり》と歩いて行くと、やがて塔の峰の麓《ふもと》に出る。畑の間には疎《まばら》に人家がある。頼家の仮面《めん》を彫った人は、この辺に住んでいたのではなかろうかなどと考えてもみる。その中《うち》に日が暮れる、秋風が寒くなる。振返って見ると、修禅寺の山門は真暗《まっくら》である。私は何とも知れぬ悲哀を感じて悄然《しょんぼり》と立っていました。その時にふと思い付いたのが、この『修禅寺物語』です。

全体、かの仮面《めん》は、名作か凡作か、素人《しろうと》の我々にはちっとも判りませんが、何でも名人の彫った名作でなければならぬ。その面作師《おもてつくりし》というのは、どんな人であったろう。そんな事を考えている中《うち》に、白髪《しらが》の老人が職人尽《しょくにんづくし》にあるような装《なり》をして、一心に仮面《めん》を彫っている姿が眼に泛《うか》ぶ。頼家の姿が浮ぶ。修禅寺の僧が泛ぶ……というような順序で、漸々《だんだん》に筋を纏《まと》めて行く中《うち》に、二人の娘や婿が自然に現われる事になったのです。しかし作の上では、面作師の夜叉王と姉娘の桂とが、最も主要の人物として働いて、頼家は二の次になってしまいました。

そんな訳《わけ》ですから、全部架空の事実で、頼家の仮面《めん》……ただそれだけが捉《つかま》え所で、他《ほか》には何の根拠もないのです。この仮面《めん》一個《ひとつ》が中心となって、芸術本位の親父《おやじ》や、虚栄心に富んだ近代式の娘などが作り出される事になったので……狂言の種を明せばそれだけです。頼家の最期は故《わざ》と蔭にしました。

仮面《めん》の事は私もよく知りませんが、藤原時代から鎌倉時代にかけて、十人の名人があって、世にこれを十作《じっさく》と唱えます。夜叉というのはその一人《いちにん》で、実は越前大野郡《えちぜんおおのごおり》の住人ですが、夜叉という名が面白いのでちょっとここへ借用しました。この夜叉王は徹頭徹《てっとうてつ》尾《び》芸術本位の人で、頼家が亡びても驚かず、娘が死んでも悲《かな》しまず、悠然として娘の断末《だんまつ》魔《ま》の顔を写生するというのが仕所《しどこ》で、最初《はじめ》から左団次を狙って書いたのですから多分巧く演《や》ってくれるだろうと思います。

姉娘を演《す》る優《ひと》のないには困りました。源之助で不可《いけず》、門之助で不可、何分にも適当の優《ひと》が見当らないので、結局寿美蔵《すみぞう》に廻りましたが、本来は宗之助か秀調《しゅうちょう》という所でしょう。寿美蔵は飛《とん》だ加役を引受けて気の毒です。

（五月五日）

我楽多玩具

私は玩具《おもちゃ》が好《すき》です、幾歳《いくつ》になっても稚気《ちき》を脱しない故《せい》かも知れませんが、今でも玩具屋の前を真直《まっすぐ》には通り切れません、ともかくも立停って一目《ひとめ》ずらりと見渡さなければ気が済まない位です。しかしかの清水晴風さんなどのように、秩序的にそれを研究しようなどと思ったことは一度もありません。ただぼんやりと眺めていればいいんです。玩具に向う時はいつもの小児《こども》の心です。むずかしい理窟なぞを考えたくありません。随って歴史的の古い玩具や、色々の新案を加えた贅《ぜい》な玩具などは、私としてはさのみ懐しいものではありません。何処《どこ》の店の隅にも転がっているような一山百文《ひゃくもん》式の我楽多玩具、それが私には甚《ひど》く嬉しいんです。

私の少年時代の玩具といえば、春は紙鳶《たこ》、これにも菅糸《すがいと》で揚《あ》げる奴凧《やっこだこ》がありましたが、今は廃《すた》れました。それから獅子、それから黄螺《ばい》。夏は水鉄砲と水出し、取分けて蛙の水出しなどは甚《ひど》く行われたものでした。秋は独楽《こま》、鉄銅《かねどう》の独楽にはなかなか高価《たか》いのがあって、その頃でも十五銭二十銭ぐらいのは珍らしくありませんでした。冬は鳶口《とびぐち》や纏《まとい》、これはやはり火事から縁を引いたものでしょう。四季を通じて行われたものは仮面《めん》です。今でもないことはありませんが、何処の玩具屋にも色々の面を売っていました。仮面《めん》には張子と土と木彫の三種あって、張子は一銭、土製は二銭八厘、木彫は五銭と決っていましたが、木彫はなかなか精巧に出来ていて、般若《はんにゃ》の仮面《めん》などは凄い位でした。私たちは狐や外道《げどう》の仮面《めん》をかぶって往来をうろうろしていたものです。そのほかには武器に関する玩具が多く、弓、長刀《なぎなた》、刀、鉄砲、兜、軍配団扇《ぐんばいうちわ》のたぐいが勢力を占めていました。私は九歳《ここのつ》の時に浅草の仲見世で諏訪《すわ》法性《ほっしょう》の兜を買ってもらいましたが、錣《しころ》の毛は白い麻で作られて、私がそれをかぶると背後《うしろ》に垂れた長い毛は地面に引摺《ひきず》る位で、外へ出ると犬が啣《くわ》えるので困りました。兜の鉢はすべて張子でした。概して玩具に、鉄葉《ブリキ》を用いることなく、すべて張子か土か木ですから、玩具の毀《こわ》れ易《やす》いこと不思議でした。槍や刀も木で作られていますから、少し打合うとすぐに折れます。竹で作ったのは下等品《かとうひん》としてあまり好まれませんでした。小さい者の玩具としては、犬張子、木兎《みみずく》、達摩《だるま》、鳩のたぐい、一々数え切れません、いずれも張子でした。

方々の縁日には玩具店《おもちゃや》が沢山出ていました。廉《やす》いのは択取《よりど》り百文、高いのは二銭八厘。なぜこの八厘という端銭《よせん》を附けるのか知りませんが、二銭五厘や三銭というのは決してありませんでした。天保銭《てんぽうせん》がまだ通用していた故《ゆえ》かも知れません。うす暗いカンテラの灯の前に立って、その縁日玩具をうろうろと猟《あさ》っていた少年時代を思い出すと、涙ぐましいほどに懐しく思われます。

私の玩具道楽、しかも我楽多玩具に趣味を有《も》っているのは、少年時代の昔を懐しむ心、それがどうも根本になっているようです。私が玩具屋の前に立った時、先《ま》ず眼につくのは旧式の我楽多玩具で、何だか昔の友に出逢ったような心持になります。実用新案の螺《ね》旋仕掛《じかけ》などには何の懐しみを有つことが出来ません。随って小児にまでも頭脳《あたま》が古いと侮《あなど》られますが、どうもこれは趣味の問題ですから已《や》むを得ません。旧式の張子の仮面《めん》などを手に把《と》ってじいっと眺めていると、ひどく若々しい心持になる時と、何とはなしに悲しくなる時と、その折々に因《よ》って気分の相違はありますけれども、いずれにしても、その玩具を通して少年時代の夢を忍ぶことは、私に取っては嬉しいことです、堪《たま》らないほどに懐しいことです。大人でないと笑われても、私はこの年になるまで、我楽多玩具と別れを告げることは出来ません。この頃は少しばかり人形を貰い集めていますけれど、これは道楽の余業で、ほんとうの道楽は一山百文式の我楽多玩具にあること勿論です。しかし時代の変遷で、その我楽多もだんだんに減って来るので困ります。大師《だいし》の達摩《だるま》、雑司《ぞうし》ケ谷《や》の薄《すすき》の木兎《みみずく》、亀戸《かめいど》の浮人形《うきにんぎょう》、柴又の括《くく》り猿《ざる》のたぐい、皆《みん》な私の見逃されないものです。買って来てどうするという訳《わけ》のものではありませんが、見るとどうも手が出したくなります。電車の中などでも薄の木兎などを担《かつ》いでいる人を見ると、何だか懐しくなって、声をかけてみたいように思うこともあります。

こういう意味ですから、私の道楽はその後何年経《た》っても進歩するはずはありません。根が研究的から出発しているのでありませんから、いわゆる「通」になるべきはずはありません。しかし我楽多玩具に対する私の趣味は、年を取るに随ってますます深くなるだろうと思っています。

拷問の話

天保五、午年の四月十二日に播州無宿の吉五郎が江戸の町方の手に捕われて、伝馬町の牢屋へ送られた。かれは通称を定蔵といって、先年大阪で入墨の上に重敲《じゅうたた》きの仕置をうけた者で、窃盗の常習犯人である。

大阪で仕置をうけてから、かれは同じく無宿の入墨者利吉、万吉、清七、勝五郎ら十一人と連れ立って江戸へ出て来た。かれらは二、三人または三、四人ずつ幾組にも分れて、馬喰町その他に宿を取って、江戸馴れない旅人の風をして窃盗や辻強盗や万引の悪事を働いていたのであるが、そのなかで証拠の最も歴然たるのは、日本橋人形町の小間物屋忠蔵方で鼈甲《べっこう》の櫛四枚をぬすみ取ったことであった。

吉五郎は万吉と清七と三人づれで忠蔵の店へ行って、鼻紙袋や烟草入《たばこい》れなどを注文した。色々の品物を出させてみて、あれかこれかと詮議した末に、どうも気に入ったものがないからといって、幾品かを新しく注文して手付の金をも置いて行ったのである。そうした掛合のあいだに彼らは鼈甲の櫛四枚をぬすんで出て、それを故買犯の芳吉というものに一枚一両ずつで売って、三人が四両の金を酒や女につかい果してしまった。それが発覚して、吉五郎が先《ま》ず捕われたので、万吉と清七は姿をかくした。他の同類もあわててゆくえを晦《くら》ました。四月十二日に入牢して、吉五郎は北町奉行榊原主計頭《かずえのかみ》の吟味をうけることになったが、他の同類がひとりも挙げられていないので、かれはあくまでもその犯罪を否認した。

芳吉が彼らから買い取った四枚の櫛のうちで、二枚は遠州掛川宿へ積み送るつもりで他の品物と一所《いっしょ》に柳行李に詰め込み、飛脚問屋佐右衛門方へ托しておいたのを、町方の手で押収された。その櫛はたしかに自分の店でぬすみ取られたものに相違ないと被害者の忠蔵は証明した。それでも吉五郎はやはりそれを否認しているので、更に小間物屋の手代の徳次ら外一人をよび出して、突きあわせの吟味を行うと、手代どもは確かに彼に相違ないと申立てた。それで吉五郎も一旦《いったん》は屈伏したが、あくる日になるとまたその申口をかえて、自分にはそんな覚えはない、同類の勝五郎というものの面体が自分によく似ているから、手代どもはおそらくそれを見あやまったのであろうと申立てた。しかも彼は常習犯の入墨者であって故買犯の芳吉も彼から買い取ったと白状し、小間物屋の手代共も彼に相違ないと申立てているのであるから、吉五郎の弁解は到底聞きとどけられるはずがなかった。ことに一旦は屈伏しながら、更にその申口を更えたのであるから、奉行は勿論吟味方の役人たちも全然その申立を信用しなかった。それればかりでなく、かれがある夜ひそかに牢抜けを企てたことが発覚したので、かれの罪はいよいよ疑うべからざることに決められてしまった。

それでも彼は自白しなかった。本人が伏罪しない以上、この時代では容易に仕置をすることが出来ないので、奉行所では先例によって彼を拷問することになった。しかし罪人を拷問して自白させるというのは吟味方の名誉でない。口頭の吟味で罪人を屈伏させる力がないので、よんどころなく拷問を加えて、無理強いに屈伏させたということになっては、自分たちの信用にも関するので、奉行所ではなるべく拷問を避けることになっている。芝居や講談にはややもすると拷問の場が出るが、諸大名の領地は知らず、江戸の奉行所では前にいったような事情で甚だしく拷問を嫌うことになっている。あの町奉行は在職何年のあいだに何回の拷問を行ったといわれると、その回数が多ければ多いほど、彼の面目を傷《きずつ》けることにもなるので、よくよくの場合でなければ拷問を行わないことにしているのであるが、相手が強情でどうしても自白しない場合には、否《いや》でも応《おう》でも拷問を行う外はない。証拠の材料も揃い、証人もあらわれて、それでも相手が強情を張っているかぎりは、ほかに仕様もないのである。

わが国にかぎらず、どこの国でも昔は非常に惨酷な責道具を用いたのであるが、わが徳川時代になってからは、拷問の種類は笞打《むちうち》、石抱《いしだ》き、海老責《えびぜめ》、釣《つる》し責《ぜめ》の四種にかぎられていた。かの切支丹《きりしたん》宗徒に対する特殊の拷問や刑罰は別問題として、普通の罪人に対しては右の四種のほかにその例を聞かない。しかも普通に行われたのは笞打と石抱きとの二種で、他の海老責と釣し責とは容易に行わないことになっていた。前の二種は奉行所の白洲で行われたが、他の二種は牢内の拷問蔵《ごうもんぐら》で行うのを例としていた。世間では普通に拷問と呼んでいるが、奉行所の正しい記録によると、笞打、石抱き、海老責の三種を責問《せめもん》、または牢問《ろうど》いと云い、釣し責だけを拷問というのである。しかし世間の人ばかりでなく、奉行所関係の役人たちでも正式の記録を作製する場合は格別、平常はやはり世間並にすべて拷問と称していたらしい。

いよいよ拷問と決しても、すぐにその苦痛を罪人にあたえるものではない。吟味与力は罪人をよび出して今日はいよいよ拷問を行うぞという威嚇的の警告をあたえ、なるべくは素直に自白させるように努めるのであるが、それでも本人があくまでも屈伏しない場合には、係り役人は高声にかれの不心得を叱りつけて、さらに初めて拷問に着手するのである。しかもその拷問はなるべく笞打と石抱きとにとどめておく方針であるから、先ず笞打を行い、それでも屈伏しないものに対しては更に石抱きを行うのであるが、あまり続けさまに拷問を加えると落命する虞《おそれ》があるので、よくよく不敵の奴と認めないかぎりは、同時に二つの拷問を加えないことになっていた。

吉五郎はその年の七月二十一日に第一回の拷問をうけた。かれが常習犯の盗賊であるのと、その体格が逞《たくま》しくみえたのとで、彼は一度に笞打と石抱きとの拷問を加えられたが、歯を食いしばり、口を閉じて、とうとう一言も白状しなかったので、その日はそのままで牢屋へ下げられた。笞打は罪人の肌をぬがせ、俗にいう拷問杖でその肩を打つのである。杖は竹切れ二本を心にして、それを麻でつつみ、更にその上を紙の観世捻《かんぜよ》りで巻きあげたもので、二、三回も打ちつづけられると大抵の者は皮肉が破れて血が流れる。牢屋の下男はすぐにその疵口《きずぐち》に砂をふりかけて血止めをして、打役の者がまたもや打ちつづけるのである。いかに強情我慢の者でも二百回以上は堪えられないので、普通は打つこと百五、六十回にして止めることになっている。そのあいだに、打役は「申立てろ、白状しろ」と絶えず責め問うのであるが、相手があくまでも口を閉じている以上、そのままにして中止するの外はない。吉五郎はこれだけの笞打をうけた後に、更に石を抱かされたのである。石抱きは十露盤板《そろばんいた》と称する三角形の板をならべた台のうえに罪人を坐らせて、その膝のうえに石の板を積むので、石は伊豆石にかぎられ、長さ三尺、厚さ三寸、目方は一枚十三貫である。吉五郎はその石五枚を積まれたが、やはり強情に黙っていた。

元来、徳川時代の拷問はいかなる罪人に対しても行うことを許されていない。それは死罪以上に相当すると認められた罪人にのみ限られている。即ち所詮は殺すべき罪人に対してのみ拷問を行うことを許されているのであるから、拷問の際にあやまって責め殺しても差支えないことになっているが、その罪状の決定しないうちに本人を殺してしまうことは努めて避けなければならない。前にもいう通り、拷問を加えるということが已《すで》に係り役人の不面目であるのに、更に未決のうちに責め殺してしまったとあっては、いよいよ彼らの不名誉をかさねる道理であるから、かれらは一面に惨酷の拷問を加えていながらに、一面には罪人を殺すまいと思っている。その呼吸を呑み込んでいる罪人は、自分の体力の堪え得るかぎりはあくまでもその苦痛を忍んで強情を張り通そうとするのである。吉五郎もその一人であった。彼は生に対する強い執着心からこうして一日でも生きていようとしたのか、あるいは召捕または吟味の際に係り役人に対して何かの強い反感をいだいて、意地づくでも白状しまいと覚悟したのか、それは判らない。しかし彼が冤罪《えんざい》でないことは明白であった。

吉五郎は八月十一日によび出されて、第二回の拷問をうけた。それは前回とおなじく、笞打(記録には縛《しば》り敲《たた》きとある。笞打と同意義である)のほかに石五枚を抱かされたが、かれはやはり問に落ちなかった。第三回は九月十六日で、かれは笞打のほかに石六枚を抱かされた。第四回は同月十九日で、笞打ほかに石七枚を抱かされた。拷問の回数のすすむにしたがって、石の数がだんだんと殖《ふ》えてくるのであった。

第五回は十月二十一日で、例のごとく拷問に取りかかろうとする時、かれは俄《にわか》に「申上げます、申上げます」と叫んだ。そうして、自分の罪状を一切自白したので、拷問は中止された。彼はそのままで牢屋へ下げられた。これで彼の運命は一旦定まったのであるが、間もなく病気にかかったという牢屋医者からの届け出があったので、その仕置は来春まで延期されて、かれは暗い牢獄のなかで天保六年の春を迎えた。

三月になって、かれの病気は全快した。それと同時に、彼は去年の申口をかえて、更に再吟味をねがい出た。かれは去年、小間物屋の手代と突き合せ吟味のときに、一旦屈伏したにもかかわらず、更にその申口をかえて拷問をうけたのである。そうして、第五回の拷問前に再び屈伏したにもかかわらず、またもやその申口を変えようとするのである。しかも本人が押して再吟味を願い立てる以上、無理押し付けにそれを処分することも出来ないので、奉行所ではあくまでも強情な彼のために、かさねて裁判を開くことを余儀なくされたが、そういう厄介な罪人に対しては係り役人らの憐愍も同情もなかった。吉五郎は吟味の役人に対して、先度の御吟味があまりに手痛いので自分は心にもない申立をいたしたのであるが、小間物屋の一条は一切おぼえのないことで、それは同類の勝五郎の仕業に相違ないと訴えたが、役人たちは殆《ほと》ど取合わなかった。

かれはすぐに第二回の拷問を繰返すことになって、笞打のほかに石八枚を抱かされた。強情に彼はこれまでの経験があるので、七枚までは眼をとじて堪えていた。大抵のものは五枚以上積めば気をうしなうのである。七枚のうえに更に一枚を積まれたときに、吉五郎もさすがに顔の色が変って来て、総身の肌がことごとく青くなった。こうして一時(今の二時間)あまりもそのままにしておかれるうちに、かれは眠ったようにうっとりとなってしまったので、その日の拷問はそれで終った。それは四月九日のことで、つづいて十一日の第五回の拷問が行われた。それも笞打と石抱きとで、石はやはり八枚であった。石がだんだんに積まれて八枚になった時に、かれは気をうしなったようにみえたので、役人は注意してその顔色をうかがっていると、彼は眼を細くあけて役人の方をそっと見た。かれは仮死を粧《よそお》って拷問を中止させようとする横着物であることを役人たちはちらと看破して、決してその拷問をゆるめはしなかった。彼は二時あまりも石を抱かされていたが、遂に恐れ入らなかった。

つづいて十三日に第六回の拷問を行われた。もうこうなると、役人と罪人の根くらべである。この時も笞打と石八枚で、吉五郎はやはり強情我慢を張り通した。九日から十三日までの五日間につづけて三回の拷問をうけながら、彼はちっとも屈しないのは、もしや口中に何かの薬を含んでいるのではないかと役人はその口を無理に開かせて、上下の歯のあいだを一々にあらためた。牢内の習慣で、拷問をうける罪人があるときは、牢名主その他の古顔の囚人どもが彼に対して色々の注意をあたえ、拷問に堪え得る工夫を教えて、たとい責め殺さるるまでも決して白状するなと激励するのである。そればかりでなく、あるいは口中に毒を含ませて遣《や》る。殊《こと》に梅干の肉は拷問のあいだに喉の渇きを助け、呼吸を補い、非常に有効であると伝えられているので、往々それを口にして白洲へ出るものがある。吉五郎もその疑いで口中の検査をうけたが、別にそれらしい形跡も発見されなかった。彼は引きつづく拷問でよほど疲労したらしくみえるので、それから一ヵ月ばかりのあいだは吟味を中止された。あまり頻繁に拷問をつづけると、彼を責め殺す虞があるからであった。

　五月十八日に彼は第八回の吟味をうけたが、勿論白状しそうもみえないので、またもや拷問にかけられた。今度も笞打と石抱きとであったが、石の数は一枚殖えて九枚となった。それでも彼はとうとう堪え通した。綿のように疲れきって牢屋に帰ってくると、名主や役附の者どもは彼の剛胆を褒《ほ》めそやして、総がかりで介抱してやった。気の弱い罪人は一回の拷問で問い落されるのが多い、大抵の強い者でも先ず五、六回が行き止りであるのに、吉五郎は已《すで》に八回までも堪え通したのであるから、牢内では立派な男として褒められた。

奉行所では根気よくこの強情な罪人を調べなければならなかった。他の公事《くじ》が繁多のために、六月中は中止されて、七月一日からまたもや吉五郎の吟味をはじめた。係りの役人たちもあせってきたのであろう。かれは一日から八日までのあいだ殆ど隔日の拷問をうけた。前後八回で、やはり笞打と石九枚ずつであった。越えて二十七日には笞打と石七枚、それでも彼はちっとも屈しないので、八月十八日には更に手ひどい拷問を加えられた。この日は笞打なしで、単に石七枚だけであったが、その代りに昼四つ時(午前十時)から夕七つ(午後四時)まで重い石を置かれていた。このおそろしい根くらべにも打ち勝って、かれは無事に牢内へ戻って来て、他の囚人どもを驚かした。第一回以来、かれは前後十八回の拷問をうけながら遂に屈伏しないというのは、伝馬町の牢獄が開かれてから未曾有のことで、拷問に対して実に新しいレコードを作ったのであるから、かれは石川五右衛門の再来として牢内の人気を一身にあつめた。

未決の囚人であるから、かれはいわゆる役附の待遇をうけるわけには行かなかったが、実際はその以上に優遇された。牢名主の声がかりというので、彼は普通の囚人とは全然別格の待遇をうけて、他の囚人どもを手下のように使役するばかりでなく、三日に一度ぐらいは鰻飯などを食って贅沢に生活していた。たびたびの拷問をうけて、かれは定めて疲労衰弱したであろうと想像されるが、実際はそれと反対で、彼はますます肥満して入牢前よりは寧《むし》ろ壮健であるらしくみえた。生来虚弱の者は格別、壮健の者が幾回の拷問を凌いでくれば、いよいよ頑丈な体質になるものであると牢内ではいい伝えている。吉五郎はますます壮健になって、牢内の人気役者となって、新しい手拭を使って、うなぎ飯を食って、大威張りで日を送っていたのであった。

かれが最初に強情を張っているのは、一日でも生き延びようとする執着心か、あるいは係りの役人たちに対する一種の反感から湧いて来た意地ずくか、いずれはそんなものであったらしいのであるが、今日の彼は寧ろ一種の虚栄心ともいうべきものに支配されていた。一回でも拷問を堪えれば堪えるほど、かれの器量が上《あが》るのである。石川五右衛門の値打が加わるのである。牢内の者にも讃美され、優遇されるのである。所詮大罪は逃れぬと覚悟している以上、責め殺されるまでも強情を張り通して、自分の器量をあげた方がいいと考えたのは、彼として自然の人情であったともいえる。ただその拷問の苦痛に堪え得るか否かというのが問題であった。

こういうたぐいの罪人に対しては、理非をいい聞かせても無駄である。普通の拷問を加えても無効である。奉行所ではかれに対して更に惨酷なる拷問を加えることになって、九月二十二日には笞打のほかに海老責を行った。海老責は罪人を赤裸にして、先ず両手をうしろに縛りあげ、からだを前にかがめさせて、その両足を組みあわせて厳しく引っ縛り、更にその両足を頤《あご》にこすり付くまでに引きあげて、肩から背にかけて縛りつけるのであるから、彼は文字通りに海老のような形になって、押潰されたように平《へ》た張《ば》り伏しているのである。この拷問をうけるものは、はじめは惣身が赤くなり、更に暗紫色に変じて冷汗をしきりに流し、それがまた蒼白に変じるときは即ち絶命する時であるといい伝えられているので、皮膚に蒼白の色を呈するのを合図にその拷問を中止することになっていた。吉五郎はこの試錬をも通過して、無事に牢内に帰った。かれが今日は海老責に逢うことを牢屋附の下男の内報によって、牢内でも薄々承知していたので、ひそかにその安否を気配っていると、かれは問い落されもせず、責め殺されもせず、弱りながらも無事に帰って来たので、牢内の者どもは跳《おど》りあがって喜んだ。吉五郎は凱旋の将軍のように歓迎された。

十一月十一日、第二十回の拷問が行われて、かれは笞打のほかに石八枚を抱かされた。つづいて十二月二日には海老責に逢った。しかもかれが依然として屈伏しないこと勿論であった。それでこの年も未決のままに過ぎてしまって、吉五郎は牢内で第二回の春を迎えた。あくれば天保七の申年である。二月十三日に第二十二回の吟味が開かれて、かれは笞打と石九枚の拷問にかかった。三月二日には笞打と石十枚、四月四日には笞打と石九枚、それもみな無効に終った。かれは自ら作った拷問十八回のレコードを破って、更に二十四回の新レコードを作ったのであった。

四月十一日、奉行所ではいよいよ最後の手段として、かれに対して釣り責を行うことになった。まえにもいう通り、今までの笞打、石抱き、海老責は正式にいう拷問ではない。今度の釣し責が真の拷問である。牢問二十四回にしてなお屈伏しない罪人に対して、奉行所では初めて真の拷問を加うることになったのである。釣り責は青細引で罪人の両手をうしろに縛って、地上より三寸六分の高さまで釣りあげるのである。法は頗《すこぶ》る簡単のようであるが、責めらるる者に取ってはこれが最大の苦痛であるという。吉五郎は十一日と二十一日にこの拷問をうけた。これで最初から二十六回となるわけである。しかも彼は依然として屈伏しないばかりか、更に疲労衰弱のけしきも見えないので、係りの役人たちもほとほと持余《もてあま》してしまった。さりとてみすみすその罪状明白なる罪人をそのままに打捨てておくわけにも行かないので、奉行所では会議の結果、更に最後の手段を取ることになった。

最後の手段とは、かれが自白の有無にかかわらず、かれに対して裁判を下すのである。今日でいう認定裁判で、江戸時代ではこれを察斗詰《さとづめ》といった。しかし未決の罪人を察斗詰に行うのは滅多にその例がないことで、奉行一人の独断で取計うことは出来なかった。

それはどうしても老中の許可を得なければならないので、吟味掛りの与力一同からそれぞれに意見書を呈出した。いずれも今日までの吟味の経過を詳細に書きあげて、所詮は察斗詰に行うのほかはありますまいというのであった。

江戸の町奉行所で察斗詰の例は極めて稀であった。士分の者にはその例がない、町人でも享保以後わずかに二人に過ぎないという。そういう稀有の例であるから、老中の方でも最初は容易に許可しそうにも見えなかったが、再三評議の末にいよいよそれを許可することになった。足かけ三年越しの裁判もここに初めて落着して、五月二十三日、播州無宿の吉五郎は死罪を申付けられた。察斗詰に対して、罪人が故障を申立てることは出来ないので、いかに強情我慢の彼もその申渡しに服従するの外はなかった。

しかし所詮は察斗詰であって、彼自身の白状ではない。かれは最後まで拷問に屈しなかったのである。牢内で役附の者どもは彼の最後を飾るべく、新しい麻の帷子《かたびら》に新しい汗襦袢《あせじゅばん》と新しい帯と新しい白足袋とを添えて贈った。吉五郎はその晴衣を身につけて牢内から牽き出されると、それを見送る囚人一同は、日本一、親玉、石川五右衛門と、あらゆる讃美の声々をそのうしろから浴せかけた。

(この話は北町奉行所の与力であった佐久間長敬翁の教《おしえ》によるところが多い。ここにそれを断っておく。筆者)

かたき討雑感

◇

わが国古来のいわゆる「かたき討《うち》」とか、「仇討《あだうち》」とかいうものは、勿論それが復讎《ふくしゅう》を意味するのではあるが、単に復讎の目的を達しただけでは、かたき討とも仇討とも認められない。その手段として我が手ずから相手を殺さなければならない。他人の手をかりて相手をほろぼし、あるいは他の手段を以て相手を破滅させたのでは、完全なるかたき討や仇討とはいわれない。真向正面から相手を屠《ほふ》らずして、他の手段方法によって相手をほろぼすものは寧《むし》ろ卑怯として卑《いやし》められるのである。

これは我が国風《こくふう》でもあり、第一には武士道の感化でもあろうが、それだけに我がかたき討なるものが甚だ単調になるのは已《や》むを得ない。なにしろ復讎の手段がただ一つしかないとなれば、それが単調となり、惹《ひ》いて平凡浅薄となるのも自然の結果である。我がかたき討に深刻味を欠くのはそれがためであろう。かたき討といえば、どこかで相手をさがし出して、なんでも構わずに叩っ斬ってしまえばいい。ただそれだけのことが眼目では、今日の人間の興味を惹きそうもないように思われるので、わたしは今まで仇討の芝居というものを書いたことがなかった。

この頃、この『歌舞伎』の誌上で拝見すると、木村錦花氏は大いにこのかたき討について研究していられるらしい。どうか在来の単調を破るような新しい題材を発見されることを望むのである。

◇

わが国のかたき討なるものは、いつの代《よ》から始まったか判らないらしい。普通は曾我兄弟の仇討を以て記録にあらわれたる始めとしているようであるが、もしかの曾我兄弟を以てかたき討の元祖とするならば、寧《むし》ろ工藤祐経《くどうすけつね》を以てその元祖としなければなるまい。工藤は親のかたきを討つつもりで、伊東祐親《いとうすけちか》の父子《おやこ》を射させたのである。祐親を射損じて、せがれの祐安《すけやす》だけを射殺したというのが、そもそも曾我兄弟仇討の発端であるから、十郎五郎の兄弟よりも工藤の方が先手であるという理窟にもなる。

それからまた、文治《ぶんじ》五年九月に奥州の泰衡《やすひら》がほろびると、その翌年、すなわち建久元年の二月に、泰衡の遺臣大河次郎重任《おおかわじろうしげとう》(あるいは兼任《かねとう》という)が兵を出羽《でわ》に挙げた。その宣言に、むかしから子が親のかたきを討ったのはある、しかも家来が主君の仇《あだ》を報いたのはない。そこで、おれが初めて主君のかたき討をするのであるといっている。勿論かれは奥州の田舎侍で、世間のことを何にも知らず、勝手の熱を吹いているのであるが、その建久元年といえば曾我兄弟の復讎以前——曾我の復讎は建久四年——である。その当時当時の彼が昔から親のかたきを討った者はあると公言しているのを見ると、曾我兄弟以前にもその種のかたき討はいくらもあったらしい。家来のかたき討も大河次郎が始めではない。

いずれにしても、昔のかたき討は一種の暗殺か、あるいは吊合戦《とむらいがっせん》といったようなもので、それがいわゆる「かたき討」の形式となって現れて来たのは、元亀天正《げんきてんしょう》以後のことであるらしい。殊《こと》に徳川時代に入《い》っていよいよ盛《さかん》になったのは誰《たれ》も知る通りである。しかもそれが最も行われたのは享保《きょうほう》以前のことで、その後はかたき討もよほど衰えた。

幕府の方針として、かたき討を公然禁止したわけではないが、決して奨励してはいなかった。なるべくは私闘を止めさせたいのが幕府の趣意であった。しかも已《すで》にかたき討をしてしまった者に対しては別に咎《とが》めるようなこともなかったから、やはりかたき討は絶えなかったのである。

◇

幕府直轄の土地には殆《ほとん》どその例を聞かないようであるが、藩地ではかたき討の願書を差出して許可されたのもあるらしい。それについて毎々議論の出ることは、ここに一定の場所を定め、竹矢来などを結いまわして仇討の勝負をさせる。その場合にかたきの方が勝ったらばどうなるかということである。已にかたき討を許可した以上、一方が返り討にされては困る。どうしても仇の方を負けさせなければならない。

それがために、その前夜はかたきの方を眠らせないとか、あるいは水盃《みずさかずき》に毒を入れて飲ませるとか、種々の臆説を伝える者もあるが、そんなことはしなかったに相違ない。万一かたきが勝った場合には、その藩中で腕におぼえのある者が武士は相身互い、義によって助力するとかいって斬って来る。首尾よくそれを斬伏せたところで、入れ代って二番手三番手が撃ち込んで来れば、結局疲れて仆《たお》れるにきまっている。こんなわけで、已にかたきという名を附けられた以上、たとい相手をかえり討にしても、生きて還されないことになっているらしい。

しかし芝居や講談にあるような、竹矢来結いまわしのかたき討などは実際めったにながったであろう。幕末になっては、幕臣は勿論、各藩士といえども、かたき討のために暇《いとま》を願うということは許されなかった。わたしの父の知人で、虎の門の内藤家の屋敷にいる者が朋輩《ほうばい》のために兄を討たれた。かたきはすぐに逐電《ちくでん》したので、その弟からかたき討のねがいを差出したが、やはり許可されなかった。ただし兄の遺骨をたずさえて帰国することを許された。内藤家の藩地は日向の延岡であるが、その帰国の途中、高野山その他の仏寺を遍歴参拝することは苦しからずということであった。要するに仏事参拝にかこつけて、かたきのゆくえ捜索を黙許されたもので、それは非常の恩典であると伝えられたそうである。それとても江戸から九州までの道筋に限られていることで、全然方角ちがいの水戸や仙台へは足を向けられないわけであった。果してそのかたきは知れずに終った。

◇

錦花氏のいわれた通り、亀山の仇討は元禄曾我と唄われながらもその割に栄《は》えないのは、石井兄弟のために少しく気の毒でもある。しかもそういう意味の幸不幸は他にいくらもある。現に浄瑠璃坂の仇討のごときは、それが江戸の出来事でもあり、多人数が党を組んでの討入りでもあり、現に大石内蔵助の吉良家討入りは浄瑠璃坂の討入りを参考にしたのであると伝えられている位であるが、どうもそれがぱっとしない。事件が京阪に関係がないので、浄瑠璃坂も浄瑠璃に唄われず、人形にも仕組まれず、闇から闇へ葬られた形になってしまった。よし原の秋篠なども芝居になりそうでならない。もっとも「女郎花由縁助刀《おみなえしゆかりのすけだち》」という丸本《まるほん》にはなっているが、芝居や講談の方には採用されず、したがってあまりに知られていないらしい。

なんといっても、かたき討は大石内蔵助と荒木又右衛門に株を取られてしまったので、今更どんな掘出し物をしても彼らを凌ぐことはむずかしい。大石には芸州の浅野が附いている、荒木には備前の池田が附いている。こういう大大名《おおだいみょう》のうしろ楯《だて》を持っている彼らのかたき討よりも、無名の匹夫《ひっぷ》匹婦《ひっぷ》のかたき討には幾層倍《いくそうばい》の艱難辛苦《かんなんしんく》が伴っていることと察しられるが、舞台の小さいものは伝わらない。勿論、かれらは名のために仇討をしたのではあるまいが、第三者から見れば何だか気の毒のようにも感じられるのが沢山ある。

半七捕物帳の思い出

初めて「半七捕物帳」を書こうと思い付いたのは、大正五年の四月頃とおぼえています。そのころ私はコナン・ドイルのシャアロック・ホームスを飛び飛びには読んでいたが、全部を通読したことがないので、丸善へ行ったついでに、シャアロック・ホームスのアドヴェンチュアとメモヤーとレターンの三種を買って来て、一気に引きつづいて三冊読み終ると探偵物語に対する興味が油然《ゆうぜん》と湧き起って、自分もなにか探偵物語を書いてみようという気になったのです。勿論その前にもヒュームなどの作も読んでいましたが、わたしを刺戟したのはやはりドイルの作です。

しかしまだ直《すぐ》には取りかかれないので、更にドイルの作を猟《あさ》って、かのラスト・ギャリーや、グリーン・フラグや、キャピテン・オブ・ポールスターや、炉畔物語《ろはんものがたり》や、それらの短篇集を片端《かたはし》から読み始めました。しかし一方に自分の仕事があって、その頃は『時事新報』の連載小説の準備もしなければならなかったので、読書もなかなか捗取《はかど》らず、最初からでは約一月を費して、五月下旬にようやく以上の諸作を読み終りました。

そこで、いざ書くという段になって考えたのは、今までに江戸時代の探偵物語というものがない。大岡政談や板倉政談はむしろ裁判を主としたものであるから、新《あらた》に探偵を主としたものを書いてみたら面白かろうと思ったのです。もう一つには、現代の探偵物語をかくと、どうしても西洋の摸倣に陥《おちい》り易《やす》い虞《おそ》れがあるので、いっそ純江戸式に書いたらば一種の変った味のものが出来るかも知れないと思ったからでした。幸いに自分は江戸時代の風俗、習慣、法令や、町奉行、与力、同心、岡っ引などの生活に就ても、一通りの予備知識を持っているので、まあ何とかなるだろうという自信もあったのです。

その年の六月三日から、先《ま》ず「お文《ふみ》の魂《たましい》」四十三枚をかき、それから「石灯籠」四十枚をかき、更に「勘平の死」四十一枚を書くと八月から『国民新聞』の連載小説を引受けなければならない事になりました。『時事』と『国民』、この二つの新聞小説を同時に書いているので、捕物帳はしばらく中止の形になっていると、そのころ『文芸倶楽部《ぶんげいくらぶ》』の編輯主任をしていた森暁紅《もりぎょうこう》君から何か連載物を寄稿しろという註文があったので、「半七捕物帳」という題名の下《もと》に先ず前記の三種を提出し、それが大正六年の新年号から掲載され始めたので、引きつづいてその一月から「湯屋の二階」「お化師匠《ばけししょう》」「半鐘の怪」「奥女中」を書きつづけました。雑誌の上では新年号から七月号にわたって連載されたのです。

そういうわけで、探偵物語の創作はこれが序開《じょびら》きであるので、自分ながら覚束《おぼつか》ない手探りの形でしたが、どうやら人気にかなったというので、更に森君から続篇をかけと註文され、翌年の一月から六月にわたってまたも六回の捕物帳を書きました。その後も諸雑誌や新聞の註文をうけて、それからそれへと書きつづけたので、捕物帳も案外多量の物となって、今まで発表した物語は約四十種あります。

半七老人は実在の人か――それについてしばしば問いあわせを受けます。勿論、多少のモデルがないでもありませんが、大体に於て架空の人物であると御承知ください。おれは半七を識《し》っているとか、半七のせがれは歯医師であるとか、あるいは時計屋であるとか、甚だしいのはおれが半七であると自称している人もあるそうですが、それは恐く同名異人で、わたしの捕物帳の半七老人とは全然無関係であることを断っておきます。

前にもいった通り、捕物帳が初めて『文芸倶楽部』に掲載されたのは大正六年の一月で、今から振返ると十年あまりになります。その『文芸倶楽部』の誌上に思い出話を書くにつけて、今更のように月日の早いのに驚かされます。

妖怪漫談

このごろ少しく調べることがあって、支那の怪談本——といっても、支那の小説あるいは筆記のたぐいは総てみな怪談本といっても好いのであるが——を猟《あさ》ってみると、遠くは『今昔物語』、『宇治拾遺物語』の類から、更に下って江戸の著作にあらわれているいる我国の怪談というものは、大抵は支那から輸入されている。それは勿論、誰でも知っていることで、私自身も今はじめて発見したわけでもないが、読めば読むほどなるほどそうだということがつくづく感じられる。

わたしは支那の書物を多く読んでいない。支那文学研究者の眼から看《み》たらば、殆《ほとん》ど子供に等しいものであろう。その私ですらもこれだけの発見をするのであるから、専門の研究者に聞いてみたらば、我国古来の怪談はことごとく支那から輸入されたもので、我が創作は殆どないということになるかも知れない。

時代の関係上、鎌倉時代の産物たる『今昔物語』その他は、主として漢魏、六朝、唐、宋の怪談で、かの『捜神記』、『酉陽雑俎《ゆうようざっそ》』、『宣室志』、『夷堅志』、などの系統である。室町時代から江戸時代の初期になると、元明の怪談や伝説が輸入されて元の『輟耕録《てっこうろく》』や、明の『剪灯新話《せんとうしんわ》』などの系統が時を得て来たのである。清朝の書物はあまりに輸入されなかったが、あるいは時代の関係からか、康熙乾隆嘉慶にわたって沢山の著書があらわれているにもかかわらず、江戸時代の怪談にはかの『聊斎志異《りょうさいしい》』を始めとして、『池北偶談』や『子不語』や『閲微草堂筆記』などの系統を引いているものは殆ど見られないようである。大体に於て、わが国の怪談は六朝、唐、五代、宋、金、元、明の輸入品であるといって好かろう。

そこで、いやしくも著作をするほどの人は、支那の書物も読めたであろうが、かの伝説のごときは誰が語り伝えて世に拡《ひろ》めたものか。交通の多い港のような土地には、支那に往来した人も住んでいたであろうし、または来船の支那人から直接に聞かされたのもあろうが、交通の不便な山村僻地にまでも支那の怪談が行き渡って、そこに種々の伝説を作り出したということは、今から考えると不思議のようでもあるが、事実はどうにも枉《ま》げられないのである。

支那では神仙怪異の事という。しかもその神仙のうちで、仙人の話はあまり我国に行われていない。勿論、仙人という言葉もあり、またその事実も伝えられてはいるが、その類例は甚だ少い。仙人はわが国に多く歓迎されなかったと見える。仙人を羨むなどという考えはなかったらしい。支那で最も多いのは、幽鬼、寃鬼《えんき》即ち人間の幽霊であるが、我国でも人間の幽霊話が最も多いようである。同じ幽霊でも幽鬼は種々の意味でこの世に迷って出るのであるが、寃鬼は何かの恨があって出るに決まっている。わが国には幽鬼も寃鬼も多い。それは支那と同様である。

我国では死人に魔がさして踊り出すとかいって、専らそれを猫の仕業と認めている。支那にも同様の伝説があるがまた別に僵尸《きょうし》とか走尸《そうし》とかいうものがある。これは死人が棺を破って暴れ出して、むやみに人を追うのであるが、さのみ珍しくない事とみえて、こういう話がしばしば伝えられている。年を経た死体には長い毛が生えているなどという。我国にはこんな怪談はあまり聞かないようである。

幽霊に次いで最も多いのは狐の怪である。支那では狐というものを人間と獣類との中間に位する動物と認めているらしい。従って、狐は人間に化けるどころか、修煉《しゅうれん》に因《よっ》ては仙人ともなり、あるいは天狐などというものにもなり得ることになっている。我国では葛の葉狐などが珍しそうに伝えられているが、あんな話は支那には無数というほどに沢山あって、勿論支那から輸入されたものである。狐に次いではやはり蛇の怪が多い。我国では蛇が女に化けたというのが多く、そうして何か執念深いような話に作られている。支那でもかの『西湖佳話《せいこかわ》』のうちにある雷峰怪蹟の蛇妖のごときは、上田秋成の『雨月物語』に飜案された通りであるが、比較的に妖麗な女に化けるというのは少い。その多くは老人か、偉丈夫に化けて来るのであって、寧《むし》ろ男性的である。そうして、その正体は蛇蟒《だもう》とか、蚺蛇《ぜんだ》とかいうような巨大な物となって現れるのである。我国でもかの八股《やまた》の大蛇《おろち》や九州の緒形三郎の父の伝説の如きは、この男性的の系統を引いているらしいが、大体に於て支那の蛇妖は男性的、我国の蛇妖は女性的が多い。

そこで、支那と我国との怪談の相違を求めると、狐狸と一口にいうものの支那では狸の化けたということは比較的少い。決して絶無というわけではなく、老狸の怪談も多少伝えられてはいるが、狐とは比較にならないほどに少い。狸の怪談は我国の方が普遍的であるらしい。もっとも支那では熊が化ける、猿が化ける、猪が化ける、鹿が化ける、兎が化ける、犬が化ける、猫が化けるというわけで、大抵の動物はみな化けるのであるから、狸ばかりが特に跋扈《ばっこ》することを許されないのかも知れない。前にもいう通り、猫も勿論化けるのであるが、我国の猫騒動などというような大掛りの怪談はない。我国では、ややもすれば「化け猫」などという言葉を用いるが、支那では猫を怪物とは認めていないらしい。狸と猫は我国に於て、特に化物扱いをされてしまったのである。

生れ変るというのは別問題として、支那では人間が生きながら他の動物に変ずるという怪談が頗《すこぶ》る多い。殊《こと》に虎に変ずる例が多い。『捜神記』には女が海亀に変じたという話もある。我国には虎が棲《す》まないために、虎の怪談は絶無であるが、さりとて生きながら他の動物に変じたという怪談も少いようである。

支那でも河童《かっぱ》というものを全然否認してはいないで、水虎などという名称を与えているのであるが、河童の怪談などは殆ど聞えない。それに似たような怪談は獺《かわうそ》か亀のたぐいが名代を勤めているようである。河童の正体は恐らく、すっぽんであろうと察せられるが、どうしてそれが河童として、日本全国に拡められたのか、これだけは殆ど我国の独占といってよい。それに反して、竜は支那の専売である。我国でもたつといい、竜巻きなどともいうが、竜に関する怪異を説いた人は少い。畢竟《ひっきょう》は竜に類する鰐魚《がくぎょ》や、巨大な海蛇などが棲息しないためであろうと思われる。

支那には魚妖の話がしばしば伝えられている。魚類が男に化け女に化けて種々の妖をなすのであるが、これも我国には稀れである。支那に鮫人《こうじん》の伝説はあるが、人魚の話はない。ただ一つ『徂異記《そいき》』のうちに高麗へ使する海中で、紅裳を着けた婦人を見たと伝えている。我国でも西鶴の『武道伝来記』に松前の武士が人魚を射たという話を載せているが、他には人魚の話を書いたのは少く、人魚という名が遍《あまね》く知られている割合に、その怪談は伝わっていないらしい。

支那にも、我国にも怪鳥という言葉はあるが、さて何が怪鳥であるかということは明瞭でない。普通に見馴れない怪しい鳥を怪鳥ということにしているらしい。我国では、先ず鵺《ぬえ》や五位鷺《ごいさぎ》を怪鳥の部に編入し、支那では鵂鶹《きゅうし》を怪鳥としている。鵂鶹は鷹に似てよく人語をなし、好んで小児の脳を啖《くら》うなどと伝えられている。天狗も河童と同様で、支那ではあまりに説かれていない。『山海経《せんがいきょう》』に「陰山に獣ありそのかたち狸の如くして白首、名づけて天狗といふ」というのであるから、我国の天狗には当嵌《あては》まらない。我国のいわゆる天狗は鷲の類で、人をつかみ去るがために恐れられたのであろう。

こんな風に種類分けをすると、支那とはよほど相違しているようであるが、それは単に形の上の相違にとどまってその怪談の内容は大抵支那から輸入されていることは前にいった通りである。

源之助の一生

田圃の太夫といわれた沢村源之助も四月二十日を以て世を去った。舞台に於ける経歴は諸新聞雑誌に報道されているから、ここにはいわない。どの人も筆を揃えて、江戸歌舞伎式の俳優の最後の一人であると伝えているが晩年の源之助は寄る年波と共に不遇の位地に置かれて、その本領をあまりに発揮していなかった。

源之助が活動したのは明治時代の舞台で、大正以後の彼は殆《ほとん》ど惰力で生存していたかの感があった。したがって、今日彼を讃美している人々の大部分は、その活動時代をよく知らないように思われる。勿論、彼を悪くいう者はない。どの人も惜しい役者を失ったということに意見は一致しているらしいが、同じく惜まれるにしても、その真伎倆を知らずして惜まれるのは、当人の幸であるかどうか疑わしい。しかも前にいう通り、大正以後二十五年間は殆どその伎倆を完全に発揮する機会を封じられていたのであるから是非もない。

彼は七十八歳の長寿を保ったので、子役時代からでは七十余年間の舞台を踏んでいたといわれる。その間で彼が活動したのは明治時代、殊《こと》にその光彩を放ったのは、明治十五年十一月、四代目沢村源之助を襲名して名題俳優の一人に昇進して以来、明治二十四年の七月、一旦《いったん》東京を去って大阪へ下るまでの十年間であった。即ち彼が二十四歳の冬より三十三歳の夏に至る若盛りであった。

今日では劇界の情勢も変って、このくらいの年配の俳優は、いわゆる青年俳優として取扱われ、大舞台の上に十分活躍するの機会を恵まれない傾向があるが、明治の中期まではそんな事はなかった。青年俳優でも何でも相当の技倆ある者は大舞台に活躍する事を許されていた。その点に於て、青年時代の源之助は大いに恵まれていたともいい得るかも知れない。

江戸末期より明治の初年に亘《わた》って、名女形として知られた八代目岩井半四郎は、明治十五年二月、五十四歳を以て世を去った。源之助がその年の冬、四代目源之助を襲名したのも、彼を以て半四郎の候補者とする劇場側の意図であったらしい。たとい半四郎には及ばずとも、その容貌も美しく、音声も美しい源之助が、半四郎の後継者と認められたのは当然であった。果してその後の彼はメキメキと昇進した。まだ二十代の青年俳優が団十郎、菊五郎、左団次らの諸名優を相手にして、事実上の立おやまに成り済ましたのである。

その当時、他にも相当の女形がないではなかったが、源之助の人気は群を抜いていた。いわゆる伝法肌で気品のある役には不適当であるといわれたが、それでもあらゆる役々を引受けて、団菊左と同じ舞台に立っていた。その黄金時代は明治二十三年であった。

二十三年の七月、市村座――その頃はまだ猿若町にあった――で黙阿弥作の『嶋衛《しまちどり》月白浪《つきのしらなみ》』を上演した。新富座の初演以来、二回目の上演である。菊五郎の嶋蔵、左団次の千太は初演の通りで、団十郎欠勤のために、望月輝《もちづきあきら》の役は菊五郎が兼ねていた。ただひとり初演と違っているのは源之助の「弁天おてる」であった。この狂言の初演は明治十四年で、その当時は半四郎の「弁天おてる」に対して、源之助はその女中のおせいという役を勤めていたのであるが、今度は自分がおてるを勤めることになった。しかも世間がそれを怪《あやし》まないほどに、彼の技倆も名声も高まっていたのである。

その年の十一月、歌舞伎座で『河内山』を上演した。これも再演で、団十郎の河内山、菊五郎の直次郎、左団次の市之丞、すべて初演同様の顔触れである中で、源之助は三千《みち》歳《とせ》を勤めた。これも初演は半四郎の役であった。こういうわけで、半四郎歿後の半四郎は自然に源之助と決められてしまった。沢村源之助は東京の劇壇に欠くべからざる女形となった。人気の隆々たるこというまでもない。

その東京をあとに見て、彼は翌二十四年の七月を限りに歌舞伎の舞台から姿をかくした。彼は大阪へ走るべく余儀なくされたのである。その当時の俳優組合規約によれば、大歌舞伎の俳優は小芝居へ出勤することを許されないにもかかわらず、彼は神田の三崎座の舞台開きに出勤したので、東京に身を置き兼ねる破目《はめ》に陥《おちい》ったのである。彼が小芝居に出勤を敢てしたのは、ある芝居師に欺かれたためであるというが、所詮は借金のためであった。人気盛りの若い俳優の不検束な生活が、彼を借金の淵へ追い沈めたらしい。それを名残《なご》りに源之助の黄金時代は去った。

一方からいえば、源之助は不運でもあった。大歌舞伎俳優の小芝居出勤問題は、その後にも種々の事件を惹起した末に、小芝居出勤も差支えなしという事に変更されたのである。源之助は四、五年早かったがために、この規約に触れて大阪落の身となったのは、その心柄とはいいながら一種の不運でないとはいえなかった。大阪へ下ってからも、勿論相当の位地を占めていたのであろうが、その消息は東京へ伝えられなかった。彼は元来、上方向きの俳優ではなかった。

明治二十九年の十一月に彼は帰京した。最初は市村座に出勤し、次に歌舞伎座や明治座にも出勤したが、とかく一つ所に落付かないで、浅草公園の宮戸座等にもしばしば出勤していたので、自ずと自分の箔を落してなんだか大歌舞伎の俳優ではないように認められるようになった。大阪における五、六年間の舞台生活はどうであったか、私たちは一向知らないのであるが、帰京後の彼は団十郎や菊五郎の相手たるに適しなくなったらしい。団菊も彼を相手にするを好まず、彼も団菊の相手となるを喜ばず、両者の折合が付かなくなった上に、もうその頃は、中村福助(今の歌右衛門)が歌舞伎座の立おやまたるの位地を固め、尾上栄三郎(後の梅幸)も娘形として認められ、年増役には先代の坂東秀調《しゅうちょう》が控えているという形勢となっているので、帰り新参の源之助を容《い》るる余地もなかったのである。こうして、彼は次第に大歌舞伎から逐《お》わるるような運命に陥った。

今日、一部の劇通に讃美せらるる「女定九郎」や、「鬼神お松」や、「うわばみお由」や、「切られお富」のたぐいは、みなこれ宮戸座の舞台における源之助の置土産である。帰京以後の彼は、大歌舞伎の舞台に殆ど何らの足跡を残していない。

彼が後半生の不振に就ては、大阪落が第一の原因をなしていること前記の如くである。更に有力の原因は、その芸風が明治末期の大劇場向きでないということに帰着するらしい。要するに、彼はあまりに江戸歌舞伎式の芸風であるために、明治の初年はともあれ、明治末期または大正昭和の大劇場には不向きの俳優となって仕舞ったらしい。前に挙げた「女定九郎」や、「鬼神お松」や、「うわばみお由」のたぐいは、大歌舞伎の出し物でない。しかも彼はそれらを得意としているのであるから、自然に大歌舞伎から遠ざかるのも無理はなかった。もう一つは、なんといっても大歌舞伎の楽屋は規則正しく、万事が窮屈である。彼はその窮屈をも好まなかったらしい。

かつては自分の相手方であった団菊左の諸名優も相次いで凋落《ちょうらく》し、後輩の若い俳優らが時を得顔に跋扈《ばっこ》しているのを見ると、彼はその仲間入りをするのを快く思わなかったかも知れない。寧《むし》ろ宮戸座あたりの小芝居に立籠《たてこも》って、気楽に自分の好きな芝居を演じている方が、ましであると思っていたかも知れない。他人の眼からは不遇のように見えても、本人はそれに甘んじていたのかも知れない。

しかも女形として五十の坂を越えると、彼も前途を考えなければならなかった。彼は大正の初年から松竹興行会社の専属となって、会社の命ずるままに働いていた。彼は幾《いく》何《ばく》の給料を貰っていたか知らないが、舞台の上では定めて役不足もあったろうと察せられて、その全盛時代を知っている私たちには、さびしく悼《いた》ましく感じられることも少なかった。

立役と違って、女形は年を取ってはいけませんと、梅幸は述懐していたが、源之助も女形であるために晩年の不遇が更に色濃く眺められたらしい。最近五、六年は舞台に出ているというも名ばかりで、あってもなくても好いような取扱いを受けていたが、彼は黙って勤めていた。いっそ隠退したらよかろうにと思われたが、やはり舞台に出ていることが好きであるのか、あるいは経済上の都合があるのか、彼はとうとう仆《たお》れるまで、舞台の人となっていた。

盛者必衰は免かれ難い因果とはいいながら、団菊左の諸名優を相手にして、「弁天おてる」や三千歳を演じていた青年美貌の俳優が、こうした蕭条《しょうじょう》の終りを取ろうとは――。私も自分の影をかえりみて、暗い心持にならざるを得ない。

久保田米斎君の思い出

久保田米斎君の事に就て何か話せということですが、本職の画の方の事は私にはわかりませんから、主として芝居の方の事だけ御話するようになりましょう。これは最初に御断りしておきます。

たしかな事はいえませんが、私の知っている限りでは、米斎君がはじめて舞台装置をなすったのは、明治三十七年の四月に歌舞伎座で、森鷗外博士の『日蓮上人辻説法』というものを上演しました。その時分に御父さんの米僊先生がまだ御達者で、衣裳とか、鬘《かずら》とかいう扮装の考証をなすった。その関係で息子さんの米斎君が、舞台装置をやったり、背景を画いたりなすったのです。今では局外の者が背景を画いたり、舞台装置をやったりすることも珍しくありませんが、その時分は芝居についている道具方がやるのが普通で、外の方がやるのは珍しかった。それでこの時も、大変新しいといって評判がよかったようです。これが米斎君が舞台装置なんぞをなさるようになったそもそものはじまりだろうと思っています。

その時分米斎君は、まだ三十前後位でしたろう。御承知の通り、三越の意匠部に勤めておいでなすったから、その方の仕事もお忙しかったんでしょうが、明治三十九年六月、歌舞伎座で『南都炎上』が上演された時に、やはり米斎君の舞台装置、その後しばらく間が切れて、明治四十三年の九月に明治座で、今の歌右衛門が新田義貞をした『太平記足羽合戦』という三幕物を私が書いた。その時分にやはり舞台装置や何かを米斎君に御願いしました。

それから翌年の二月に歌舞伎座で、今の六代目菊五郎が長谷川時雨さんの『桜吹雪』を上演しました。それをまた米斎君が背景、扮装等の考証をなすったのですが、狂言も評判がよかったし、舞台装置や何かも評判がよかった。先《ま》ずそれらがはじめで、明治四十四年以後は明治座で新作が出ると、いつも舞台装置を米斎君に御願いするようになりました。私の『修禅寺物語』『箕輪心中』なんていうものもこの年の作で、いずれも米斎君に御願いしたものです。

大正二年でしたか、東京の芝居というものが殆《ほとん》ど大阪の松竹に属することになりました。その時分から米斎君は松竹に関係されることになって、どこの劇場でも新作が出れば米斎君のところへ持込むという風でした。何しろ松竹系といえば、帝劇を除いて東京の有名な劇場は皆そうなのですから、一時は米斎君も彼方此方《あっちこっち》の芝居を掛持で、随分お忙しかったようです。三越の方も大正五年頃に御引きになって、それからは何だか画家というよりも、舞台装置専門家のような形でした。

ところが昭和二年頃から三年ばかり、強い神経衰弱で、その方の仕事を休んでおいででしたから、その間は已《や》むを得ず、外の人に頼んでいましたが、この三年ばかり此方《こっち》、また芝居の方を続けられることになって、現にこの二月の東劇に上演した私の『三井寺絵巻』なども、米斎君に御願いしました。米斎君としてはこれが最後だったわけで、先達《せんだって》も奥さんが御見えになった時、丁度私のものが最後になって、かなり久しい御馴《おな》染《じみ》でしたが、やはり御縁があったんでしょうと申上げたような次第です。

今日ではいろいろな方が舞台装置をなさるようになりましたし、大正年代にも他の方がやって下すったこともありましたが、私どもが何時《いつ》も米斎君に御願いするのは、万事芝居に都合のいいように作って下さるからなのです。役者がしにくいような場合には、脚本をよく考えて下すって、――例えばある部屋が舞台になる場合、実際からいえばもっと狭かるべきはずであっても、ここは広く拵《こしら》えなければならぬとなるとチャンと芝居のしいいように斟酌《しんしゃく》して下さる。随分場合によると、部屋の中に甲冑を著て刀をさした人間が何人も出なければならぬこともありますから、立とうとする時に刀の鐺《こじり》で障子や壁を破るような虞《おそ》れがないでもない。また道具の飾り方によっては主要な人物が一方からは見えても、一方からは見えにくいというようなこともある。米斎君はそういう点によく注意して下すって、これはこうしては嘘ですが、芝居だからマアこうしておきましょうとか、ちょっと見た目がよくっても芝居がしにくいような道具じゃ困るとかいう風に、斟酌してやって下すったものです。

役者の扮装や何かにしても同じ事で、考証して下さる方が何でも本当本当ということになると、芝居の方じゃ困る場合が出て来る。実際は短い筒ッポをツンポルテンに著ているのが本当であっても、それが白く塗って女にでも惚れられるような役だというと、どうも恰好《かっこう》がつかない。嘘でも袖を丸くして、長い著物にしてもらわなければ工合が悪いのです。芝居というものはイリュージョンを破りさえしなければいいので、何も有職《ゆうそく》故実《こじつ》をおぼえに来るところじゃない。もしそんなつもりで来る人があれば、その方が心得違いなんですから、大体その時代らしく、芝居としても都合のいいように拵えればいいわけなのだが、学者の考証家先生になると、なかなかそう行かない。新規に道具を拵えさせてみたり、見物に見えないような細かいところまで、むずかしい考証が出たりして困るのですが、米斎君ならそういう心配がなかった。芝居として都合のいいように考えて下さるから、芝居も助かり、作者も助かるのです。今後はどういう方がやって下さるか知りませんが、そう申しちゃ失礼だけれども、馴れないうちは御互に困る事が出来やしないかと思います。

芝居の舞台装置をはじめてやる方は、平生から芝居をよく見てて僕ならこうやるというわけで、蘊蓄《うんちく》を傾けられるのですが、芝居の方には二百何十年という長い間の伝統があって、いろいろ工夫を積んだ結果、今日のようなものになっているのですから、平凡なようでも無事な型が出来ている。変った舞台面は結構だけれどもあまりむやみに破壊してかかると、何かに差支《さしつかえ》を生じて来る。御承知の通り、舞台は正面からばかり見るのじゃありませんから、その辺も考えなければならず、殊《こと》に近頃のように何階も高い席が出来て、上から見下されることになると、それだけでも大分むずかしいわけです。

だから芝居のやりいいようにさえすればいいようなものですが、舞台装置をやる人の立場になると、またそうばかり行かぬ点があります。仮に米斎君のやった舞台装置を他の画家が見に来るとします。米斎君の方では芝居の都合を考えてやった事でも、久保田君はあんな事を知らないか、という風になりかねない。専門家とすればそこがむずかしいわけでしょう。批評する方に芝居気があればいいけれども、まるで帝展の画でも見るような調子で、直《す》ぐに物を識らないといって非難されては困る。自分の立場もある程度までは守らなければなりますまい。昔なら「そこが芝居だ」という逃道《にげみち》があったので、

「野暮をいうな」位で話は済むんだが、今ではそう簡単に行かないから面倒です。

これは芝居の方も悪いのです。狂言を決定するのが非常に遅い。というと、それは私たちが書くのが遅いからだと順押しになりますが、五月なら五月の芝居に何を出すか、それがはっきりきまるのは前月の二十日頃なのです。警視庁の方では、二週間以前に脚本を提出しろということになっていますけれども、マア三、四日のところは御目こぼしがあるんでしょう。いよいよ上演するまでに十日位しか余裕がない。それから急に舞台装置とか衣裳の考証とかいう方を頼みに行く。米斎君はじめ、不断から用意のある人だからいいが、そうでなければ忽《たちま》ち困る話です。近頃の見物はなかなかやかましくなって、彼処《あそこ》で富士が見えるはずはないと、いうような理窟をいい出されるから、時によると夜行の汽車で現場を見に行かなければならないような事も出来て来る。それに道具を拵える暇がありますから、十日というけれども、せいぜい三日か四日で片附けて、あとはそういう方の暇を見てやらなければならない。博物館へ行って調べるとか誰のうちへ何を見に行くとかいう事を、その短い時間でやらなければならないから、忙しい時にはつい徹夜をするという事にもなります。舞台装置をやるには、一場一場の画をかいてやらなければいけない。それだけでもいい加減骨が折れるのに、衣裳も新規のものだと大体の形を画いて著物の模様までつけてやる。その見本によって衣裳屋が拵えるので、それも一人や二人じゃない、大勢出て来る連中のを皆画いてやるのだから大変です。道具の方の世話も焼いて指図しなければならず、初日に行って見て、どうもあの松の木が小さくて工合が悪いと思えば、直《すぐ》にそれを直す。二日三日位までは毎日行って見る。これにも半日位は潰れます。役者と作者との間に立って、一番暇潰しで、しかも縁の下の力持になる。あんな割の悪い仕事はない。好《すき》でなければやれるわけのものではないのです。

それに作者というものは——私には限りませんが、書く方をいい加減にしておいて、あとは舞台装置家が何とかしてくれるだろうというような料簡でいる。脚本に道具が委《くわ》しく指定してあればそれによって画けるわけだけれども、ただ農家の内部位な事じゃ、どうやっていいかわからない。一口に海岸といったところで、海岸にもいろいろあるから困るわけですが、だんだんそういう書き方の脚本が殖《ふ》えて来ましたから舞台装置家も随分難儀なことがあるだろうと思う。役者は役者で、やりにくいとか何とかいいますし、よほど親切な我慢強い人でないと、喧嘩《けんか》になってしまう虞《おそ》れがある。米斎君はその点は割合に練れていて、芝居の都合を考えては斟酌してくれる方でしたが、ある時にはひどく強情で、固く執《と》って動かないところがありました。時には悪強情だと思われる位で、例えばあの役には烏帽子《えぼし》を被せないで下さいといっても、いや、あれはどうしても被せなければいけないという。そういう場合には仕方がないから、役者に烏帽子を被るなといっておくのですが、舞台へ出るのを見ると、チャンと烏帽子を被っている。あとで部屋へ行って、どうして私のいった通りにしないのだ、と聞くと、実は烏帽子を被らずに出ようとしたら、久保田さんがどうしても被らなければいけないと仰《おっし》ゃるものですから、というのです。だから何時でも素直に聞いてくれるわけじゃない。すべて芸術家気質というものでしょうが、米斎君もたしかにそういう気骨を持っていました。それがため、往々興行主と意見の衝突することがあったようです。もっとも興行主なんていうものは、わけがわからずに勝手な事をいうんですから、仕方がありませんが。

私どもの物などを上演する場合、今度の舞台装置は誰ですと聞いて、久保田さんですといわれれば安心したものです。米斎君は大抵やる前に粗図を画いて、相談してから拵えて下すったので、舞台稽古の時に行って見て、こんな道具が出来たのか、と驚くようなことはありませんでした。粗図で相談してから、本当の図が道具方に廻る。道具方はそれによって見本を拵えて、私の方へ持って来ますから直すべき点があればそこでまた直す。つまり承知の上で出来上るようなものですから、自然当り外れはないわけなのです。ただ再演、三演となりますと、米斎君に御願いして、多少道具の恰好を変えていただくことがある。衣裳なんぞは大概毎回変っています。時によって舞台装置と、衣裳や鬘を別々の方に願うこともありますが、あれはあまりよくないようです。両方が自分勝手にやるから、調和ということが考えられなくなってしまう。白い壁だからこういう服装にする、黒い道具だから明るい著物を著せて出す、というような工夫があるのですから、それが別ッこになると、鼠色の壁に黒い著物を著て出るという風になって、甚だ工合が悪いのです。米斎君が亡くなってしまったから、今後はこれまでやった方々のうちから選ぶことにしますか、また新規な方に御願いするようになりますか、その辺はわかりません。しかし図は取ってありますし、写真も残っていますから、大体はそれで見当がつくはずです。

一体日本の芝居の道具は、複雑でもあり面倒でもある。家の道具にしたところで、一軒の家を造るのと同じように、柱を立て床を張りして行かなければならない。そこへ行くと外国のは簡単なもので私が紐育《ニューヨーク》へ行った時分に、メーテルリンクの『ベルジュームの市長』という芝居を見ましたが、これは朝、昼、夕方という三幕になっているけれども、三幕が三幕とも、舞台は同じ市長の部屋で、ただ窓から来る光線によって、朝とか、昼とか、夕方とかいうことを現すだけなのです。ですから道具は一度飾っておけば、あとは幕ごとに多少椅子テーブルの位置を替える位に過ぎない。私の見たのは七十日目だということでしたが、外国では半年位続くのは珍しくないそうです。ただその場合に道具の色が変ったりするから、あまり長くなれば上塗をする。まことに簡単とも簡便とも申しようがない。それですから外国の幕間は五分でもいいわけなので、日本の芝居の道具は五分やそこらで飾れるものじゃありません。立木なんかでも外国のは「切出し」といって正面からそう見える板なんですが、日本では本物と同じような丸の木を植えている。それを早く片附けて次のものを早く飾るようにしなければならない。普通の人は前の道具をこわす時間を考えないけれども、つまり手数からいうと二度になるので、幕間五分といっても、二分半でこわして二分半で飾らなければならないのです。そこで舞台装置家はなるべく手のかからぬようにかからぬようにと心がける。念を入れたものが出来ないのは已むを得ません。

役者の顔をつくるのでもそうです。現代劇の方はさほどでもないが、歌舞伎になりますと、五分位で出来るものじゃない。本当にやれば前の顔を洗って地の顔にして、それから次の顔にかかるのですが、とてもそんな時間はないものだから、作った上をちょっとごまかして出ることになる。真白に塗る歌舞伎の顔は五分や十分で出来るものじゃない。壁を塗るのと同じ理窟で、下塗、中塗、上塗と三度塗らなければ、ツヤのある綺麗な顔は出来ません。下塗を乾かすために団扇《うちわ》で煽《あお》いだりしたものですが、今はそんな暢《のん》気《き》な事をやっていられないから、はじめから濃いやつを塗る。白粉《おしろい》の方もだんだん器用な物が出来るようですけれども、とにかく日本の芝居で幕間五分というのは、いろいろな点からいって無理なのです。正直にやれば長くなるから、臨機応変でやって行くということになります。

私の書いた『幡随院長兵衛』の芝居、あれは米斎君の方から、今度の芝居は湯殿が出ますか、という御尋ねがありましたから、出ますというと、今までの芝居でやっている湯殿は出たらめだ、あの時分の湯殿はこうこういうものだから、それで出来るように芝居を書いてくれ、ということなのです。私は実はあの頃の湯殿がどんなものだか知らないんですが、縁側みたいなものがあって手摺がついている。花活《はないけ》に花が活けてあったりして、何だか妙なものだと思ったけれども、万事先生の指図通りにやりました。この場合には限りませんが、舞台装置をなさる方にはまたそういう御道楽があって、今までやっているのは嘘だから、今度はこういう風にやる、というようなところでいい気持になるらしい。それだけ見物が感心するかどうかは疑問ですが、ここが前申した通り、好でなければ出来ないところです。役者にしたって同じ事で、下廻りの役者なんぞは、随分給料が安いといって不平を並べますが、大根《おおね》はといえば好なんだから唐物屋なら唐物屋で、もっと給料を出すからといったところで、役者をやめて其方《そっち》へ行きやしません。電車の運転手がハンドルを動かしているのとはわけが違う。芝居の方でもそこを心得ているから、奴らは何ていったって役者をやめやしないというんで、給料も余計は払わない、ということになるんでしょう。

大分余談が多くなりました。米斎君の舞台装置ではもう一つこういう話がある。明治四十三年の暮に私は『貞任宗任』というものを書きました。これは翌年の正月に幸四郎と左団次が演じたもので、例によって舞台装置は米斎君に御願いするつもりでいたところ、京都へ旅行なすっていて間に合わない。他に願う方もないものですから、エエいい加減にやっちまえというわけで、私が自分でごまかしておいた。米斎君は正月になって帰られて、芝居を見るといろいろ間違を指摘された。一言もないので、二度目にやる時には御指図に従いますから、といって、大正五年に歌舞伎座で再演した時には、万事米斎君に御願いしました。おれだって出来るなんと思っても、やってみるとそうは行きません。

私は自分が無趣味だから、米斎君の外の方面の事は殆ど知りません。俳句は本名の米太郎から「世音」と号して、白人会なんかでよくやっておいででしたが、ああいうものの控えがおありですかどうですか。旅行も相当なすったようだけれども、大概御用があったり御連れがあったりで、特に自分ひとりで思い立つというようなことはあまりなかったようです。一体がおとなしい方で、逸話というようなものはごく少い。その点は御父さんの米僊先生とは大分違うと思います。

日清戦争の時には米僊先生も米斎君も従軍、弟さんの金僊君は日清、日露とも従軍されたようにおぼえています。私は金僊君の方は早くから知っていましたが、米斎君と懇意になったのは日露戦争のあたりからです。明治三十六年に三井呉服店が三越と改称して、流行会というものを拵えた。十五、六人乃至《ないし》二十人位集って、流行を研究するということでしたが、マア一種の雑談会のようなものです。私にも会員になれということでなったのですが、米斎君は已《すで》に三越に入っておられたか、あるいはまだ入られず米僊先生の代りにおいでなすったか、そこはハッキリしません。とにかくそこで御目にかかったのが最初でした。それ以来三十五年ばかりになるわけです。長い間だから劇評などを書かれたのもあるかも知れませんが、一人のものは今記憶にない。合評会には出ておいでででした。主として扮装とか何とかいう方の批評をされたようです。

何時頃でしたか、米斎君が私のうちへおいでなすって、今そこで掘出し物をしました、といわれたことがある。代官山の駅を下りて此方へ来る途中の古道具屋で、私も湯へ行ったり、髪結床へ行ったりして始終その前を通るのですが、そこで買ったといって見せられたのが、青磁まがいのような壺みたいなものです。雑巾を貸してもらいたい、といって頻《しきり》に拭いておられたが、やっぱりそうです、という。全体いくらで御買いになったんですかと聞いたら、値段をいってしまうと仕方がないが、実は二十五銭で買いました、これで二十円、少くとも十四、五円のものでしょう、といわれたには驚いた。私は毎日その前を通っているんだけれども、ちっとも気がつかない。米斎君はヒョイと通りがかりに見ただけで、直ぐわかったらしいのです。どうも余所《よそ》から来て掘出し物をされちゃ困りますね、といって笑いましたが、――中にはそう掘出し物ばかりもなかったかも知れない。悪くいえばがらくたに近いものもあったでしょう。こういうものは元来主観的なものだから、本人がこれでいいと思えばそれでいいのかも知れません。私も米斎君から、瓦みたいなものだの、仏様みたいなものだのを頂戴して、難有《ありがと》うございますと御礼はいったけれども、実によくわからないので、戸棚へつッこんでおくうちに、震災でみんな焼いてしまいました。

去年東北の方へおいでなすった御土産に、堤人形の和唐内を貰いました。これが米斎君から頂戴したものの最後です。今では仙台にこの人形を売る店が二軒位しかないそうですが、そこへ行ってみると、水兵だとか、ベースボールのバットを持っているものだとかいうものばかりで、一向面白くない。漸く棚の隅のところに、今売れない和唐内や何かが押込んであるのを発見して、それを買って来たのだ、ということでした。こういう調子で出先へ行っては何か買われるんだから、それぱかりでも大変なものでしょう。

今度の病気は去年の十一月、箱根へ大名行列の世話においでなすってからのように思いなう。押詰って見えた時、海軍病院で診察してもらったが、もう十年ばかりは生きていないと仕事が片附かない、やりたい事が沢山ある、という御話だったので、御大事になさいといって別れたのですが、二月の東劇の舞台装置もなすった位だし、二月の六日の晩、私は行かなかったけれども、新橋演舞場で米斎君に逢ったという人がある。そんな調子なら心配はあるまいと思っていると、急に訃報に接して驚きました。実はその頃は私の方が危かったので、風邪のあとで軽い肺炎になって寝ている間に米斎君は亡くなってしまったのです。私の作で米斎君の御世話になったものは五、六十位ありましょう。考えると何だか夢のようです。

目黒の寺

住み馴れた麴町《こうじまち》を去って、目黒に移住してから足かけ六年になる。そのあいだに『目黒町誌』をたよりにして、区内の旧蹟や名所などを尋ね廻っているが、目黒もなかなか広い。殊《こと》に新市域に編入されてからは、碑衾町《ひぶすまちょう》をも包含することになったので、私のような出不精の者には容易に廻り切れない。

ほか土地はともあれ、せめて自分の居住する区内の地理だけでも一通りは心得ておくべきであると思いながら、いまだに果し得ないのは甚だお恥かしい次第である。その罪ほろぼしというわけでもないが、目黒の寺々について少しばかり思い附いたことを書いてみる。

目黒には有名な寺が多い。先《ま》ず第一には目黒不動として知られている下目黒の滝泉寺《りゅうせんじ》、祐天上人開山として知られている中目黒の祐天寺、政岡《まさおか》の墓の所在地として知られてい

暮らし編

病気編

る上目黒の正覚寺《しょうがくじ》などを始めとして、大小十六の寺院がある。私はまだその半分ぐらいしか尋ねていないので、詳しいことを語るわけには行かないが、いずれも由緒の古い寺々で、旧市内の寺院とはおのずからその趣を異《こと》にし、雑踏を嫌う私たちには好い散歩区域である。ただ、どこの寺でも鐘を撞《つ》かないのがさびしい。

目黒には寺々あれど鐘鳴らず鐘は鳴らねど秋の日暮るる

◇

前にいった滝泉寺門前の料理屋角伊勢の庭内に、例の権八小紫《ごんぱちこむらさき》の比翼塚が残っていることは、江戸以来あまりにも有名である。近頃はここに花柳界も新しく開けたので、比翼塚に線香を供える者がますます多くなったらしい。さびしい目黒村の古塚の下に、久しく眠っていた恋人らの魂も、このごろの新市内の繁昌には少しく驚かされているかも知れない。

正覚寺にある政岡の墓地には、比翼塚ほどの参詣人《さんけいにん》を見ないようであるが、近年その寺内に裲襠《うちかけ》姿の大きい銅像が建立されて、人の注意を惹《ひ》くようになった。いうまでもなく、政岡というのは芝居の仮名で、本人は三沢初子である。初子の墓は仙台にもあるが、ここが本当の墳墓であるという。いずれにしても、小紫といい、政岡といい、芝居で有名の女たちの墓地が、さのみ遠からざる所に列《なら》んでいるのも、私にはなつかしく思われた。

草青み目黒は政岡小むらさき芝居の女おくつき所

◇

寺を語れば、行人坂《ぎょうにんざか》の大円寺をも語らなければならない。行人坂は下目黒にあって、寛永の頃、ここに湯殿山行人派の寺が開かれたために、坂の名を行人と呼ぶことになったという。そんな考証はしばらく措《お》いて、目黒行人坂の名が江戸人にあまねく知られるようになったのは、明和年間の大火、いわゆる行人坂の火事以来である。

行人坂の大円寺に、通称長五郎坊主という悪僧があった。彼は放蕩破戒のために、住職や檀家に憎まれたのを恨んで、昭和九年二月二十八日の正午頃、わが住む寺に放火した。折から西南の風が強かったので、その火は白金、麻布方面から江戸へ燃えひろがり、下町全部と丸の内を焼いた。江戸開府以来の大火は、明暦の振袖火事と明和の行人坂火事で、相撲でいえば両横綱の格であるから、行人坂の名が江戸人の頭脳に深く刻み込まれたのも無理はなかった。

そういう歴史も現代の東京人に忘れられて、坂の名のみが昔ながらに残っている。

かぐつちは目黒の寺に祟りして長五郎坊主江戸を焼きけり

◇

滝泉寺には比翼塚以外に有名の墓があるが、これは比較的に知られていない。遊女の艶話は一般に喧伝され易《やす》く、学者の功績はとかく忘却され易いのも、世の習であろう。それはいわゆる甘藷《かんしょ》先生の青木昆陽の墓である。もっとも境内の丘上と丘下に二つの碑が建てられていて、その一は明治三十五年中に、芝、麻布、赤坂三区内の焼芋商らが建立したもの、他は明治四十四年中に、都下の名士、学者、甘藷商らによって建立されたものである。

こういうわけで、甘藷先生が薩摩芋移植の功労者であることは、学者や一部の人々のあいだには長く記憶されているが、一般の人はなんにも知らず、不動参詣の女たちも全く無頓着で通り過ぎてしまうのは、残念であるといわなければなるまい。

芋食ひの美少女《うましをとめ》ら知るや如何に目黒に甘藷先生の墓

解説

千葉俊二

岡本綺堂に「磯部のやどり」という作品がある。初出紙誌が明らかにされていないので、いつ書かれたものだか分からないけれど、小説集『子供役者の死』(隆文館、大正十年)に収録されている。私の好きな綺堂作品のひとつである。

「赤穂四十七士の復讐事件が元禄時代の人々をおどろかしてから、約三、四十年後の享保の末である」と書き出され、御用道中から帰ったばかりの舟井という旗本の道中での体験談が語られる。上州を廻っての帰途、妙義山へ参詣して、磯部へ降りたが、連れていた仲間《ちゅうげん》がその途中に疝気を起こし、磯部の人里離れた藁葺屋根の小さな堂へ立ち寄った。主人は留守で、子供がふたり留守番をしていたが、子供たちは行儀が好く、田舎者にしては物言いも正しい。ここには村の子がみんな手習いの稽古にくるのだといい、遊謙という師匠は近所の松岸寺へ寺参りにいっているという。

遊謙は六十を超えた老爺であるが、子供たちの話によればよほど奇特な人物らしい。先年この村中に悪い風邪がはやったときには、高崎の城下から高い薬を買ってきて門並みに施してやったり、遊謙の発起で碓氷川の堤を修復したが、その修復のための金も自分ひとりの懐から出したという。その他こうした慈悲善根は数えるに暇がないというのだ。外から帰った遊謙は「白い眉の濃い、眼の大きい、口元の屹《きっ》と引緊《ひきしま》った、見るから人品の良い老人」で、以前に武士であったことは一目で判った。折から降り出した雨に、引き留められるままふたりはそこに宿ったが、江戸の噂が出ると、遊謙はフトこんなことを訊いた。

「高輪のあたりはやはり昔のままでござりましょうな。」

「遠い昔のことは存ぜぬが、手前がおぼえてからはそのままでござるよ。殖《ふ》えたものは品川の飯盛《めしもり》茶屋ぐらいのものでござろうか」と、わたしは笑いながら答えた。

「泉岳寺は……。もとの所にござりまするか。」

「泉岳寺も一年ごとに参詣が増すばかりで、四十七士の墓の前には線香の煙が絶えませぬ。取分けて今年の三月は開帳と申すので、百日の間はおびただしい繁盛、寺の門前には休み茶屋なども軒をならべて、さまざまの積物《つみもの》かざりもの。それを機《しお》に歌舞伎でも義士の芝居を興行する。かたがた江戸中の人気がここにあつまって、寄れば語れば元禄当時の昔語ばかり。手前も友達に誘われて、泉岳寺の開帳に一度参詣いたしたが、その繁盛には眼を奪われました。武士の参詣はさのみでもござらぬが、江戸の町人、近在の百姓、ことに下町の娘子供は花見か芝居見物かと思われるように着飾って、押合い揉み合って線香の烟の前にあつまって来る。その華やかさ、賑わしさ、なかなか口では尽されぬほどでござったよ。」

遊謙は黙って聴いていたが、やがて低い嘆息《ためいき》をついた。

「彼の人々も歌舞伎役者のように、娘子供に持囃《もてはや》さりょうと思うていたのではござるまいに。」

「それでも武士として後世にあれほど名を残せば、当人たちも本意でござろうが。」

「さようかも知れませぬ」と、遊謙はさびしく笑った。「なんにもせよ、太平の代に四十余人が徒党を組んで高家の屋敷に夜討をかける。華やかな仕事でござったからのう。」

江戸へ帰って伯父に話すと、「それはきっと大野九郎兵衛に相違ない」といい、「もし俺だったらその場で不忠者の大野九郎兵衛めを一刀に斬って捨てたものを」といっていたという。それから十四、五年後、舟井がふたたび磯部をたずねると、堂の主人はもうこの世にはなく、松岸寺へ参詣すると、大きい桜の木の下に新しい立派な石碑が建てられ、その面に「慈望遊謙墓」と彫られ、俗名は記してなかった。そして、「勿論そこには泉岳寺の開帳のように、華やかに着飾った娘子供などの姿は見えなかった。積物も飾り物も見えなかった。ただ正直そうな村の人が草花をささげて一心に拝んでいるのを見た」とこの一篇は結ばれる。

この一篇は、この随筆集の巻頭に据えた「磯部の若葉」に取りあげられたと同じ題材を用い、それを小説化したものである。大野九郎兵衛は赤穂藩の家老で、大石の仇討ちには加わらなかったが、綺堂もいうように「『仮名手本忠臣蔵《かなでほん》』の作者竹田出雲《たけだいずも》に斧九太夫《おのくだゆう》という名を与えられて以来、殆ど人非人《にんぴにん》のモデルであるように」世間に伝えられた人物である。例の祇園町一力の場で、御台顔世《みだいかおよ》からの密事を知らせる長い書状を読む場面で、隣の二階から延べ鏡に写して読むおかると対照的に、縁の下にもぐり込んで大星由良之助が繰りおろす手紙を読むのが斧九太夫で、九太夫は高師直《こうのもろなお》方へ内通しているとの設定である。これがどのような事実に拠ったものか分からないが、人名辞典などにも『事実文編』からの記事が引かれ、大野九郎兵衛は不忠者として歴史上はなはだ評判が悪い。

「磯部の若葉」に記されたように、綺堂はたまたま磯部の松岸寺に大野九郎兵衛の墓があることを知り、磯部において九郎兵衛は決して不人望ではなく、立派な墓が建てられているところから、村人によほど敬慕されていたと推量する。世に華々しく持て囃され、後世にその名をとどめる赤穂義士と対蹠的に、「復讐の同盟に加わることを避けて、先君の追福と陰徳とに余生を送った大野九郎兵衛」。この対照的な人間の有り様から「磯部のやどり」のごとき一篇の物語を紡ぎだすのだが、ここに綺堂の想像力の独特な動き方がある。華々しく世に持て囃されたり、あるいは時の運つよく威勢をほこったりするものに対しては一貫して背をむけ、自己に与えられた運命を謙虚に受けいれながら、人としてなすべきことをキチンと、しかも人並み以上になすものに対しては讃美してやまないのだ。

いま運命を謙虚に受けいれるといったが、「運命」とか「宿命」といった言葉は、近代的思考とはあまり折り合いが好くない。「個」の確立をめざして、あくまで個人の自己完成を目標とした近代においては、「運命」とか「宿命」とかいったものは、その「個」の自主性と自律性とをおびやかすものとして作用するからだ。少なくも近代人たるもの、運命論者として個人の自由意志を超えて不可抗力的に「個」に働きかける外在的な力の存在を無条件に信じることはできない。自己実現の結果として「個」を確立し、どこまでも個人の自由と完成とを期さなければならないと強迫されているのだ。が、「お辰の森」(明治四十一年十一月「文芸倶楽部」)など綺堂の初期戯曲にも顕著にうかがわれるのだが、綺堂はしばしば「運命」に言及し、その智力人力のおよばざることについて慨嘆する(。。は引用者)。

日本一の名優の予言は外れた。団五郎は遂にものにならずに終った。師匠の眼識違《めがねちが》いか、弟子の心得違いか。その当時の美しい少年俳優がこういう運命の人であろうとは、私も思い付かなかった。(「二階から　二　団五郎」)

私は巻煙草を喫《の》みながら、椅子に倚《よ》り掛って、今この茶碗を眺めている。曾《かつ》てこの茶碗に唇を触れた武士も町人も美人も、皆それぞれの運命に従って、落付く所へ落付いてしまったのであろう。(「二階から　三　茶碗」)

犬は頸環に因《よっ》て、その幸と不幸とが直ちに知られる。人間にも恐らく眼に見えない運命の頸環が附いているのであろうが、人も知らず、我も知らず、いわゆる「一寸先は闇」の世を、何《いず》れも面白そうに飛び廻っているのである。我々もこうして暢気《のんき》に遊び歩いていても、二人の中《うち》の何方《どっち》かは運命の頸環に見放された野犬であるかも知れない。(「一日一筆　四　日比谷公園」)

この世はまさに「一寸先は闇」で、こうしている次の瞬間にもどのようなことが起こるか誰も知らない。大地震が起こって大地が裂けるか、空から飛行機が墜落してくるかも分からないのだが、それこそ神のみぞ知るで、誰もそんなことを知らずげな、忘れたような顔をして毎日を平気に過ごしている。が、誰しも知らないわけではないし、忘れているわけでもない。心の奥深くにこうした不安をかかえ、常に自己の「運命」とあらがいながら毎日を精一杯に送っているのだ。綺堂の随筆は耳目に触れる些事にことよせて、こうしたごく当たり前で日常的な感覚を喚起させるが、これには綺堂の出自が大きく関連しているようだ。

綺堂は明治五(一八七二)年に高輪泉岳寺のほとりに生まれた。父は通称を敬之助といい、明治維新後には純《きよし》と改名。母は幾《き》野《の》といい、芝の町家の出であるが、武家奉公をしたという。岡本家は百二十石取りの徳川家の御家人であった。御家人は御目見得以下の侍をいうが、江戸の侍といえば、まず大体がこの御家人で、百石以下のものが多く、百二十石取りといえば、御家人でも上の部であった。父の敬之助は、江戸幕府瓦解のときに、江戸を脱走して宇都宮に戦い、さらに白河に戦って弾丸を左の股に受けたが、以前に神奈川奉行の手に属し、在留の外人を多く知っていたので、横浜に遁《のが》れ、居留地の英国商人ブラウンにかくまわれた。英語ができ、文筆の素養があるところから、明治二年の春から東京の英国公使館に勤めるようになっていた。

「私は維新の革命に敗れた佐幕党の子である。私の一家一門は、いわゆる徳川家三百年来の御恩に報ずるためと、一種の痩我慢とのために、よせば好いことに立騒いで、さんざんに敗滅してしまった」(『岡本綺堂全集』第一巻「はじがき」、改造社、昭和七年)というように、綺堂は産み落とされたときから、滅びゆく「江戸の残党」一族の子弟という宿命を負わされてしまったのだ。藩閥政治全盛の時代に成人し、藩閥に何の縁故もないどころか、藩閥の敵であった佐幕派の子弟は、「官員さん」にもなれず、さりとて商人にもなれずに、ほとんど前途の方向に迷わざるを得ないような境遇におかれた。しかも、ちょうど綺堂が中学校卒業の時期に、父が友人のために連印した借用証書から、岡本家が早晩身代かぎりの処分を受けるかも知れない運命におちいり、進学も断念して、自活の計を立てねばならないことになる。

明治二十三年一月、満十七歳二ヵ月で「東京日日新聞」に入社し、劇評を書くところから綺堂の文筆生活ははじまるが、それには芝居好きで、守田勘弥(十二代目)、市川団十郎(九代目)などと交流があった父からの影響が大きかった。また父について漢詩を学び、英国留学から帰った叔父の武田悌吾(この叔父も英国公使館で通訳兼語学教授を勤めた)から英語を学んだばかりか、英国公使館に出入りして、留学生たちからも英語を学んだ。こうして高等教育を受けずとも、和漢洋にわたる綺堂の該博な知識と文学的な素養は培《つちか》われたが、生誕からその人格形成期までに、幕府瓦解から明治へという時代の大きなうねりに遭遇し、岡本家の身代かぎりという危機的な人生の荒波に翻弄された体験は、綺堂におのずから「運命」ということを思わせざるを得なかったのだろう。

綺堂の随筆は、人生の辛苦をさんざん閲《けみ》してきながら、不撓不屈の精神をもって自家一流のゆるぎない世界を築きあげ、しかもその痕跡を深くもとどめずにサラリと洗いながして、人生の酸いも甘いも噛み分けた、わけ知りの話し上手な人の座談に耳を傾けるといった心地よさがある。話題は身辺雑記から紀行、芝居ばなし、怪異談、幼少期をおくった明治期の回顧談や江戸についての考証など多岐にわたる。「十番雑記」に記されたように、綺堂は十七歳の春から日記を書きつづけ、それとは別に随時に記入していた雑記帳、書き抜き帳、おぼえ帳のたぐいを大量にこしらえていたので、それに基づいて書かれた随筆はその年月日や場所、物の値段などのディテールが細かく正確で、語り出される時代の感触がまるごと如実に伝わってくる。

しかし、綺堂はそれらの日記、雑記帳のすべてを関東大震災によって失ってしまう。綺堂は住みなれた元園町《もとぞのちょう》の自宅が焼け落ちると覚悟したとき、「少年時代の思い出がそれからそれへと活動写真のようにわたしの眼の前にあらわれた」(「火に追われて」)というが、一面の焼け野原となった東京を見ては、その向こうに永遠に失われてしまった懐かしい「江戸」を思わずにはおれなかったろう。新聞記者時代の綺堂は、条野採菊《じょうのさいぎく》(山々《さんさん》亭有人《ていありんど》、鏑木清方《かぶらぎきよかた》の父)や塚原渋柿園《つかはらじゅうしえん》に可愛がられて、いろいろ江戸についての話を聞かされたという。また父から聞いた昔話や古老を訪ねまわって聞き書きした江戸の知識も生々しく記憶されており、そうした自己のうちにある「江戸」、ないしは維新後も江戸の記憶をかろうじてつなぎとめていた明治の東京について書きとどめておきたいと思ったとしても不思議ではない。

実際、綺堂ほど江戸を知るものもなかったと思われる。捕物帳の元祖である『半七捕物帳』は大正六年から昭和十一年まで断続的に書かれたが、その描かれた時代や地理の記述の正確なことには定評がある。また山本夏彦のいうように、「捕物帳のなかで半七が今も愛読されるのは捕物と共に旧幕のころの風物、ことに江戸の町々の夜がいかに暗かったか、どんなに月をたよりにしていたか、草のそよぎ水の流れまでさながらその場に居合せたように書いている点」(『完本 文語文』文藝春秋、平成十二年)にあり、芝居で鍛えぬかれた江戸ことばの魅力と相俟《あいま》って、さながら読むものに江戸がそのまま再現されているかのように思わせる。それは綺堂の随筆に多く描かれた明治の東京についても同じことがいえる。

『思ひ出草』という随筆集のタイトルが象徴するように、綺堂随筆の主調低音としてその根底にあるものは過ぎゆくものへの愛惜の情である。そこにはなんら激越な議論があるわけでもなく、時代への不満、不平、怒り、憤りがあるわけでもない。失われたもの、滅びゆくもの、敗者として時代に埋もれゆくものへの満腔の同情をよせながら、奇を衒うこともなく、江戸っ子らしいサッパリとした諦観で洗いながして常識人としての見識を示すのみである。が、そこに限りない懐かしさが喚起される。むろん私たちは綺堂の描く江戸や明治期の東京を知っているわけではないが、自己の体験のなかで失われたものをいとおしむ感情が刺戟されて懐かしいという感覚が惹起されるのだろう。

インフルエンザがお染風と呼ばれ、これが流行《はや》ると「久松留守」という貼札としたというような何ともユーモラスなエピソード（「二階から　十　お染風」）から、明治期の芝居見物の様子（「島原の夢」）、湯治場における仕きたり（「温泉雑記」）、蔵書家を訪ねて読書するという習慣（「読書雑感」）、速記本を読んだだけでは分からぬ三遊亭円朝の話術の妙（「寄席と芝居と」）などにいたるまで、綺堂が丹念に書き記しておいてくれたお蔭で、明治のリアルな時代相が、それこそ肌身に触れるように私たちにも実感できる。また市川団五郎のこと（「二階から　二　団五郎」）、本郷の春木座でおこなわれた鳥熊の芝居（「三崎町の原」）、舞台装置家として活躍した久保田米斎のこと（「久保田米斎君の思い出」）など、綺堂が書き残してくれなければ、永遠に歴史の彼方に忘れ去られてしまったかも知れないことも多い。

綺堂は「修禅寺物語」で劇作家としての地位を確立し、いわゆる新歌舞伎の作者として「鳥辺山心中」「番町皿屋敷」「相馬の金さん」など実に二百編を超える脚本を書いた。ことに市川左団次(二代目)のために多くの芝居を書いたが、いまだ座附作者が中心であった歌舞伎界にあって、局外者から歌舞伎劇の台本を書いて、大正・昭和初期の歌舞伎を盛りあげたその功績には大きなものがある。またその傍ら『半七捕物帳』をはじめとする多くの小説も書いたが、随筆家としても味わい深い文章を多く残している。すでに岩波文庫に収録されている『明治劇談 ランプの下にて』(岡倉書房、昭和十年)は、明治期の演劇界を考えるときに見逃すことのできない証言として貴重なものだが、本書は綺堂の残した四冊の自選随筆集からセレクトし、単行本に未収録の多くの文章のなかからもいくつか選び出して構成した。以下、四冊の随筆集の解題、ならびに掲載初出紙誌のデータを記しておく。

＊

『五色筆』は大正六年十一月、南人社から刊行された。袖珍本で、和紙に多色刷木版絵表紙、函入、二四四ページ、七十銭。俳句雑誌「木太刀」に掲げた文章を中心に編集しているが、「二階から 七 蛙と騾馬《らば》と」に言及されているように、綺堂は明治三十七年七月から十一月まで日露戦争に第二軍従軍記者として満州に赴いた。

『十番随筆』は大正十三年四月、新作社から刊行された。布装函入、四六判三一四ページ、二円。大正八年二月から八月まで、綺堂は帝国劇場の嘱託を受け、同劇場の伊坂《いさか》梅雪《ばいせつ》とともに、第一次大戦後の欧米劇界視察の旅に出ている。大正十二年九月一日には元園町の自宅で関東大震災に遭遇し、紀尾井町の小林蹴月《こばやししゅうげつ》のところへ避難し、さらに目白の額田《ぬかだ》六福《ろっぷく》のところへ移ったが、十月に麻布十番町の貸家へ転居している。『十番随筆』には次のような「はしがき」が付いている。

　震災に家を焼かれた私は、家財は勿論、蔵書も原稿も、一切のものを失ってしまった。それでもいよいよ立退くという間際に、書斎の戸棚の片隅に押込んである雑誌や新聞の切抜きを手あたり次第にバスケットへつかみ込んで出た。

　一度は紀尾井町に逃げ、再び目白に移り、更に麻布に引越すまでの間、わたしはバスケットの底を叮嚀《ていねい》に調べてみる気も起らなかったが、麻布に一先《ひとま》ず落ちついて、はじめてそれを検査すると、二束ばかりの切抜きがあらわれた。みな自分の旧稿であるが、戯曲や小説のたぐいは一つもない、すべて雑文のたぐいで、それもおそらく四分の一に過ぎないであろうと思われた。それだけでも摑《つか》み出して来たのはせめてもの幸であったと思うと同時に、一種の紀念としてそれらを一冊にまとめてみようかと思い立った。

　わたしは今まで随分沢山の雑文をかいている。その全部のなかから選み出したらば、いくらか見られるものも出来るかと思うのであるが、前にもいう通り、手あたり次第にバスケットへつかみ込んで来たのであるから、なかには書き捨の反古《ほご》同様なのもある。その書き捨の反古も、今のわたしに取ってはまた捨てがたい形見のようにも思われるので、なんでも構わずにかきあつめることにした。その後に書いたのも二、三種まじっている。

わたしが現在の仮住居は麻布の宮下町で、俗に十番と呼ばれるところである。十番は麻布区域で最も繁昌の町の一つに数えられている上に、この頃は私たちのような避難者が沢山に入り込んでいるので、更に一層の繁昌をましている。殊に歳の暮に押詰まって、ここらの繁昌と混雑は一通りでない。その騒がしい師走の巷の声をよそに聴きながら、私はなんだか薄暗いような電灯の下で今この小序をかいた。題はなんといっていいか判らないので、自分の仮住居の地名をそのままに『十番随筆』ということに決めた。これもまた紀念の意味に外ならない。

大正十二年十二月の夜　　綺堂

『猫やなぎ』は昭和九年四月、岡倉書房から刊行された。和紙装貼函入、四六判二八二ページ、壱千部限定の番号入りで、二円。大正十三年三月に麻布から大久保百人町へ転居し、十四年六月には麹町一丁目に移り、十五年十一月に旧宅地の元園町に再築落成した家へ帰った。さらに昭和八年五月には住み慣れた元園町の家を引き払い、上目黒の別宅を増築して移転した。『猫やなぎ』には次のような「はしがき」が付いている。

岡倉書房の主人にそそのかされ、雑誌新聞に寄稿の雑筆雑記のたぐいを拾い出して、一部の小冊に取纏めることにした。

已に書を成す以上、なんとか題名を附けなければならない。折柄、庭の四つ目垣の外に、猫やなぎの一樹が麗らかな春の日に光っている。即ち題して、猫やなぎ。

昭和九年三月

目黒の書窓に於て

岡本綺堂

『思ひ出草』は昭和十二年十月、相模書房から刊行された。布装貼函入、四六判二六〇ページ、二円。『思ひ出草』には次のような「小序」が付いている。

この随筆集に『思ひ出草』の題名を冠らせたのは、とかく昔を語るような記事が多きを占めているためである。

昔を語るは老人の癖である。またその老人を捉えて昔を語れという人が多いので、なおさらに昔話の数を増す事にもなるのである。その昔話のうちで『非常時夜話』

三編は最近の八月中に起稿したもの、他は昭和七年以降の執筆である。ほかには特にいうべきこともない。

昭和十二年九月、目黒の西郷山房に於て

岡本綺堂

綺堂の場合、いまだ調査が行き届かず、掲載初出紙誌の不明のものも多いが、初出紙誌一覧は次の通りである。

I

磯部の若葉　大正五年七月「木太刀」
山霧　大正三年九月「木太刀」(原題「妙義の記(上)」、(下)は未確認)
船中　明治四十年七月「卯杖」
時雨《しぐれ》ふる頃　大正四年十一月「木太刀」、大正四年十二月「俳味」(原題「大綿来いく」)
蟹　明治四十四年八月「木太刀」
二階から　大正四年三・七・八・九月、大正五年四月「木太刀」(「元園町の春」は大正五年一月「木太刀」)
思い出草　明治四十三年十一月、明治四十四年一月「木太刀」

一日一筆　明治四十四年十二月、明治四十五年一月「木太刀」

Ⅱ

秋の修善寺　初出未確認
春の修善寺　大正七年一月二十七日「読売新聞」（原題「修善寺より」）
栗の花　大正八年十二月「木太刀」
ランス紀行　大正八年九月「新小説」
米国の松王《まつおう》劇　初出未確認
火に追われて　大正十二年十月「婦人公論」
島原の夢　大正十三年一月「随筆」（原題「歌舞伎の夢」）
叔父と甥と　大正九年十二月「木太刀」

Ⅲ

風呂を買うまで　大正十三年七月二十八日「読売新聞」
郊外生活の一年　大正十四年六月一日「読売新聞」
九月四日　初出未確認
薬前薬後　大正十五年八月十九〜二十二日「時事新報」、大正十四年九月「東京」（原題「停車場の趣味」）

温泉雑記　昭和六年七月二十三〜二十七日「朝日新聞」
三崎町の原　昭和三年三月「不同調」
雪の一日　昭和八年三月「新潮」
私の机　大正十四年九月「婦人公論」(原題「わたしの机」)
亡びゆく花　初出未確認
読書雑感　昭和八年三月「書物展望」

Ⅳ

我家の園芸　昭和十年六月十日「サンデー毎日」(原題「わが家の園芸」)
御堀端三題　昭和十二年八月「文藝春秋」(原題「涼風の思ひ出」)、昭和十一年九月「モダン日本」(原題「怪談」)、昭和十年八月「文藝春秋」(原題「三宅坂」)
正月の思い出　初出未確認
年賀郵便　初出未確認
はなしの話　昭和十二年七月二十四〜二十七日「報知新聞」
十番雑記　昭和十二年十月『思ひ出草』
寄席と芝居と(抄)　初出未確認

Ⅴ

銀座の朝　明治三十四年七月「文芸倶楽部」
父の墓　明治三十五年六月「文芸倶楽部」
当今の劇壇をこのままに　明治四十三年二月「新声」
修禅寺物語　明治四十四年六月「美芸画報」
我楽多玩具　大正八年一月「新小説」
拷問の話　大正十三年二月「新小説」
かたき討雑感　大正十四年九月臨時増刊「歌舞伎」
半七捕物帳の思い出　昭和二年八月「文芸倶楽部」
妖怪漫談　昭和三年十二月「不同調」
源之助の一生　昭和十一年七月「読書感興」
久保田米斎君の思い出　昭和十二年六月「伝記」
目黒の寺　昭和十三年十一月「短歌研究」

〔編集付記〕

一、底本には、「Ⅰ」―「Ⅳ」については収録された単行本を、「Ⅴ」については初出紙誌を用いた。
一、左記の要項に従って表記がえをおこなった。

岩波文庫(緑帯)の表記について

近代日本文学の鑑賞が若い読者にとって少しでも容易となるよう、旧字・旧仮名で書かれた作品の表記の現代化をはかった。そのさい、原文の趣をできるだけ損なうことがないように配慮しながら、次の方針にのっとって表記がえをおこなった。

(一) 旧仮名づかいを現代仮名づかいに改める。ただし、原文が文語文であるときは旧仮名づかいのままとする。
(二) 「常用漢字表」に掲げられている漢字は新字体に改める。
(三) 漢字語のうち代名詞・副詞・接続詞など、使用頻度の高いものを一定の枠内で平仮名に改める。
(四) 平仮名を漢字に、あるいは漢字を別の漢字にかえることは、原則としておこなわない。
(五) 振り仮名を次のように使用する。
(イ) 読みにくい語、読み誤りやすい語には現代仮名づかいで振り仮名を付す。
(ロ) 送り仮名は原文どおりとし、その過不足は振り仮名によって処理する。
例、明に→明《あきらか》に

(岩波文庫編集部)

岡本綺堂随筆集《おかもときどうずいひつしゅう》

2007年10月16日　第1刷発行

編　者　千葉俊二《ちばしゅんじ》

発行者　山口昭男

発行所　株式会社 岩波書店
〒101-8002 東京都千代田区一ツ橋 2-5-5

案内 03-5210-4000　販売部 03-5210-4111
文庫編集部 03-5210-4051
http://www.iwanami.co.jp/

印刷 製本・法令印刷　カバー・精興社

ISBN 978-4-00-310263-3　Printed in Japan

読書子に寄す

——岩波文庫発刊に際して——

岩波茂雄

真理は万人によって求められることを自ら欲し、芸術は万人によって愛されることを自ら望む。かつては民を愚昧ならしめるために学芸が最も狭き堂宇に閉鎖されたことがあった。今や知識と美とを特権階級の独占より奪い返すことはつねに進取的なる民衆の切実なる要求である。岩波文庫はこの要求に応じそれに励まされて生まれた。それは生命ある不朽の書を少数者の書斎と研究室とより解放して街頭にくまなく立たしめ民衆に伍せしめるであろう。近時大量生産予約出版の流行を見る。その広告宣伝の狂態はしばらくおくも、後代にのこすと誇称する全集がその編集に万全の用意をなしたるか。千古の典籍の翻訳企図に敬虔の態度を欠かざりしか。さらに分売を許さず読者を繫縛して数十冊を強うるがごとき、はたしてその揚言する学芸解放のゆえんなりや。吾人は天下の名士の声に和してこれを推挙するに躊躇するものである。このときにあたって、岩波書店は自己の責務のいよいよ重大なるを思い、従来の方針の徹底を期するため、すでに十数年以前より志して来た計画を慎重審議この際断然実行することにした。吾人は範をかのレクラム文庫にとり、古今東西にわたって文芸・哲学・社会科学・自然科学等種類のいかんを問わず、いやしくも万人の必読すべき真に古典的価値ある書をきわめて簡易なる形式において逐次刊行し、あらゆる人間に須要なる生活向上の資料、生活批判の原理を提供せんと欲する。この文庫は予約出版の方法を排したるがゆえに、読者は自己の欲する時に自己の欲する書物を各個に自由に選択することができる。携帯に便にして価格の低きを最主とするがゆえに、外観を顧みざるも内容に至っては厳選最も力を尽くし、従来の岩波出版物の特色をますます発揮せしめようとする。この計画たるや世間の一時の投機的なるものと異なり、永遠の事業として吾人は微力を傾倒し、あらゆる犠牲を忍んで今後永久に継続発展せしめ、もって文庫の使命を遺憾なく果たさしめることを期する。芸術を愛し知識を求むる士の自ら進んでこの挙に参加し、希望と忠言とを寄せられることは吾人の熱望するところである。その性質上経済的には最も困難多きこの事業にあえて当たらんとする吾人の志を諒として、その達成のため世の読書子とのうるわしき共同を期待する。

昭和二年七月

《現代日本文学》

経国美談 全二冊　矢野竜渓　小林智賀平校訂
怪談牡丹燈籠　三遊亭円朝
真《しん》景《けい》累ヶ《かさねが》淵《ふち》　三遊亭円朝
当世書生気質　坪内逍遥
雁　森鷗外
山椒大夫・高瀬舟 他四篇　森鷗外
渋江抽斎　森鷗外
舞姫・うたかたの記 他三篇　森鷗外
鷗外随筆集　千葉俊二編
浮雲　二葉亭四迷　十川信介校注
平凡 他六篇　二葉亭四迷
野菊の墓 他四篇　伊藤左千夫
吾輩は猫である　夏目漱石
坊っちゃん　夏目漱石
草枕　夏目漱石
虞美人草　夏目漱石

三四郎　夏目漱石
それから　夏目漱石
門　夏目漱石
彼岸過迄　夏目漱石
行人　夏目漱石
こころ　夏目漱石
硝子戸の中　夏目漱石
道草　夏目漱石
明暗　夏目漱石
思い出す事など 他七篇　夏目漱石
夢十夜 他二篇　夏目漱石
倫敦塔・幻影の盾 他五篇　夏目漱石
漱石日記　平岡敏夫編
漱石書簡集　三好行雄編
漱石俳句集　坪内稔典編
回想 子規・漱石　高浜虚子
五重塔　幸田露伴

努力論　幸田露伴
幻談・観画談 他三篇　幸田露伴
露伴随筆集 全二冊　寺田透編
飯待つ間 —正岡子規随筆選　正岡子規　阿部昭編
子規句集　高浜虚子選
病牀六尺　正岡子規
子規歌集　土屋文明編
墨汁一滴　正岡子規
仰臥漫録　正岡子規
歌よみに与ふる書　正岡子規
松蘿玉液　正岡子規
筆まかせ抄　正岡子規　粟津則雄編
金色夜叉 全二冊　尾崎紅葉
伽羅枕　尾崎紅葉
小説 不如帰　徳冨蘆花
自然と人生　徳冨蘆花
みみずのたはこと 全二冊　徳冨健次郎

北村透谷選集　勝本清一郎校訂
武蔵野　国木田独歩
蒲《ふ》団《とん》・一兵卒　田山花袋
縮図　徳田秋声
仮装人物　徳田秋声
黴《かび》　徳田秋声
新《あら》世《じょ》帯《たい》 足袋の底 他二篇　徳田秋声
藤村詩抄　島崎藤村自選
破戒　島崎藤村
千曲川のスケッチ　島崎藤村
夜明け前 全四冊　島崎藤村
にごりえ たけくらべ　樋口一葉
大つごもり 十三夜 他五篇　樋口一葉
高野聖・眉かくしの霊　泉鏡花
夜叉ケ池・天守物語　泉鏡花
草迷宮　泉鏡花
春昼・春昼後刻　泉鏡花

鏡花短篇集　川村二郎編
外科室・海城発電 他五篇　泉鏡花
海神別荘 他二篇　泉鏡花
俳句はかく解しかく味う　高浜虚子
虚子五句集 ―付 慶弔贈答句抄 全二冊　高浜虚子
俳句への道　高浜虚子
夢は呼び交す　蒲原有明
酔茗詩抄　河井酔茗
上田敏全訳詩集　山内義雄 矢野峰人編
小さき者へ・生れ出ずる悩み　有島武郎 三上秀吉 亀井俊介解説
一房の葡萄 他五篇　有島武郎
ホイットマン詩集 草の葉　有島武郎選訳
寺田寅彦随筆集 全五冊　小宮豊隆編
柿の種　寺田寅彦
与謝野晶子歌集　与謝野晶子自選
与謝野晶子評論集　鹿野政直 香内信子編
腕くらべ　永井荷風

つゆのあとさき　永井荷風
濹東綺譚　永井荷風
荷風随筆集 全二冊　野口冨士男編
摘録 断腸亭日乗　永井荷風 磯田光一編
すみだ川 新橋夜話 他一篇　永井荷風
あめりか物語　永井荷風
江戸芸術論　永井荷風
ふらんす物語　永井荷風
煤煙　森田草平
赤光　斎藤茂吉作
斎藤茂吉歌集　山口茂吉 柴生田稔 佐藤佐太郎編
斎藤茂吉随筆集　阿川弘之 北杜夫編
桑の実　鈴木三重吉
小僧の神様 他十篇　志賀直哉
暗夜行路 全二冊　志賀直哉
高村光太郎詩集　高村光太郎
北原白秋歌集　高野公彦編

野上弥生子短篇集　加賀乙彦編
海神丸 —付「海神丸」後日物語　野上弥生子
大石良雄・笛　野上弥生子
友情　武者小路実篤
銀の匙　中勘助
提婆達多　中勘助
若山牧水歌集　伊藤一彦編
新編 みなかみ紀行　若山牧水 池内紀編
南蛮寺門前 和泉屋染物店 他三篇　木下杢太郎
新編 啄木歌集　久保田正文編
啄木詩集　大岡信編
ISIKAWA TAKUBOKU ROMAZI NIKKI —啄木・ローマ字日記　石川啄木 桑原武夫編訳
蓼《たで》喰う虫　谷崎潤一郎 小出楢重画
吉野葛・蘆刈　谷崎潤一郎
幼少時代　谷崎潤一郎
道元禅師の話　里見弴
萩原朔太郎詩集　三好達治選

郷愁の詩人 与謝蕪村　萩原朔太郎
猫町 他十七篇　萩原朔太郎 清岡卓行編
恩讐の彼方に 忠直卿行状記 他八篇　菊池寛
河明り 老妓抄 他一篇　岡本かの子
或る少女の死まで 他二篇　室生犀星
出家とその弟子　倉田百三
羅生門・鼻・芋粥・偸盗　芥川竜之介
地獄変・邪宗門・好色・藪の中 他七篇　芥川竜之介
河童 他二篇　芥川竜之介
歯車 他二篇　芥川竜之介
蜘蛛の糸・杜子春・トロッコ 他十七篇　芥川竜之介
或日の大石内蔵之助・枯野抄 他十二篇　芥川竜之介
侏儒の言葉・文芸的な、余りに文芸的な　芥川竜之介
海に生くる人々　葉山嘉樹
日輪・春は馬車に乗って 他八篇　横光利一
宮沢賢治詩集　谷川徹三編
童話集 風の又三郎 他十八篇　宮沢賢治 谷川徹三編

童話集 銀河鉄道の夜 他十四篇　宮沢賢治 谷川徹三編
山椒魚・遥拝隊長 他七篇　井伏鱒二
川釣り　井伏鱒二
井伏鱒二全詩集　井伏鱒二
伸子 全二冊　宮本百合子
渦巻ける烏の群 他三篇　黒島伝治
伊豆の踊子 温泉宿 他四篇　川端康成
抒情歌・禽獣 他五篇　川端康成
雪国　川端康成
山の音　川端康成
詩を読む人のために　三好達治
檸檬《レモン》・冬の日 他九篇　梶井基次郎
蟹工船 一九二八・三・一五　小林多喜二
風立ちぬ・美しい村　堀辰雄
富嶽百景 走れメロス 他八篇　太宰治
斜陽 他一篇　太宰治
人間失格 グッド・バイ 他一篇　太宰治

津軽	太宰治
お伽草紙・新釈諸国噺	太宰治
真空地帯 全二冊	野間宏
青年の環 全五冊	野間宏
日本唱歌集	堀内敬三・井上武士編
日本童謡集	与田凖一編
変容	伊藤整
小説の方法	伊藤整
鳴海仙吉	伊藤整
小説の認識	伊藤整
中原中也詩集	大岡昇平編
晩年の父	小堀杏奴
木下順二戯曲選 全三冊	木下順二
子午線の祀り・沖縄 他一篇 —木下順二戯曲選Ⅳ	木下順二
元禄忠臣蔵 全二冊	真山青果
随筆滝沢馬琴	真山青果
みそっかす	幸田文

土屋文明歌集	土屋文明自選
古句を観る	柴田宵曲
俳諧随筆 蕉門の人々	柴田宵曲
評伝 正岡子規	柴田宵曲
新編 俳諧博物誌	柴田宵曲・小出昌洋編
随筆集 団扇《うちわ》の画《え》	柴田宵曲・小出昌洋編
貝殻追放抄	水上滝太郎
漱石文明論集	三好行雄編
漱石・子規往復書簡集	和田茂樹編
初すがた	小杉天外
鏑木清方随筆集 —東京の四季	山田肇編
野火・ハムレット日記	大岡昇平
中谷宇吉郎随筆集	樋口敬二編
雪	中谷宇吉郎
中谷宇吉郎紀行集 アラスカの氷河	渡辺興亜編
伊東静雄詩集	杉本秀太郎編
冥途・旅順入城式	内田百閒

東京日記 他六篇	内田百閒
ゼーロン・淡雪 他十一篇	牧野信一
佐藤佐太郎歌集	佐藤志満編
草野心平詩集	入沢康夫編
金子光晴詩集	清岡卓行編
大手拓次詩集	原子朗編
評論集 滅亡について 他三十篇	武田泰淳・川西政明編
宮柊二歌集	宮英子・高野公彦編
山の絵本	尾崎喜八
日本児童文学名作集 全二冊	桑原三郎・千葉俊二編
山月記・李陵 他九篇	中島敦
新選 山のパンセ	串田孫一自選
新美南吉童話集	千葉俊二編
量子力学と私	朝永振一郎・江沢洋編
科学者の自由な楽園	朝永振一郎・江沢洋編
増補 新橋の狸先生 —私の近世畸人伝	森銑三・小出昌洋編
新編 明治人物夜話	森銑三・小出昌洋編

新編 おらんだ正月　森　銑三／小出昌洋 編

自註鹿鳴集　会津八一 作

窪田空穂随筆集　大岡　信 編

わが文学体験　窪田空穂

窪田空穂歌集　大岡　信 編

屋上登攀者　藤木九三

明治文学回想集 全二冊　十川信介 編

踊る地平線 全二冊　谷　譲次

森鷗外の系族　小金井喜美子

欧米の旅 全三冊　野上弥生子

子規を語る　河東碧梧桐

鳴雪自叙伝　内藤鳴雪

新編 春の海 ―宮城道雄随筆集　千葉潤之介 編

林芙美子随筆集　武藤康史 編

林芙美子紀行集 下駄で歩いた巴里　立松和平 編

山の旅 ―大正・昭和篇　近藤信行 編

山の旅 ―明治・大正篇　近藤信行 編

日本近代文学評論選 ―明治・大正篇　千葉俊二／坪内祐三 編

日本近代文学評論選 ―昭和篇　千葉俊二／坪内祐三 編

吉田一穂詩集　加藤郁乎 編

観劇偶評　三木竹二／渡辺　保 編

浄瑠璃素人講釈 全二冊　杉山其日庵／内山美樹子・桜井弘 編

食道楽 全二冊　村井弦斎

文楽の研究 全二冊　三宅周太郎

《音楽・美術》

音楽と音楽家　シューマン　吉田秀和訳
モーツァルトの手紙 —その生涯のロマン 全二冊　柴田治三郎編訳
美術の都　澤木四方吉
レオナルド・ダ・ヴィンチの手記 全二冊　杉浦明平訳
ゴッホの手紙 全三冊　硲伊之助訳
ロダンの言葉抄　高村光太郎訳　高田博厚・菊池一雄編
ビゴー日本素描集 全二冊　清水勲編
ワーグマン日本素描集　清水勲編
河鍋暁斎戯画集　山口静一・及川茂編
岡本一平漫画漫文集　清水勲編
うるしの話　松田権六
ドーミエ諷刺画の世界　喜安朗編
河鍋暁斎　ジョサイア・コンドル　山口静一訳

《哲学・教育・宗教》

ソクラテスの弁明・クリトン　プラトン　久保勉訳
ゴルギアス　プラトン　加来彰俊訳
饗宴　プラトン　久保勉訳
テアイテトス　プラトン　田中美知太郎訳
パイドロス　プラトン　藤沢令夫訳
メノン　プラトン　藤沢令夫訳
国家 全二冊　プラトン　藤沢令夫訳
プロタゴラス —ソフィストたち　プラトン　藤沢令夫訳
パイドン —魂の不死について　プラトン　岩田靖夫訳
クセノフォーン ソークラテースの思い出　佐々木理訳
アリストテレス ニコマコス倫理学 全二冊　高田三郎訳
アリストテレス 形而上学 全二冊　出隆訳
アリストテレス アテナイ人の国制　村川堅太郎訳
アリストテレス 弁論術　戸塚七郎訳
アリストテレース詩学・ホラーティウス詩論　松本仁助・岡道男訳
物の本質について　ルクレーティウス　樋口勝彦訳
人生の短さについて 他二篇　セネカ　茂手木元蔵訳
人さまざま　テオプラストス　森進一訳
老年について　キケロー　中務哲郎訳
友情について　キケロー　中務哲郎訳
弁論家について 全二冊　キケロー　大西英文訳
キケロー弁論集　小川正廣・谷栄一郎・山沢孝至訳
方法序説　デカルト　谷川多佳子訳
哲学原理　デカルト　桂寿一訳
精神指導の規則　デカルト　野田又夫訳
スピノザ 知性改善論　畠中尚志訳
スピノザ エチカ (倫理学) 全二冊　畠中尚志訳
スピノザ往復書簡集　畠中尚志訳
デカルトの哲学原理 —附 形而上学的思想　スピノザ　畠中尚志訳
スピノザ 神・人間及び人間の幸福に関する短論文　畠中尚志訳
単子論　ライプニッツ　河野与一訳
ノヴム・オルガヌム (新機関)　ベーコン　桂寿一訳
ベーコン随想集　渡辺義雄訳
ニュー・アトランティス　ベーコン　川西進訳
デイヴィド・ヒューム 人性論 全四冊　大槻春彦訳
エミール 全三冊　ルソー　今野一雄訳

孤独な散歩者の夢想　ルソー　今野一雄訳
人間不平等起原論　ルソー　本田喜代治・平岡昇訳
社会契約論　ルソー　桑原武夫・前川貞次郎訳
ディドロ／ダランベール編　百科全書 —序論および代表項目　桑原武夫訳編
ラモーの甥　ディドロ　本田喜代治・平岡昇訳
ディドロ　絵画について　佐々木健一訳
道徳形而上学原論　カント　篠田英雄訳
啓蒙とは何か　他四篇　カント　篠田英雄訳
純粋理性批判　全三冊　カント　篠田英雄訳
カント　実践理性批判　波多野精一・宮本和吉・篠田英雄訳
判断力批判　全二冊　カント　篠田英雄訳
永遠平和のために　カント　宇都宮芳明訳
プロレゴメナ　カント　篠田英雄訳
フィヒテ　全知識学の基礎　全二冊　木村素衛訳
シュライエルマッハー　独白　木場深定訳
小論理学　全二冊　ヘーゲル　松村一人訳
精神哲学　全二冊　ヘーゲル　船山信一訳

ヘーゲル　政治論文集　全二冊　金子武蔵訳
歴史哲学講義　全二冊　ヘーゲル　長谷川宏訳
自殺について　他四篇　ショウペンハウエル　斎藤信治訳
読書について　他二篇　ショウペンハウエル　斎藤忍随訳
知性について　他四篇　ショーペンハウエル　細谷貞雄訳
将来の哲学の根本命題　他二篇　フォイエルバッハ　松村一人・和田楽訳
反復　キルケゴール　桝田啓三郎訳
死に至る病　キェルケゴール　斎藤信治訳
西洋哲学史　全二冊　シュヴェーグラー　谷川徹三・松村一人訳
眠られぬ夜のために　全二冊　ヒルティ　草間平作・大和邦太郎訳
幸福論　全三冊　ヒルティ　草間平作・大和邦太郎訳
悲劇の誕生　ニーチェ　秋山英夫訳
ツァラトゥストラはこう言った　全二冊　ニーチェ　氷上英廣訳
道徳の系譜　ニーチェ　木場深定訳
善悪の彼岸　ニーチェ　木場深定訳
この人を見よ　ニーチェ　手塚富雄訳
純粋経験の哲学　W・ジェイムズ　伊藤邦武編訳

デカルト的省察　フッサール　浜渦辰二訳
創造的進化　ベルクソン　真方敬道訳
笑い　ベルクソン　林達夫訳
思想と動くもの　ベルクソン　河野与一訳
時間と自由　ベルクソン　中村文郎訳
人間認識起源論　全二冊　コンディヤック　古茂田宏訳
ラッセル　幸福論　安藤貞雄訳
存在と時間　全三冊　ハイデガー　桑木務訳
学校と社会　デューイ　宮原誠一訳
民主主義と教育　全二冊　デューイ　松野安男訳
我と汝・対話　マルティン・ブーバー　植田重雄訳
アラン　幸福論　神谷幹夫訳
四季をめぐる51のプロポ　アラン　神谷幹夫編訳
アラン　定義集　神谷幹夫訳
文法の原理　全三冊　イェスペルセン　安藤貞雄訳
天才の心理学　E・クレッチュマー　内村祐之訳
日本の弓術　オイゲン・ヘリゲル述　柴田治三郎訳

似て非なる友について 他三篇　プルタルコス　柳沼重剛訳
エジプト神イシスとオシリスの伝説について　プルタルコス　柳沼重剛訳
夢の世界　ハヴロック・エリス　藤島昌平訳
ヴィーコ学問の方法　上村忠男　佐々木力訳
ソクラテス以前以後　F・M・コーンフォード　山田道夫訳
ハリネズミと狐 ―『戦争と平和』の歴史哲学　バーリン　河合秀和訳
言語 ―ことばの研究序説　エドワード・サピア　安藤貞雄訳
論理哲学論考　ウィトゲンシュタイン　野矢茂樹訳
自由と社会的抑圧　シモーヌ・ヴェイユ　冨原眞弓訳
全体性と無限 全二巻　レヴィナス　熊野純彦訳
フランス革命期の公教育論　コンドルセ他　阪上孝編訳
隠者の夕暮・シュタンツだより　ペスタロッチー　長田新訳
旧約聖書 創世記　関根正雄訳
旧約聖書 出エジプト記　関根正雄訳
旧約聖書 ヨブ記　関根正雄訳
新約聖書 福音書　塚本虎二訳
キリストにならいて　トマス・ア・ケンピス　大沢章　呉茂一訳

聖アウグスティヌス 告白 全二冊　服部英次郎訳
新訳 キリスト者の自由・聖書への序言　マルティン・ルター　石原謙訳
コーラン 全三冊　井筒俊彦訳
エックハルト説教集　田島照久編訳
シレジウス瞑想詩集 全二冊　植田重雄　加藤智見訳
霊操　イグナチオ・デ・ロヨラ　門脇佳吉訳・解説
ある巡礼者の物語 ―イグナチオ・デ・ロヨラ自叙伝　門脇佳吉訳・注解
神を観ることについて 他二篇　クザーヌス　八巻和彦訳
アリストテレース 動物誌 全二冊　島崎三郎訳

岩波文庫の最新刊

プリーストリー／橋本槇矩訳
イングランド紀行（下）
不況下にあった当時のイングランド。作家ならではの視点で、各地の実情を主観性たっぷりに、興味深いエピソードをまじえて描き出す。（全二冊完結）　〔赤二九四-三〕　**定価七三五円**

ジュール・ヴェルヌ／朝比奈美知子訳
海底二万里（下）
社会に対して激しい不信の念を抱くネモ船長とは何者？　その目的は？　インド洋から地中海、さらに大西洋を南下して南極へと波瀾万丈の航海が続く。（全二冊完結）　〔赤五六九-五〕　**定価九四五円**

ソレル／今村仁司・塚原史訳
暴力論（上）
〈戦争と革命の二〇世紀〉を震撼させた書！　国家の強制《フォルス》に対抗し、個人の自由と権利を擁護する、下からの暴力《ヴィオランス》を主張。新訳（全二冊）。　〔白一三八-一〕　**定価七九八円**

ピエール・ガスカール／渡辺一夫・佐藤朔・二宮敬訳
けものたち・死者の時
人-獣の境目を描く秀作「彼誰時《かはたれどき》」他「けものたち」六篇と、自伝的中篇「死者の時」が証す捕虜収容所、ユダヤ人移送、第二次大戦下の人間の真実。'53年ゴンクール賞。　〔赤N五〇七-一〕　**定価九〇三円**

……今月の重版再開……

ファン・ルルフォ／杉山・増田訳
ペドロ・パラモ
定価五八八円　〔赤七九一-一〕

清岡卓行編
金子光晴詩集
定価九四五円　〔緑一三二-一〕

プラトン／森・池田・加来訳
法律（上）（下）
定価一一五五・一二六〇円　〔青六〇二-〇・一〕

岩波文庫の最新刊

千葉俊二編
岡本綺堂随筆集
時代は明治から大正。東京の町の風景と庶民の日常生活、旅の先々で出会った人々、自作の裏話――穏やかな人柄と豊かな学殖を思わせる、情感あふれる随筆集。
〔緑二六-三〕 定価九〇三円

G・ルフェーヴル／二宮宏之訳
革命的群衆
歴史を動かす群衆、その心性は、どのように形成されるのか？ 歴史学が初めて正面から「群衆」に向き合い、「心性の歴史」を開拓した古典的著作。
〔青四七六-二〕 定価四八三円

前川誠郎訳
デューラー **ネーデルラント旅日記**
途切れた年金の支給を新皇帝カロルス五世に請願すべく妻と侍女を伴い旅立つ画家。綿密な出納簿である日記にはエラスムスやルッターも登場する。稀有の旅行記。
〔青五七一-一〕 定価七三五円

ヘンリー・ジェイムズ／青木次生訳
大使たち(上)
『鳩の翼』(一九〇二年)、『金色の盃』(一九〇四年)と共にヘンリー・ジェイムズ(一八四三-一九一六)の後期三大長篇を成す代表作。一九〇三年刊。(全二冊)
〔赤三一三-一〇〕 定価九八七円

……今月の重版再開……

スタインベック／大橋健三郎訳
怒りのぶどう(上)(中)(下)
定価六九三・七九八・六九三円
〔赤三二七-一・二・三〕

ハイネ／小沢俊夫訳
流刑の神々・精霊物語
定価五八八円
〔赤四一八-六〕

斎部広成撰／西宮一民校注
古語拾遺
定価六三〇円
〔黄三五-一〕

定価は消費税5%込です　2007. 10.